I0544559

UN HÉROS POUR EMILY

UN HÉROS POUR EMILY (DELTA FORCE HEROES, TOME 2)

SUSAN STOKER

À la vraie Madame Ogliaruso, vous étiez la meilleure institutrice de CE1 que l'école primaire Gilbert Linkous à Blacksburg, en Virginie, ait jamais eue. Votre impact sur ma vie a été immense et je vous en serai toujours reconnaissante.
À Shannel. Le plus beau jour de la vie d'Oliver a été celui où vous avez signé pour devenir sa mère de cœur. De la famille d'accueil jusqu'à l'adoption, vous êtes mon héroïne.

Danee, merci de m'avoir raconté l'histoire de ton rituel de lecture du soir. C'était parfait pour ce roman !

PROLOGUE

Il fit claquer la porte de l'appartement derrière lui, ébranlant tout le mur. Tout en poussant un long juron retentissant, il lança sa casquette de l'autre côté de la pièce et elle alla atterrir sur le sol à quelques pas de lui, à son grand désarroi. Conscient qu'il n'oublierait jamais l'humiliation qu'il venait de subir en voyant le dégoût dans les yeux du colonel, il se mit à faire les cent pas.

Son escouade était tellement enthousiaste d'avoir été choisie pour suivre la formation spéciale ! Ils étaient convaincus qu'ils parviendraient à passer inaperçus dans la ville factice. C'étaient des soldats d'infanterie. Ils s'étaient exercés pendant des heures – non, des années – pour être furtifs en situation urbaine. Les trente jours qu'ils avaient passés au Centre de formation national, à Fort Irwin en Californie, leur avaient appris tout ce qu'ils devaient savoir.

Pourtant, leur plan en entier était tombé à l'eau en moins de cinq minutes après le coup de sifflet. Au lieu de pouvoir évoluer incognito dans la ville pour rejoindre le point de rendez-vous indemnes, tous les membres de son escouade avaient été « tués », touchés par les lasers des armes non léthales conçues tout spécialement, avant même la moitié du scénario de formation.

L'attitude nonchalante de l'autre unité après les avoir « tués » n'avait fait qu'ajouter du sel dans la plaie béante. Ils s'étaient comportés comme s'ils n'avaient pas gâché sa carrière, sa réputation. Bien sûr, le colonel avait dit que ce n'était *qu'un* exercice. Il lui avait dit que son escouade avait assuré. Mais il *mentait*.

Ils n'avaient pas assuré.

Et ce n'était clairement pas un exercice.

Il avait vu le colonel rire avec un autre officier, se moquer de la rapidité avec laquelle ils s'étaient fait descendre. Et l'équipe qui les avait tués se comportait comme si ce n'était pas important. Ils avaient échangé des accolades et s'étaient tapé dans la main. Pour ajouter l'insulte à l'injure, leur escouade s'en était tirée sans la moindre victime. *Pas une seule !* Ils avaient tué tous ses soldats comme si c'était un jeu d'enfants.

Il se rendit dans la petite salle de bain de son appartement et se regarda longuement dans le miroir.

Toute sa vie durant, il n'avait jamais été assez bien.

Parce que tu es pathétique.

Il secoua la tête en réponse à la voix dans son esprit. Ce n'était pas lui. C'étaient eux. *Ils* étaient pathétiques. Et il lui revenait de montrer au colonel qu'il était aussi bon que l'autre équipe.

Hochant la tête comme s'il venait de prendre une décision spontanée, il commença à élaborer un plan. Ses amis et lui avaient beaucoup de travail à faire, mais quand ils auraient terminé, l'autre unité regretterait de s'être débarrassée aussi facilement de son escouade sur le champ de bataille factice, et il se rattraperait auprès du général responsable du poste.

Connaître son ennemi était la première règle au combat et, en cet instant, il se jura de trouver une faiblesse dans l'autre groupe de soldats et de l'exploiter à son avantage.

Ces enfoirés ne comprendraient pas ce qui leur tomberait dessus. Une fois qu'il en aurait terminé avec eux, ils regretteraient leur attitude arrogante et leur mépris envers son escouade. Il avait peut-être reçu une dérouillée aujourd'hui, mais la bataille n'était pas terminée.

Il les vaincrait. Même s'il devait manipuler quelqu'un pour arriver à ses fins.

1

Cormac Fletcher, surnommé Fletch, regardait le moniteur posé sur le plan de travail de la cuisine. Une femme était debout devant sa porte d'entrée. Ses caméras de sécurité couvraient chaque parcelle de sa propriété, à commencer par le garage jusqu'au fond du jardin. Ainsi, sans quitter sa maison, il voyait qui s'engageait dans son allée et arrivait devant sa porte. D'ailleurs, il pouvait même se connecter à l'application et visionner les bandes quand il était en mission à des milliers de kilomètres. Tout ce dont il avait besoin, c'était une connexion wi-fi.

La femme devant sa porte mesurait environ un mètre soixante-quinze – plus que les femmes qui lui plaisaient en temps normal. C'était difficile de deviner son âge, parce qu'elle avait l'air fatiguée. Fin de la vingtaine, peut-être, ou début de la trentaine. Ses cheveux bruns étaient coiffés en queue de cheval. Fletch ignorait la couleur de ses yeux, qu'elle gardait rivés au sol sans jamais lever la tête vers la porte pour apparaître sur la caméra cachée dans le heurtoir sculpté.

Fletch avait reçu plusieurs messages à propos de l'appartement en location au-dessus de son garage et il avait prévu quelques entretiens avec les personnes intéressées. L'appartement n'avait rien de spécial. Il y avait une salle de bain avec douche/baignoire, une chambre et une petite cuisine, quelques meubles : un lit double, un réfrigérateur, un vieux canapé et une table basse. L'appartement n'avait franchement rien de classe, mais il était propre et bien plus sécurisé qu'on pouvait le croire, étant donné qui il était et ce qu'il faisait dans la vie.

Il n'avait pas beaucoup d'ennemis, mais certaines personnes étaient jalouses de son poste au sein de la Delta Force. Ce n'était pas de notoriété publique. À vrai dire, peu de personnes étaient au courant, mais on soupçonnait parfois son équipe et lui de ne pas être de simples soldats. Ils étaient excellents dans leur domaine et ne semblaient pas avoir de problèmes pour plaire à la gent féminine. Ce combo avait déjà causé des ennuis à certains Delta par le passé, sans même que l'on connaisse leur statut de membre des forces spéciales. L'avantage de louer l'appartement, c'était qu'il y aurait quelqu'un sur la propriété pour la surveiller quand il serait en mission.

Fletch s'essuya les mains après avoir rincé la dernière assiette dans l'évier et il éteignit le moniteur. S'il voulait pouvoir pincer les voleurs assez bêtes pour tenter de cambrioler ou de vandaliser sa propriété, les gens ne devaient pas savoir qu'il avait un tel dispositif de sécurité. Il se dirigea vers la porte et l'ouvrit en grand. La femme leva les yeux. En le voyant, elle recula d'un pas, bouche bée.

Fletch savait qu'il pouvait faire peur. Il mesurait un

mètre quatre-vingt-huit et il était musclé. Il avait passé la majeure partie de sa vie à entretenir sa forme, à faire en sorte que personne ne se méprenne sur son compte... Il était dangereux.

Il arborait des tatouages sur les avant-bras et les biceps – très voyants, de couleur vive. Le stéréotype du marin. Certains de ses tatouages, il les avait fait faire quand il était jeune et écervelé. Il ne ferait sans doute pas le même choix s'il devait prendre à nouveau cette décision, mais ce qui était fait était fait. Fletch le savait, les gens qui le croisaient étaient toujours méfiants. Il était costaud et il savait utiliser ce gabarit à son avantage pour intimider. Mais cette femme sur le pas de sa porte, il n'avait pas envie de lui faire peur. Il afficha un grand sourire en l'accueillant.

— Bonjour, vous êtes Emily Grant ? Vous venez pour l'appartement à louer ? demanda-t-il en essayant de mettre la femme à son aise.

Emily leva les yeux vers l'homme devant sa porte. Si elle n'était pas aussi désespérée, elle aurait sans doute tourné les talons et serait retournée directement dans sa Honda Civic 1998 pour partir dans un crissement de pneus. Elle ne savait pas à quoi elle s'attendait quand elle imaginait l'homme qui l'avait invitée à venir visiter l'appartement, mais certainement pas à ce qu'il soit de taille à la soulever au-dessus de sa tête comme un rien, même s'il mesurait seulement dix bons centimètres de plus qu'elle.

Elle était surprise par ses tatouages. Les militaires de la base en portaient souvent, mais en temps normal, ils étaient plus discrets. Des signes tribaux noirs ou quelque chose de similaire. Au lieu de ça, cet homme viril avait des personnages de type dessin animé tatoués sur les avant-bras. Il portait une chemise à carreaux ouverte au col – suffisamment pour lui permettre de constater qu'il n'avait pas un tapis de fourrure sur le torse – aux manches retroussées jusqu'aux coudes. Elle ne pouvait pas s'intéresser plus attentivement à ses tatouages, consciente que ce serait impoli, mais elle n'en était pas moins intriguée. Au fond, ils lui allaient bien.

Chassant les tatouages de ses pensées, et évitant de se demander s'il en avait d'autres bien cachés, Emily leva enfin les yeux vers ceux de l'homme. Elle avait besoin de cet appartement. C'était l'un des rares logements qu'elle avait pu trouver, assez proche à la fois du travail et de l'école, et qui correspondait à son budget restreint.

Elle prit une grande inspiration.

— Oui, je suis Emily. J'apprécie que vous ayez pu me recevoir aujourd'hui.

Courageusement, elle lui tendit la main pour le saluer.

Fletch sourit à la jeune femme. Il voyait clair dans son attitude et savait qu'il lui fichait une trouille bleue. Mais il lui reconnaissait le mérite de ne pas se faire toute petite devant lui et de s'avancer pour lui serrer la main.

Il prit sa main dans la sienne en prenant soin de ne pas la serrer trop fort.

— Enchanté de faire votre connaissance. Entrez, nous allons revoir les conditions ensemble, puis je vous ferai visiter l'appartement.

Emily hocha la tête. Serrant fermement le sac à main qui pendait à son épaule, elle le suivit à l'intérieur. Fletch la vit jeter un regard circulaire comme pour essayer d'en découvrir plus à son sujet. Il savait quelle image donnait sa maison : pas celle d'un célibataire. Elle était si propre qu'on aurait pu manger par terre, et chaque chose était soigneusement rangée à sa place... exactement comme il le voulait.

Ils rejoignirent une petite salle à manger, attenante à une cuisine qui aurait pu figurer dans un magazine de décoration. Fletch tira une chaise devant la table en acajou et l'aida à s'avancer une fois qu'elle se fut assise.

— Aimeriez-vous boire quelque chose ? De l'eau ? Du thé glacé ?

— Non, merci, lui dit Emily, consciente qu'il serait imprudent d'accepter à boire chez un homme qu'elle ne connaissait pas.

Il pouvait facilement droguer son verre de thé ou d'eau. Surtout maintenant qu'elle était entrée dans la maison. Elle pouvait perdre connaissance avant même de s'en rendre compte. En temps normal, elle n'était pas du genre parano, mais ces derniers temps, comme elle avait du mal à trouver le sommeil, elle regardait trop de séries policières.

Fletch voyait presque tourner les rouages de son cerveau. Elle était assise confortablement à sa table. Elle cramponnait son sac à main sur ses genoux comme s'il risquait de tendre le bras pour le lui arracher à tout moment. Il ne se vexait pas, loin de là, mais il était impressionné par son extrême prudence. Il prit soin de s'asseoir en face d'elle, laissant la table les séparer pour lui accorder plus d'espace.

— Je vous connais ?

La femme lui était vaguement familière, mais il avait du mal à la resituer.

Elle haussa les épaules.

— Je travaille à la supérette de la base. Vous m'avez peut-être déjà vue là-bas.

Il hocha la tête. Maintenant qu'elle en parlait, il lui semblait bien se souvenir de l'avoir déjà vue une fois ou deux.

— Ce doit être ça. Je m'appelle Cormac Fletcher, mais tout le monde m'appelle Fletch. Je suis propriétaire de la maison et j'y habite tout seul. Je travaille à la base et je suis souvent appelé en déplacement. Je suis discret, je ne me mêlerai pas de vos affaires. J'attends la même chose de mon locataire. J'ai passé l'âge de vouloir faire la fête tard le soir. Je mène une vie paisible et j'aimerais que la personne qui habite sur ma propriété soit du même tempérament.

Il s'interrompit pour jauger sa réaction. Emily était assise tranquillement et lui accordait sa pleine et entière attention.

Comme elle n'émettait aucune protestation et ne montrait aucune émotion à l'exception de la curiosité, il poursuivit, soulagé :

— L'appartement n'est pas luxueux. Deux personnes l'ont déjà visité récemment, mais ça ne leur a pas plu. Ils ont décidé que ce n'était pas pour eux. Le loyer inclut toutes les charges. Ce serait trop compliqué de distinguer l'électricité que vous utilisez et la mienne. Tout ce que je demande, c'est que vous ne fassiez pas de folies, comme vous lancer dans la culture de la marijuana ou autre chose susceptible de faire exploser la facture chaque mois.

— Pas de marijuana, c'est noté, murmura Emily en hochant la tête.

Fletch avait envie de sourire, mais il se contrôla et continua son discours bien rôdé.

— Vous pouvez utiliser un côté du garage pour votre voiture, mais si vous avez des cartons à entreposer, vous devrez le faire dans l'appartement ou louer un garde-meuble. Il n'y a pas assez de place dans le garage. Générale-ment, je me gare sur le côté de la maison, alors vous pouvez utiliser l'emplacement libre pour vous. Pendant mon absence, j'apprécierais que vous récupériez mon courrier et entreteniez un peu les lieux, mais si vous ne souhaitez pas le faire ce ne sera pas rédhibitoire. Le paie-ment doit être effectué la première semaine du mois, le jour qui vous arrange le mieux. Des questions ?

Emily essayait de ne pas se trémousser sous le regard franc et direct de Fletch. Ses yeux d'un bleu glacial la clouaient sur place. Il avait les cheveux plus longs qu'elle l'aurait cru possible dans l'armée et il ne semblait pas s'être rasé depuis plusieurs jours. Il était beau, mais quelle que soit l'attirance qu'il lui inspirait, Emily ne cherchait aucune relation en ce moment. Elle avait déjà bien assez de choses à penser.

Consciente qu'elle devait l'informer d'un point avant de pouvoir accepter l'appartement en toute honnêteté, elle se racla la gorge.

— Il vous faut savoir que j'ai un enfant. Son père n'est plus dans le tableau. Elle a six ans et elle est au CP. J'ignorais si vous le tolériez. Je n'ai rien vu dans l'annonce au sujet des enfants.

— Est-ce qu'elle crie toute la journée ?

— Euh… non.

— Est-ce qu'elle vole ? Dessine sur les murs ? Dégrade les biens privés ?

— Non ! s'exclama Emily en se redressant sur sa chaise, outrée. Elle a *six ans*. Ce n'est pas une racaille. Elle ne traîne pas dans la rue avec son gang tous les soirs. Elle joue avec ses jouets, lit des livres et regarde des dessins animés.

— Dans ce cas, nous n'avons aucun problème, répondit Fletch avec un sourire, amusé par la facilité avec laquelle la femme s'était emportée.

Emily se mordit la lèvre, comme si elle réfléchissait à ce qu'elle allait dire. Fletch vit le moment où elle rassemblait son courage pour lui annoncer ce qui la tracassait.

— Elle peut être très curieuse, cela dit. Elle pose des questions… *un tas* de questions. C'est déjà arrivé qu'elle agace les gens avec ça.

— Qu'elle les agace ? demanda Fletch en haussant un sourcil.

— Oui. Le truc, c'est qu'Annie est intelligente. Très intelligente. J'essaie de l'occuper, de trouver des activités pour la stimuler, mais son besoin d'apprendre est insatiable. Certains de mes anciens voisins ont déjà perdu patience parce qu'elle leur posait constamment des questions. Mais elle ne le fait pas pour agacer les gens, elle aime comprendre, c'est tout.

— Je n'en doute pas. C'est un enfant. Je n'ai aucun problème avec les questions, Emily.

— D'accord, mais...

— Va-t-elle entrer par effraction chez moi et venir dans ma chambre en pleine nuit pour me demander comment fonctionne la télécommande du garage ?

Emily eut un petit rire.

— Peut-être pas en pleine nuit, mais je dirais qu'il y a de fortes chances pour que, tôt ou tard, elle veuille savoir. Et à ce que je sache, personne ne lui a jamais appris à crocheter une serrure... pas encore.

— C'est bon à savoir, dit Fletch en souriant.

— Je... certaines personnes n'aiment pas les enfants et je ne veux plus vivre dans un endroit où elle risque de passer pour une folle.

— *Plus* ? demanda Fletch à mi-voix. Quelqu'un l'a déjà traitée de folle là où vous viviez ? Une enfant de six ans ?

— Elle avait quatre ans. Oui, c'est arrivé.

La réponse d'Emily était succincte et elle se garda d'entrer dans les détails.

— Je n'ai pas fréquenté beaucoup d'enfants, mais il faut être crétin pour considérer la soif de connaissances comme un problème. Vous avez raison de ne pas vouloir les fréquenter, ni vous ni votre fille.

— Oui. Merci, dit Emily d'une voix douce.

Fletch essaya de se détendre. Il était en rogne à l'idée que l'on puisse se montrer aussi cruel avec un enfant. Quand il était petit, lui aussi était plus vif d'esprit que ses camarades de classe et il avait fait l'expérience de ce qu'Emily lui décrivait. Peut-être pas autant qu'elle, cela dit, à en juger par l'instinct protecteur de cette femme.

— Voulez-vous voir l'appartement ?

— Oui, mais... euh... puis-je vous demander le montant du dépôt de garantie ? Il est inutile que j'aille le voir si je ne peux pas me le permettre.

Fletch pencha la tête en regardant Emily, la détaillant attentivement. Il n'avait pas encore pris le temps de le faire, car il n'était pas certain de lui louer l'appartement, mais jusqu'à présent, il appréciait ce qu'il avait entendu.

Elle portait un t-shirt et un jean, avec une vieille paire de baskets aux pieds. C'était un look décontracté, mais Fletch décelait chez elle quelque chose qu'il n'avait encore jamais vu chez les autres locataires potentiels qu'il avait reçus : le désespoir. Il connaissait très bien ce sentiment pour en être souvent témoin dans le cadre de son travail, quand il partait en mission. Les gens affichaient une façade, mais il voyait bien que cette femme avait *besoin* de cet appartement. Il ne connaissait pas son histoire, et pourtant il se rendait compte que la location du petit espace au-dessus de son garage était d'une importance capitale pour elle.

Fletch était également impressionné par sa franchise à propos de sa fille. Il avait reçu quelqu'un, pas plus tard que le matin même, et il avait perçu qu'on lui cachait quelque chose. Bien sûr, avec le temps, il aurait fini par deviner ce dont il s'agissait, mais il n'avait pas envie de se donner cette peine. L'homme en question ne dégageait pas de bonnes ondes et il ne voyait aucun intérêt à attendre de découvrir quelque chose pour devoir le ficher à la porte alors que son intuition lui disait dès le départ de ne pas continuer.

Mais Emily avait joué cartes sur table et s'était assurée qu'il sache non seulement qu'elle avait un jeune enfant, mais également que la fillette était vive et que cela avait déjà posé problème à certains.

Il prit une décision rapide et baissa de deux cents dollars le loyer qu'il comptait en demander. De toute façon, il n'avait pas besoin d'argent. Il préférait avoir quelqu'un de fiable et de responsable pour garder un œil sur sa propriété en son absence.

— Jusqu'à présent, je n'ai pas eu de chance avec la location de cet appartement, lui dit-il sur un ton nonchalant, alors si vous acceptez de vous occuper un peu de la maison quand je ne suis pas là, je vous le loue pour cinq cents dollars par mois, avec un dépôt de garantie de la moitié.

Emily le regarda, hébétée. Cinq cents dollars ? Et uniquement deux cent cinquante de dépôt ? Est-ce qu'il se moquait d'elle ?

— C'est une blague ? demanda-t-il, incapable de se retenir.

Fletch sourit devant son incrédulité. Il ne pouvait pas le lui reprocher, il savait qu'en cherchant bien, il aurait pu le louer deux fois plus cher. Mais de toute évidence, elle avait besoin de souffler.

— Ce n'est pas une blague. Vous voulez visiter ? N'acceptez pas avant de l'avoir vu. Il n'y a qu'une chambre, alors vous devrez la partager avec votre fille. Ce n'est pas exceptionnel, vous n'aimerez peut-être pas.

— Je suis sûre du contraire, dit Emily sans en croire sa chance.

Elle avait pris sa journée, et même si ces quelques heures de moins allaient entamer son budget, elle devait absolument trouver un meilleur endroit où habiter avec

Annie. Le propriétaire de l'immeuble miteux où elles vivaient actuellement la collait de manière de plus en plus agressive, et elle savait que ce n'était pas parce qu'il s'intéressait à *elle*, mais pour Annie.

Sa fille était belle. Bien sûr, elle n'avait que six ans, mais elle était grande pour son âge et élancée. Elle avait une longue et belle chevelure blonde qu'elle avait héritée de son père. Elle avait les yeux bleus et elle parlait à tout le monde. Annie était ouverte et pleine de vitalité, et Emily savait que ce foutu proprio entretenait un intérêt malsain pour sa fille.

L'argent était toujours un problème. Depuis que le père d'Annie l'avait abandonnée quand Emily était encore enceinte, elle s'était battue pour offrir à sa fille une vie heureuse et protégée. Elle travaillait à Fort Hood, au PX, la supérette de la base militaire. Elle ne pouvait pas travailler à plein temps, car elle n'avait pas de quoi payer une nounou pour Annie. Elle l'avait confiée à des voisines avant que la fillette soit admise en maternelle, mais à présent qu'elle était au CP et en classe toute la journée, Emily pouvait travailler six heures par jour. Elle déposait Annie à l'école primaire à sept heures trente et commençait à huit heures. Elle travaillait ensuite jusqu'à quatorze heures, sans pause déjeuner, puis elle passait chercher sa fille vers quatorze heures trente.

Emily n'avait pas d'assurance maladie ni d'épargne retraite, mais Annie était choyée et heureuse. Ça en valait la peine. Alors, se voir offrir un logement fiable, sécurisé et calme pour seulement cinq cents dollars par mois ? Emily avait l'impression d'avoir gagné au loto.

Avant même de voir l'annonce dans le journal pour

cet appartement, elle avait déjà prévu de quitter l'immeuble miteux en fin de mois, même si elle devait vivre dans sa voiture. Elle l'avait déjà fait quand elle était enceinte et elle s'était juré qu'Annie ne connaîtrait jamais ce genre de vie. Mais Emily avait perdu tout espoir de trouver quelque chose d'approprié.

Le moins cher qu'elle ait trouvé jusqu'à présent était à huit cents par mois et c'était un appartement encore plus sinistre que celui qu'elle occupait. Étant donné que l'immeuble était proche de la base militaire, Emily avait pensé qu'elle se sentirait en sécurité avec les soldats, car le propriétaire lui avait dit que la majeure partie des locataires étaient des hommes et femmes célibataires qui travaillaient à Fort Hood, mais malheureusement, ce n'était pas le cas.

Le père d'Annie lui avait expliqué à de nombreuses reprises que ce n'était pas parce qu'un homme était soldat que c'était quelqu'un de bien. Elle avait cru qu'ils commençaient leur vie à deux alors qu'apparemment, il cherchait juste à s'envoyer en l'air. Il avait trouvé le moyen de se faire muter dans une autre base peu de temps après qu'elle lui eut annoncé, la bouche en cœur, qu'elle attendait un enfant et il lui avait fait savoir qu'il ne voulait pas qu'elle le suive.

Emily savait qu'elle pourrait sans doute faire appel à l'armée et demander un test de paternité pour le contraindre à verser une pension alimentaire, mais ce n'était pas ce qu'elle souhaitait pour Annie ni pour elle. La perspective de dépendre de l'argent de quelqu'un d'autre pendant des années lui nouait le ventre.

Annie et elle allaient bien jusqu'à présent, et Emily

savait qu'elle continuerait à faire tout son possible pour protéger sa fille et la rendre heureuse... sans aide extérieure.

Fletch se leva en hochant la tête.

— Bon, allons le voir, et si ça vous plaît, nous reviendrons ici et nous remplirons les papiers, d'accord ?

— D'accord.

Dix petites minutes plus tard, ils étaient de retour à la table de la salle à manger dans la maison de Fletch. Emily lui avait dit tout de suite que l'appartement modeste était parfait, même si Fletch avait précisé qu'il y avait tout un tas de choses qu'il devrait faire pour l'améliorer.

— Je vais faire une copie de votre pièce d'identité, dit Fletch à Emily sur un ton désinvolte.

Il n'avait pas vraiment besoin qu'elle signe le bail, mais il était hors de question qu'il laisse quelqu'un vivre sur sa propriété sans enquête annexe, aussi fragile et charmante que la jeune femme semble être. Ce n'était pas complètement légal, mais son ami Tex était discret et il pouvait le renseigner en moins d'une heure.

Tex était un agent des forces spéciales, à la retraite pour raisons médicales, qui vivait en Pennsylvanie. Autrefois, il habitait en Virginie, mais il avait déménagé toute son entreprise après avoir rencontré sur Internet une femme magnifique du nom de Melody. Tex représentait les yeux et les oreilles de leur équipe de la Delta Force et de nombreux autres groupes des forces spéciales. Cet homme était un pur génie en informatique et il était capable de retrouver des informations même si les principaux intéressés croyaient les avoir mieux cachées que le trésor de Fort Knox. Personne ne lui avait jamais demandé comment il se débrouillait, mais tout le monde était ravi de l'avoir en soutien.

Fletch vit Emily pencher la tête et sortir son portefeuille de son sac. Elle lui remit son permis de conduire en disant :

— Si vous vous moquez de mon prénom, vous le regretterez.

Fletch examina la petite carte en plastique qu'elle lui tendait et il essaya de réprimer un sourire. Ses lèvres frémirent, mais lorsqu'il releva les yeux, il lui dit sur un ton impassible :

— Miracle ?

Emily soupira. À l'évidence, elle avait l'habitude de raconter l'histoire de son prénom.

— Oui. Mes parents étaient âgés. Ils ont toujours voulu des enfants et à ma naissance, ils m'ont appelée leur petit miracle.

— Mais vous préférez Emily ?

Elle hocha la tête.

— Oui. Sans hésiter.

— C'est joli, Miracle.

— Peut-être, dit Emily avec une grimace, mais quand on a subi des moqueries à l'école primaire et au collège pendant des années, c'est tout de suite beaucoup moins joli.

— Les enfants sont cruels.

— Oui.

— Vous avez encore vos parents ?

Emily n'avait pas vraiment envie d'en discuter avec

Fletch. Après tout, c'était toujours un inconnu, mais elle ne voulait pas non plus paraître impolie.

— Malheureusement, non. Ils sont morts quand j'étais à la fac.

— C'est dur.

C'était le moins qu'on puisse dire, mais elle se contenta de répondre :

— Oui.

Fletch emporta le permis de conduire d'Emily jusqu'à la petite imprimante dans un coin du salon pour la photocopier.

— Alors, vous n'êtes pas marié ? demanda Emily, décrétant que s'il pouvait faire preuve de curiosité, alors elle aussi.

— Non.

Emily attendit, mais comme il ne développait pas sa réponse, elle insista :

— En voyant votre intérieur, on pourrait le croire.

Fletch partit d'un rire retentissant.

— N'est-ce pas ? J'ai engagé une décoratrice. Je ne l'ai pas beaucoup aidée, alors elle a fait les choses selon ses propres goûts.

— Elle a fait un travail formidable, observa Emily en regardant autour d'elle.

— Oui. Il faut croire que c'est amusant de dépenser l'argent de quelqu'un d'autre.

Emily ne souriait pas, mais ses yeux balayaient toujours chaque coin de la pièce.

— Je n'en doute pas.

Adossé contre le mur à côté de l'imprimante, Fletch regardait Emily inspecter sa maison. Il se demandait ce qu'elle voyait. À son tour, il regarda la pièce en s'efforçant de la voir au travers de ses yeux. Il avait deux canapés en cuir classiques qui semblaient trop raides, mais quand on s'y asseyait, on s'enfonçait dans les coussins moelleux. Il avait une grande télévision à écran plat rivée au mur et une table basse d'apparence normale, mais qui disposait d'un compartiment secret en dessous, où il rangeait une arme de poing Sig Sauer calibre 40. Il était toujours prêt à toute éventualité, mais en pensant aux nombreuses armes dispersées dans toute la maison, il se dit qu'il lui faudrait penser à les sécuriser. S'il y avait une fillette dans le coin, il devait garantir sa sécurité.

Bien sûr, la petite fille ne le verrait pas souvent, mais si elle venait en compagnie de sa mère pour lui apporter le courrier, il voulait absolument éviter qu'elle découvre l'une de ses armes et tire par accident. Cette idée lui donna le frisson et il se jura de tout ranger hors de portée d'un enfant dès qu'Emily s'en irait.

Il y avait une paire de rangers par terre, au pied du canapé. Il les avait laissées la veille en rentrant de la base. À part cela, tout le reste était en ordre et il n'y avait pas de papiers, de magazines ou autres affaires en vue.

— Je suis un peu maniaque, précisa inutilement Fletch lorsqu'il revint s'asseoir à table avec elle.

— Oui, je vois ça, dit-elle en riant, reportant son regard sur lui. Mais c'est bien. Elle a fait du bon boulot. C'est classique sans être trop sophistiqué, confortable sans être trop chargé. J'espère que vous n'attendez pas que l'appartement soit aussi impeccable, plaisanta-t-elle. Annie et moi, nous ne sommes *pas* maniaques.

Fletch lui rendit son permis en riant.

— Non, ça ne me dérange pas, tant qu'il n'y a pas de souris ni de cafards.

Emily frissonna.

— Oh, non. Nous ne sommes peut-être pas soignées, mais nous sommes propres.

— Alors, tout va bien.

Ils se sourirent. Fletch fit glisser les documents du loyer sur la table.

— Prenez-les. Vous les lirez à votre guise, vous pouvez les faire vérifier par un notaire, mais je tiens à m'assurer que vous soyez d'accord sur tous les points avant de signer.

Emily le regarda, perplexe.

— Y a-t-il quelque chose de bizarre là-dedans ?

— Bizarre ?

— Oui, bizarre.

— Bizarre comment ? demanda Fletch.

— Je ne sais pas. Par exemple, le fait que ma voiture ne dispose que d'un mètre trente dans le garage et que si je dépasse, je suis virée. Que si vous voyez Annie après seize heures, je vous dois un supplément, ou que si je suis en retard d'un jour pour vous verser le loyer, je dois partir. Bizarre dans ce genre-là.

Fletch avait perdu son sourire avant la fin de son commentaire.

— Certainement pas. Écoutez, Emily, j'ai beaucoup de défauts, mais je ne suis pas une ordure. Si vous avez des problèmes pour payer le loyer, dites-le-moi et nous trouverons une solution. Je vous ai déjà dit que la présence de votre fille ne me dérangeait pas. Si elle joue avec des objets dangereux dans le garage, ça ne me plaira pas, mais uniquement parce qu'elle risque de se blesser, pas parce que je ne veux pas qu'elle y touche. Ce ne sont que des affaires. Les affaires, ça se remplace. Le bail est simple, j'ai trouvé un modèle sur Internet. Il ne contient rien de bizarre.

— D'accord. Merci.

Emily parlait à voix basse sans le quitter des yeux.

— Je voulais juste en avoir le cœur net, dit-elle.

— Très bien. Consultez-le et assurez-vous qu'il vous convienne. Vous pourrez le rapporter et vous installer dès que vous serez prête. Nous sommes le vingt aujourd'hui. Si vous voulez emménager avant le premier, libre à vous. Je ne vous ferai pas payer ce mois-ci, considérez cela comme un cadeau.

Fletch plissa les yeux.

— Si quelqu'un reproche à Annie de poser des questions, plus tôt vous aurez quitté votre logement pour venir vous installer ici, mieux ce sera. Aucun enfant ne devrait se sentir mal pour ce qu'il est.

— Encore une fois, je vous remercie.

Emily se demandait bien ce qu'elle avait fait pour mériter une telle chance, mais elle se réjouissait d'avoir vu cette petite annonce. Elle avait déjà entamé des recherches actives quand elle avait trouvé le journal du dimanche dans la benne de recyclage derrière son immeuble actuel. En général, elle profitait de le consulter au PX, mais comme elle ne travaillait pas ce dimanche-là, elle l'avait récupéré dans le recyclage.

— Je peux vous rapporter le bail demain après le travail ?

Emily voulait que son patron y jette un œil. Elle ne

pouvait pas se permettre de le montrer à un notaire, mais Jimmy l'aimait bien et il saurait lui dire si elle ratait une information importante.

— Bien sûr. Je laisserai une clé sous le paillasson au bas des marches qui montent à l'appartement.

— Oh, vous savez que c'est le premier endroit où les cambrioleurs cherchent une clé de rechange, n'est-ce pas ?

Fletch partit d'un grand éclat de rire. Si quelqu'un parvenait à entrer sur sa propriété sans se faire remarquer, son visage serait enregistré sous divers angles et il se ferait pincer avant de pouvoir s'éloigner.

— Je crois que ça ira pendant un jour ou deux, Em.

Elle lui adressa un sourire timide et répondit avec ironie :

— D'accord, mais si quelqu'un a volé le canapé quand je reviens, j'exigerai qu'il soit remplacé.

— Marché conclu, dit Fletch en lui renvoyant son sourire.

Après tout, ce ne serait peut-être pas si mal d'avoir à nouveau un locataire. Après le dernier en date, il avait longuement hésité à recommencer. Fletch s'assurerait que Tex se renseigne sur Miracle Emily Grant avant qu'elle lui rapporte le bail signé le lendemain. Ce serait un jeu d'enfant pour lui.

Après s'être assuré qu'elle était bien ce qu'elle prétendait être, Fletch signerait le bail, mais il pressentait déjà qu'il n'aurait aucun souci à se faire. Cette femme avait l'air ouverte et honnête, et elle était soulagée d'avoir un endroit où vivre avec sa fille, même si c'était une mansarde à peine meublée.

La sécurité primait sur les biens matériels et il le comprenait mieux que beaucoup d'autres hommes. Il en avait trop vu en dix ans d'armée et en cinq ans de Delta Force. Les gens mentaient, trichaient, volaient et tuaient pour pouvoir être en sécurité. Il connaissait le mécanisme par cœur. Des mères qui faisaient tout ce que les terroristes et brutes locales leur ordonnaient de faire, simplement pour protéger leurs enfants. Des gamins qui intégraient des gangs pour pouvoir nourrir leurs familles. Les horreurs de ce monde n'avaient aucune limite.

Mais Fletch se rendait bien compte que la femme assise devant lui était une personne radicalement différente de celle qu'il avait fait entrer chez lui trente minutes plus tôt. Elle était plus décontractée et à l'aise, alors qu'avant, elle lui avait paru tendue, suspicieuse et sur la défensive. Uniquement parce qu'on lui avait offert un endroit sûr pour elle et sa fille.

Fletch aimait lui faire ce cadeau. Il se sentait bien. Il avait aidé plus de gens qu'il ne pouvait les compter au cours de sa vie, mais il ressentait jusque dans ses tripes le soulagement qui émanait de cette femme.

— Allez annoncer à Annie qu'elle a une nouvelle maison. On se revoit bientôt, n'est-ce pas ?

Emily hocha la tête.

— Oui.

Ils se levèrent et Fletch la raccompagna jusqu'à la porte. Debout dans l'entrée, un bras sur le chambranle, il regarda Emily se diriger vers sa voiture. Elle s'arrêta à mi-chemin dans l'allée et se retourna.

— Merci, Fletch. Je sais que vous me faites une fleur sur le dépôt de garantie et le loyer, et j'apprécie beaucoup. Je ferai mon possible pour vous aider. Vous me direz ce qu'il vous faut. Je peux ratisser, tondre, balayer et, même si vous ne semblez pas en avoir besoin, je peux faire le ménage chez vous.

— Il n'y a pas de quoi, Emily. Mais je ne vous ai pas embauchée pour me servir de femme de ménage ou de jardinière. Figurez-vous que cet accord m'arrange tout autant que vous. J'ai une locataire responsable sur ma propriété, qui n'a pas l'intention de me voler ni d'organiser des fêtes de folie. Tout le monde y gagne. À très bientôt.

Fletch leva mentalement les yeux au ciel. Sa proposition était touchante, mais il était hors de question qu'il exige d'elle de quelconques travaux manuels. Elle pourrait jeter un œil chez lui quand il serait en mission, mais à part cela, il n'y avait pas grand-chose à faire qu'il ne puisse faire lui-même.

— D'accord. À très bientôt.

Après avoir refermé sa porte d'entrée, Fletch entendit la voiture démarrer et le pot d'échappement pétarader. Il alluma le moniteur de sécurité et il vit la voiture reculer dans son allée, puis disparaître sur la route devant chez lui. Il prit alors le papier comportant les informations sur Emily et appela Tex. Il était convaincu à quatre-vingt-dix-neuf pour cent qu'Emily était bien qui elle prétendait être, une femme qui avait joué de malchance dans la vie et qui cherchait un endroit calme où vivre avec sa petite fille.

Soudain, il était impatient de la rencontrer. Du peu qu'Emily en avait dit, elle lui semblait précoce et drôle. Fletch n'avait jamais vraiment songé à avoir des enfants et il n'en avait pas souvent fréquenté, mais il se disait que cela pourrait être amusant d'apprendre des choses à la fillette, par exemple le fonctionnement d'une porte de garage télécommandée.

À vrai dire, plus Emily et Anne emménageraient tôt, mieux il se sentirait. Elles seraient en sécurité dans le petit appartement au-dessus de son garage. Il s'en assurerait.

2

———

— Tu fais quoi ?

La question avait fusé derrière Fletch et il n'était absolument pas étonné. Il avait travaillé sur la Dodge Charger rétro 1968 toute la semaine et la fillette avait passé chaque après-midi à l'épier. Mais elle avait attendu aujourd'hui pour prendre son courage à deux mains et lui adresser enfin la parole.

Le lendemain de sa rencontre avec Emily, il avait retrouvé le bail signé, glissé derrière sa porte-moustiquaire. Il avait laissé une clé sous le paillasson, comme promis, ainsi qu'une télécommande supplémentaire pour la porte du garage. Elle avait emménagé un jour où il était à la base. Fletch avait prévu de l'aider, mais soit elle n'avait pas beaucoup d'affaires, soit quelqu'un lui avait donné un coup de main. Quand il avait frappé à sa porte pour s'assurer qu'elle était bien installée, elle l'avait entrouverte, laissant la chaînette en place, et lui avait répondu que tout était parfait.

Fletch l'avait laissée tranquille. Il avait fait changer les serrures du petit appartement pour garantir à Emily et à sa fille la meilleure sécurité. Il avait également ajouté quelques verrous ainsi que deux chaînes sur la porte. L'une était à hauteur des yeux et l'autre à moins d'un mètre du sol. Fletch se demandait pourquoi il avait pensé à faire installer le deuxième verrou aussi bas, mais comme la mère célibataire serait seule dans le petit appartement, sans doute voulait-il que sa fille soit également en mesure de fermer la porte à clé.

Sans lever les yeux, Fletch continua de travailler sur le moteur. Il était penché sur la voiture et changeait le connecteur de bougie.

— J'essaie de réparer cette vieille voiture.

— Pourquoi ?

— Parce que j'aimerais qu'elle roule à nouveau.

— Pourquoi ?

— Et pourquoi pas ?

— Parce qu'elle est vieille. Tu peux aller en acheter une neuve.

— Pourquoi voudrais-je une voiture neuve alors que j'ai une voiture qui fonctionne parfaitement ici ?

— Je ne crois pas qu'elle marche parfaitement.

Fletch ne trouvait aucun argument à lui opposer. Il avait beaucoup de bricolage à effectuer sur la Charger avant qu'elle soit prête à reprendre la route. Il jeta un œil vers la fillette.

— Annie, c'est ça ?

— Hmm, hmm.

— Parfois, les vieilles choses ont du bon.

Fletch vit qu'elle réfléchissait à ses paroles.

— Un jour, dit-elle, j'aurai des choses qui ne seront pas vieilles.

Il sentit son ventre se nouer, mais Annie poursuivit avant qu'il puisse s'interroger sur ses mots et ce qu'ils évoquaient.

— Je peux t'aider ?

— Tu veux m'aider avec ma voiture ?

— Oui, maman dit que j'aide bien.

Fletch leva la tête du capot et regarda attentivement Annie. Elle portait un jean un poil trop court pour elle, des baskets usées et des chaussettes blanches. Son t-shirt noir était un peu ample sur son corps frêle. Elle avait deux barrettes de chaque côté de la tête, dans ses cheveux blonds, mais quelques mèches s'étaient détachées et venaient encadrer son visage. Ses mains étaient sales et elle avait de la terre sur la joue. D'ailleurs, à bien y regarder, il remarqua que la fillette était couverte de poussière et de terre.

— Que faisais-tu, petit lutin ? demanda Fletch en essuyant ses propres mains sales sur un torchon.

— Je jouais.

— Tu jouais où ?

Annie tendit le doigt derrière elle et Fletch s'avança vers la porte du garage pour voir ce qu'elle lui montrait. À l'angle du mur, il aperçut un tas de voitures en plastique et en métal sur un carré de terre où il n'avait jamais réussi à faire pousser quoi que ce soit. C'était à l'ombre du garage et la fillette y avait tracé un circuit de course. Çà et là, il y avait de petits monticules, et Fletch distinguait des traces dans la terre, à l'endroit où elle avait posé ses genoux pour jouer.

— Tu aimes les voitures ?

— C'est pas mal, répondit-elle en haussant les épaules.

Fletch réprima un sourire. De toute évidence, la fillette aimait ce genre de jouets.

— Et les poupées ? Tu aimes jouer à la poupée ?

Elle fronça le nez dans une grimace de dégoût.

— Non. Les poupées, c'est bête.

— Ah bon ?

— Oui, j'aime les jouets de garçon. Maman n'aime pas quand je dis que ce sont des jouets de garçon, mais tout le monde les appelle comme ça.

— Quels genres de jouets de garçon ? demanda Fletch, appuyé contre la Charger, souriant devant la franchise de la petite fille.

— Un peu tout. Les camions, les monstres, les voitures, *Star Wars*. Et j'adore les trucs militaires.

Fletch était étonné. Avec ses cheveux blonds, ses yeux bleus et son apparence angélique, elle semblait délicate et très fifille. C'était amusant de constater qu'elle avait un autre trait de personnalité.

— Pas de peluches, de déguisements ni de poupées ?

— Non.

— Ta maman a dit que tu aimais lire.

Annie leva les yeux vers lui et demanda avec une intonation rebelle :

—Tu vas te moquer de moi si je dis oui ?

Fletch fronça les sourcils et se mit à genoux pour pouvoir la regarder dans les yeux.

— Non, Annie. Je ne vais pas me moquer de toi. Je m'intéresse simplement à ce que tu aimes lire.

Elle le dévisagea avec un œil intrigué, bien plus grave que ses six ans.

— Des histoires d'aventures.

— Des histoires d'aventures.

Fletch se sentait un peu bête à répéter ainsi ses réponses, mais elle ne cessait de l'étonner.

— Hmm, hmm. Et les enquêtes. Maman m'a lu *Le Lion, la Sorcière blanche et l'Armoire magique* et maintenant on lit *Les Enfants du train*. Après, on va commencer *Les Frères Hardy* et les *Alice Roy*.

— Vraiment ?

— Hmm, hmm. Je peux les lire, moi aussi, mais je suis trop lente. Maman m'aide, mais je préfère quand elle fait la lecture parce que l'histoire va plus vite.

Fletch était épaté. Il n'avait jamais passé beaucoup de temps avec des enfants, mais Emily ne mentait pas. De toute évidence, Annie était très en avance sur les enfants de son âge.

— Ce sont de belles histoires.

— Tu les as lues ? s'écria la fillette, admirative. Vraiment ?

— Oui. Elles sont super.

— Annie ! fit soudain la voix d'Emily à la porte, au coin en haut des marches. Où es-tu ?

— Ici, maman ! répondit Annie en contournant le garage pour se montrer à sa mère.

— Tu dois rester dans mon champ de vision.

— Je sais, excuse-moi, maman. Je parlais avec...

Sa phrase resta en suspens et la petite fille leva les yeux vers Fletch.

— Comment tu t'appelles ?

— Fletch.

Annie plissa le front et les sourcils.

— Fletch ? C'est ton prénom ?

Il étouffa un rire. Décidément, Annie était adorable.

— C'est un surnom. Je m'appelle Cormac et mon nom de famille est Fletcher. Mes amis m'appellent Fletch.

Annie hocha la tête.

— Oui, c'est mieux. Moi aussi je vais t'appeler Fletch.

Une fois de plus, il avait envie de rire. Il n'y avait qu'un enfant pour être à la fois impoli et hilarant.

— Je suis avec Fletch ! lança Annie.

— Je suis là, Annie, pas besoin de crier, dit Emily à sa fille en posant la main sur sa tête.

Elle était descendue pendant qu'Annie discutait avec Fletch.

— Je croyais t'avoir dit de laisser M. Fletcher tranquille quand il travaille.

— Je sais, mais maman, il tapait avec ses outils là-dedans et il disait les mots que tu m'as interdit de dire. Je suis venue voir s'il avait besoin d'aide et on a parlé.

Fletch n'avait pas autant souri depuis bien longtemps.

— Ça va, Emily. On apprenait à se connaître.

— J'espère qu'elle ne vous a pas dérangé.

— Jamais.

Emily lui adressa un sourire timide. Manifestement, les remarques désobligeantes des autres envers son enfant étaient encore fraîches à son esprit.

— Bon, allez. Viens, Annie. Montre-moi ce que tu as fait aujourd'hui. J'ai vu que tu avais essayé de faire le circuit de course parfait.

— Oh, oui, maman. Il est génial ! Viens voir. La vilaine voiture bleue n'a pas gagné aujourd'hui, elle était cassée comme la nôtre l'autre fois, alors la rouge *et* la verte l'ont dépassée à la dernière seconde.

Fletch vit la mère et la fille contourner la maison pour rejoindre le carré de terre où Annie avait tracé son circuit. Il se pencha sur le moteur de la Charger tout en écoutant les bavardages de la fillette, qui parlait de ses voitures à sa mère. Cette gamine avait une imagination débordante et Fletch était impatient de mieux la connaître.

Il n'y avait pas que la fillette qu'il souhaitait apprendre à connaître. Emily le fascinait. Il avait surpris son regard, mais même s'il se montrait avenant et ouvert, elle n'avait pas pris l'initiative de lui parler ni d'interagir autrement que pour lui dire poliment bonjour et au revoir. C'était une mère attentionnée et aimante, mais il n'y avait pas que cela. Il luttait contre une attirance inattendue depuis qu'elle avait frappé à sa porte deux semaines plus tôt. Inattendue parce qu'en général, il était attiré par des femmes plus... élégantes, faute d'un meilleur terme. Celles qui se coiffaient et se maquillaient à la perfection, qui dévoilaient leurs corps par des tenues provocantes.

Chaque fois qu'il voyait Emily, elle était très naturelle. Elle portait de simples jeans et t-shirts, avec les cheveux attachés. Elle se maquillait rarement, mais elle n'en avait pas besoin, ce qui la rendait... abordable. Sans chichis.

Son allure un peu négligée lui donnait l'impression

de la voir telle qu'elle pourrait être après l'amour, ou le matin au saut du lit.

Fletch changea de position en grommelant. La dernière chose qu'il voulait, c'était avoir la trique. Il sourit, mais il lui suffisait d'imaginer la vision qu'il lui offrirait si elle revenait dans le garage pour faire retomber aussitôt son érection.

Fletch prit la décision immédiate d'apprendre à mieux connaître Emily. Ce n'était peut-être pas très malin de se rapprocher de sa locataire, mais il s'en fichait. Quelque chose lui donnait envie de savoir où pourrait le mener une relation avec Emily. Il se fiait beaucoup à son instinct. C'était ce qui lui avait sauvé la vie à plusieurs reprises. Et en ce moment, son instinct lui disait qu'Emily était le genre de femme capable de comprendre qui il était et ce qu'il faisait.

Satisfait par sa décision, Fletch reprit son bricolage en sifflotant, plus heureux qu'il ne l'avait été depuis bien longtemps. Il tournait et retournait dans sa tête le moyen d'aborder Emily. L'attente impatiente du jeu de séduction à venir lui réchauffait les veines.

Emily embrassa Annie sur le front et referma le tome des *Enfants du train* qu'elle venait de lire. Elle passait à la bibliothèque publique chaque semaine pour faire le plein de livres et occuper sa fille jusqu'à la prochaine fournée.

— Maman, pourquoi Fletch peut dessiner sur ses bras, mais pas moi ?

Emily réprima un sourire et s'efforça de garder son sérieux.

— On appelle ça des tatouages, ma chérie, et c'est permanent. Ce ne sont pas des dessins.

— Il en a beaucoup. Ça veut dire quoi per*na*nent ?

— Per*ma*nent. Ça veut dire que ça ne partira jamais. On les lui a dessinés avec une aiguille.

Emily essayait de rendre le procédé repoussant, sachant que s'il y avait bien une chose que la fillette n'aimait pas, c'étaient les aiguilles.

— On met l'encre dans l'aiguille et on l'enfonce dans la peau, encore et encore, jusqu'à ce que le dessin soit sous la peau et ne puisse plus sortir.

— Des aiguilles ? demanda Annie, horrifiée.

Emily hocha gravement la tête.

— Berk. Pourquoi ?

— Certains les utilisent pour faire joli et d'autres pour s'exprimer.

Annie fit la grimace.

— Ses dessins sont jolis, mais je ne comprends pas.

Emily était d'accord avec sa fille sur le premier point. Les tatouages de Fletch étaient beaux, mais elle ne l'avouerait jamais. Elle changea de sujet.

— Tu te souviens de ce qu'on a dit hier soir ?

— Hmm, hmm.

— Quoi ?

— Que je ne dois jamais laisser quelqu'un entrer dans l'appartement. Que c'est *notre* maison et qu'on est en sécurité ici.

— C'est exact, bébé. Et les verrous ?

— Que je dois toujours fermer la porte derrière moi quand je rentre. Même ma petite chaîne spéciale.

— Très bien. Et pourquoi ça ?

— Parce que c'est notre maison et que personne n'a le droit de venir sauf si on l'a invité.

Emily acquiesça.

— Oui. Je ne veux pas que tu aies peur des gens, ma chérie, mais il y a des hommes et des femmes mauvais dans ce monde, qui veulent prendre ce qui ne leur appartient pas.

— Comme des voleurs ?

Emily hocha la tête, consciente que sa fille ne comprenait pas tout.

— Exactement, comme des voleurs. Quand nous sommes dans notre appartement, nous sommes à l'abri des voleurs. C'est chez nous.

— Comme les messieurs bizarres là où on habitait... c'est ça, maman ?

Les larmes montèrent aux yeux d'Emily. Elle embrassa sa fille sur la tête en essayant de dissimuler ses émotions à ses petits yeux trop perspicaces.

— Oui, Annie, comme les messieurs bizarres de l'autre appartement. Mais ils ne sont pas ici. Fermer la porte à clé, c'est juste une bonne habitude à prendre. D'accord ?

— D'accord, maman. Mais Fletch n'est pas bizarre.

— Non, ma chérie. Tu sais, Annie, tu devrais vraiment le laisser tranquille quand il travaille. Ça ne lui plaît peut-être pas que tu l'interrompes.

— Il a dit que ses amis l'appellent Fletch. Je suis son amie. Ça le dérange pas.

Emily se pencha pour embrasser sa fille à nouveau.

— Je t'aime, Annie.

— Moi aussi, je t'aime, maman.

— Dors bien.

— D'accord, toi aussi.

Emily remonta le drap sur le côté du lit double qu'elle partageait parfois avec sa fille. Annie aimait être bien bordée, alors Emily rentrait le drap sous le matelas, puis elle se contentait de tirer une couverture sur son corps lorsqu'elle venait se coucher. La plupart du temps, cependant, Emily dormait sur le canapé pour ne pas déranger Annie quand elle se couchait plus tard que d'habitude. Elle alluma la petite lampe de chevet à un dollar qu'elle avait dénichée dans un vide-grenier et elle quitta la chambre, refermant la porte derrière elle.

Elle s'affaira dans la pièce à vivre, nettoya le plan de travail de la cuisine et fit une vaisselle rapide. Elle déposa des biscuits salés dans un petit sac en papier, ainsi qu'une pomme et un sandwich pour le déjeuner d'Annie le lendemain. Elle secoua la tête en regardant les deux dernières pommes sur la table. Elle devait les garder pour les déjeuners d'Annie. Emily savait qu'elle recevrait sa paie à la fin de la semaine et qu'elle pourrait leur offrir un petit plaisir à toutes les deux.

Son estomac gronda. Elle avait toujours faim en ce moment, mais il était hors de question de manger ce qu'elle destinait à sa fille. Emily alla ouvrir le petit placard du couloir et en sortit une couverture. Elle revint sur le canapé et s'y blottit, remontant sur elle la couverture pelucheuse qu'elle avait trouvée l'an dernier à la vente de charité de la paroisse. Elle alluma la petite télévision que Fletch avait installée dans l'appartement entre le moment où elle l'avait visité et le jour de son emménagement.

Il lui avait laissé un message simple :

J'avais une télé en trop. Elle est connectée à mon antenne satellite. Pas de frais supplémentaires. Profitez-en bien. F.

Ses pensées dérivèrent vers Fletch. Il l'avait étonnée. Elle était tellement désabusée depuis le départ du père d'Annie. Après son accouchement, alors qu'elle était seule et anéantie, elle avait calqué le même filtre négatif sur tous les militaires. Mais son nouveau propriétaire était différent. Cela faisait quelques semaines qu'elles vivaient ici et il avait toujours fait son possible pour parler avec Annie. Non seulement il l'écoutait, mais il s'intéressait à elle.

Il n'était pas uniquement gentil avec sa fille. Avec elle aussi, il était particulièrement attentionné. Il la regardait comme s'il appréciait ce qu'il voyait... ce qui ne lui était pas arrivé depuis longtemps. Emily se sentait féminine pour la première fois depuis une éternité. Cette impression lui paraissait bien réelle. Elle ne paradait pas en petits hauts courts avec des shorts qui lui recouvraient à peine les fesses. Cela dit, peut-être se trompait-elle dans son interprétation des signes qu'elle percevait. Cela faisait longtemps qu'elle n'avait pas essayé de séduire un homme ou d'éveiller son intérêt. Elle avait pris l'habitude d'aborder la vie au jour le jour sans prêter attention à rien ni personne à l'exception d'Annie.

Mais Fletch lui donnait envie d'essayer. Elle voulait se faire jolie pour lui. Elle sourit dans la pièce vide. Fletch était canon. Il était musclé et bien bâti. Elle avait envie de glisser les doigts dans les cheveux presque longs sur sa nuque et de lui dévorer la bouche.

Ça alors ! Cela faisait si longtemps qu'elle n'avait pas entretenu de pensées sexuelles qu'elle en était presque étonnée, mais c'était tellement agréable. Sans doute n'était-ce pas une bonne idée de s'engager de quelque manière que ce soit avec celui qui contrôlait son loyer et pouvait la mettre à la porte d'un jour à l'autre, mais c'était plus fort qu'elle. Il suffirait qu'il claque des doigts pour qu'elle obéisse à ses ordres.

En songeant à Fletch, elle se trémoussa sur le canapé. Cela faisait un bout de temps qu'elle n'avait pas couché avec un homme, mais sa libido n'était pas au point mort pour autant. Emily glissa la main sur son ventre et s'aventura sous l'élastique de son pantalon de survêtement. Elle ferma les yeux et imagina l'une de ses scènes préférées, qu'elle avait lue un jour dans un roman d'amour, super-posant les yeux, les mains et le corps de Fletch à son fantasme.

Elle était étendue sur un grand lit, entièrement nue, tandis que Fletch était debout à côté d'elle, également nu. Dans le livre, l'homme grimpait sur l'héroïne et la faisait jouir sous sa langue avant de la prendre par-derrière, mais dans son esprit, Fletch s'emparait de son énorme queue et se caressait en l'encourageant à en faire de même.

Les doigts d'Emily jouaient sur sa vulve détrempée tandis que, dans son imagination, Fletch lui disait qu'elle était belle et qu'il était impatient de la pénétrer. Elle redoubla d'ardeur sur son clitoris en soupirant. Les yeux bleus du Fletch de ses rêves étaient rivés à ce qu'elle faisait.

Ce ne fut pas long. Emily était déjà excitée et prête. L'orgasme explosa rapidement et elle gémit tout bas pour ne pas réveiller Annie. Tout en ondulant les hanches, elle continua par de délicates caresses afin de prolonger les sensations délicieuses. Elle imaginait l'orgasme de Fletch, sa main crispée, le cri rauque qu'il pousserait, entraîné vers le plaisir par le spectacle qu'elle lui offrait.

Avec un soupir, elle retira la main de son entrejambe et elle s'étira, comblée. Elle n'avait peut-être pas de copain, mais elle savait se débrouiller seule. Elle le faisait depuis longtemps et le plaisir n'avait jamais manqué. Pourtant ce soir, c'était différent. Peut-être parce qu'au lieu d'un héros anonyme et sans visage dans son esprit, elle avait imaginé Fletch. Impossible qu'un type comme lui soit célibataire. Et si c'était le cas, alors cela voulait dire que quelque chose clochait chez lui.

Emily essaya de chasser de ses pensées son propriétaire sexy. Il était inutile d'espérer une chose aussi déraisonnable qui, de toute manière, n'arriverait jamais. Elle pouvait rêvasser, à la rigueur, mais rien de plus.

Elle s'endormit sur le canapé en rêvant qu'un homme aux muscles saillants et au sourire charmeur la jetait sur un lit et lui faisait l'amour... Pour la première fois depuis longtemps, elle se sentait en sécurité.

3

— Qui est-ce ? demanda Emily à travers la porte close.

— Fletch.

Les battements de son cœur s'accélérèrent au son de sa voix et elle s'efforça de retrouver son sang-froid pour ne pas lui sauter dessus dès l'instant où elle ouvrirait la porte. Emily détacha les deux chaînes et tira le verrou avant d'ouvrir.

— Bonjour, Fletch.

Elle essayait de rester calme et mesurée, bien qu'elle ait envie de glousser comme une adolescente devant son coup de cœur.

— Salut.

— Quoi de neuf ?

— Deux choses, répondit Fletch sans tourner autour du pot. J'ai apporté quelque chose pour Annie.

Emily baissa les yeux et constata que Fletch avait un sac dans les mains.

— J'ai aimé passer du temps avec votre fille ces

dernières semaines, alors quand j'ai vu ça, j'ai pensé à elle.

— Oh, euh...

Emily n'était pas très enthousiaste à l'idée qu'un homme qu'elle ne connaissait pas si bien que ça offre des cadeaux à sa fillette.

Comme elle ne prenait pas le sac, Fletch le déposa par terre à côté de la porte.

— La deuxième chose, c'est que je suis venu vous dire que j'allais m'absenter quelque temps.

— Oh, d'accord.

— Je vous apporte les clés de la maison. J'espérais que vous pourriez y jeter un œil de temps en temps histoire de vérifier que tout va bien, et prendre mon courrier aussi...

Il sortit de sa poche un anneau auquel pendait une seule clé.

— Bien sûr. Avec plaisir, lui dit Emily.

— Maman ! appela soudain une petite voix à l'intérieur de l'appartement. Dépêche-toi ! Je lis pas aussi vite que toi et je veux savoir ce qui se passe !

Les adultes sourirent en percevant l'impatience dans la voix d'Annie. Emily tourna la tête pour répondre à sa fille, criant sans même songer que ce n'était peut-être pas très féminin en présence de Fletch :

— Attends un peu ! J'arrive !

Fletch sourit de plus belle. Emily et sa fille étaient vraiment adorables.

Elle sortit de l'appartement, referma la porte derrière elle et tendit la main vers le porte-clés.

— Des instructions spéciales ?

— Oui, j'ai une alarme. En entrant dans la maison, vous devrez saisir le code sinon les flics débarqueront en quelques minutes.

Emily eut un rire nerveux

— Oh, d'accord. Mais sachez que je suis nulle avec les alarmes. Elles me mettent mal à l'aise, alors inévitablement je panique et j'entre le mauvais code, ou je ne suis pas assez rapide, enfin bref. Je n'ai plus le droit de faire l'ouverture et la fermeture du PX parce que je l'ai déclenchée trop souvent et mon patron a fini par comprendre que c'était sans espoir.

Sa nervosité fit sourire Fletch. Elle portait un pantalon de yoga noir et un débardeur violet. Elle ne cherchait pas à le séduire ni à attirer son attention, et c'était peut-être précisément pour cela qu'il la remarquait. Elle était svelte, mais bien proportionnée avec de belles formes. Il imaginait presque remonter la main sur son ventre jusqu'à ses seins et...

Il secoua la tête. Ni le lieu ni le moment. Il avait une mission à préparer et son cerveau n'était pas disponible pour cela. Fletch se racla la gorge avant de la rassurer.

— C'est facile. Voulez-vous que je vous montre comment ça marche ? Sinon, je peux vous écrire le code et vous comprendrez le fonctionnement plus tard.

— Je préfère venir maintenant. Avec ma chance, je risque de perdre le papier ou de ne pas trouver le boîtier de l'alarme en entrant.

Elle tourna la poignée et entrouvrit la porte pour crier, sans se soucier de ce que Fletch en penserait :

— Annie ! Je vais chez le voisin un moment. Viens fermer la porte derrière moi !

Emily était bien consciente qu'elle en faisait peut-être trop, étant donné qu'elle allait juste chez Fletch quelques minutes, mais dans son ancien immeuble, elle avait coutume de fermer chaque fois qu'elle sortait. C'était difficile de changer cette habitude.

Un instant plus tard, de petits bruits de pas se firent entendre. Annie demanda d'une voix plaintive :

— Je veux venir, moi aussi !

— J'en ai pour une seconde, bébé, reste ici...

— Je veux veniiiiir !

— Ann Elizabeth Grant, l'avertit Emily d'une voix sèche.

Annie passa la tête par l'entrebâillement de la porte.

— Je veux venir, Fletch. S'il te plaît !

Il regarda Emily. Il ne la contredirait jamais devant sa fille, mais par son regard il espérait lui faire comprendre que ça ne le dérangerait pas qu'Annie les accompagne.

Emily secoua la tête en riant.

— Oh, là, là ! Ce regard de chien battu. D'accord, Annie, tu peux venir, mais ne touche à rien chez M. Fletcher.

— Youpi !

— Va mettre tes baskets. Tu peux venir en pyjama, nous ne resterons pas longtemps.

— D'accord ! J'arrive. Ne partez pas sans moi !

Emily sourit en voyant sa fille retourner au pas de charge à l'intérieur pour aller chercher ses chaussures. Elle se tourna et regarda Fletch.

— Merci d'accepter. Ce ne sera pas long. Vous me montrerez le code et ce qu'il faut faire, puis nous vous laisserons tranquille. Je suis sûre que vous avez un tas de choses à faire avant votre départ demain.

Fletch se surprit à mentir :

— Non, je n'ai pas grand-chose à faire. C'est bon.

En réalité, il avait des consignes à passer en revue, des cartes à étudier et il était de sa responsabilité, comme tous les autres membres de la Delta Force, d'élaborer un plan d'action. Chacun exposerait son plan le lendemain matin et ils conviendraient ensemble de la meilleure solution. Pourtant, il ne pouvait résister à quelques minutes supplémentaires avec Emily et Annie. Elles lui donnaient toujours le sourire.

Annie revint en courant et manqua trébucher sur le sac posé dans l'entrée.

— Qu'est-ce que c'est ? demanda-t-elle avec une curiosité enfantine.

— C'est pour toi, lui dit Fletch en le prenant pour le lui donner.

Annie ne tendit même pas les bras, mais elle consulta sa mère du regard comme on le lui avait appris. Emily hocha la tête pour lui indiquer qu'elle pouvait le prendre et sa fille récupéra le paquet que Fletch lui tendait.

Elle jeta un œil à l'intérieur. Fletch aurait juré voir ses yeux tripler de volume sur son visage. Enfin, elle le regarda.

— Pour moi ? *Vraiment* ? Ce n'est même pas mon anniversaire.

— Oui, lutin. Pour toi. Je ne connais pas la date de ton anniversaire, mais quand je les ai vus j'ai pensé que ça te plairait. C'est spécial. Ne t'attends pas à recevoir un cadeau tous les jours. Dis-toi que c'est pour te souhaiter la bienvenue dans ton nouvel appartement.

Annie s'agenouilla sur le palier et sortit deux boîtes du sac. C'étaient des figurines GI Joe. Fletch les avait vues dans un magasin le matin même et il avait tout de suite pensé à Annie. C'était bien le genre de choses qu'elle aimerait. Bien sûr, ça ressemblait à des poupées et elle avait dit qu'elle n'aimait pas cela, mais avec le côté militaire, Fletch était sûr de lui faire plaisir.

Annie les déposa sur les planches en bois du palier et les contempla avec vénération. Elle fit courir ses doigts sur le plastique de l'une des boîtes, puis elle leva les yeux vers sa mère.

— Maman, elles sont *neuves*.

— Je vois ça, ma chérie.

— *Toutes neuves*, répéta la fillette à mi-voix, en se penchant pour coller son visage contre le paquet, comme pour s'adresser directement au soldat en plastique. Bonjour, monsieur le militaire. Je m'appelle Annie.

Fletch ne pouvait s'empêcher d'être perplexe en regardant la fillette. Il n'avait encore jamais vu quelqu'un accepter un cadeau comme Annie. C'était touchant, mignon... et un peu triste à la fois. La plupart des gamins arracheraient joyeusement le paquet pour prendre les jouets, mais Annie ne semblait pas pressée de mettre la main dessus. Elle admirait l'une des figurines à travers la boîte comme si elle était précieuse et fragile.

— Annie, tu veux toujours venir avec nous ? Ou tu préfères rester ici avec tes nouveaux jouets ? demanda Emily d'une voix douce.

La petite fille leva les yeux et répondit immédiatement :

— Avec toi et Fletch. Attendez, je vais les ranger dedans, ils seront en sécurité et ils ne vont pas se salir.

— Bien sûr, bébé. Vas-y, nous attendrons. Prends ton temps.

Fletch vit Annie prendre soigneusement l'un des paquets et le ranger dans le sac. Puis elle répéta son geste avec le second. Enfin, elle se leva et se glissa de l'autre côté de la porte, disparaissant à l'intérieur de l'appartement.

— Comment saviez-vous qu'elle aimait les figurines militaires ? demanda Emily.

Fletch haussa les épaules, les mains dans les poches.

— Elle me l'a dit la semaine dernière.

Emily ouvrit la bouche pour répondre, pour lui expliquer pourquoi sa fille était tellement subjuguée par le fait que les jouets étaient neufs, mais Annie revint avant qu'elle puisse trouver ses mots.

La fillette alla tout droit vers Fletch et jeta les bras autour de ses cuisses. Elle l'agrippa de toutes ses forces.

— Merci, Fletch. Merci, merci, merci, merci...

Il passa la main sur la tête d'Annie en répondant :

— De rien, petit lutin.

Fletch était un peu gêné, mais son cœur se gonflait devant la tendre affection qu'elle lui témoignait. Enfin, Emily dit à sa fille :

— Viens, on y va. C'est bientôt l'heure d'aller au lit, Annie.

La petite fille leva les yeux vers lui et acquiesça d'un air absent.

— C'est le *plus meilleur* des cadeaux ! Merci.

Fletch hocha la tête tout en songeant que si ces figurines GI Joe étaient le plus beau cadeau qu'Annie ait jamais reçu, c'était bien triste. Il devrait remédier à cela et la gâter plus souvent... sans vexer Emily, naturellement. Si elle ne pouvait pas se permettre d'offrir des jouets neufs à sa fille, il ne voulait surtout pas la mettre mal à l'aise. Il tenait à elles... surtout à Emily. Quelque chose chez cette femme lui donnait envie de la prendre dans ses bras et de la serrer contre son cœur.

Le trio traversa le jardin en direction de la maison, Annie entre sa mère et Fletch, main dans la main. Elle bavardait tout en marchant, revenue de sa sidération. Lorsqu'ils entrèrent, Fletch montra à Emily où se trouvait le boîtier de l'alarme. Il se garda de préciser que non seulement le système était relié au département de police, mais qu'il était également connecté à quelques personnes spéciales que Fletch connaissait et en qui il avait confiance, dont Tex en Pennsylvanie.

— Le code est deux, six, quatre, trois, sept. En entrant, saisissez les chiffres, puis appuyez sur le bouton vert. L'alarme sera désactivée. En partant, les mêmes chiffres, deux, six, quatre, trois, sept, puis le bouton rouge. Vous avez une minute pour sortir de la maison en partant et une minute pour taper le code en entrant. Si vous restez à l'intérieur pendant un moment, sentez-vous libre de regarder un film ou autre, saisissez les mêmes chiffres, deux, six, quatre, trois, sept, puis enfoncez le bouton jaune. La maison sera sécurisée, mais le capteur de mouvement sera désactivé, ce qui vous permettra de vous déplacer librement sans craindre de déclencher l'alarme. C'est compris ? Voulez-vous faire un test ?

— Euh... oui, mais je ne pense toujours pas que ce soit une bonne idée. Je ne savais pas que vous aviez des capteurs de mouvement.

Fletch vit Emily saisir le code d'une main nerveuse, programmant l'alarme. Puis elle enfonça les mêmes boutons et appuya sur le vert pour l'éteindre.

— Et voilà. Facile. Je vous l'avais dit.

— Si je me souviens des chiffres, plaisanta Emily.

— C'est facile, maman, dit alors Annie. C'est mon nom.

— Quoi ?

— Mon prénom. Enfin, c'est mal épelé, mais ça pourrait quand même être mon nom.

Fletch s'accroupit pour regarder Annie dans les yeux.

— Comment l'épelles-tu, lutin ? demanda-t-il pour faire plaisir à la fillette.

— A-N-I-E-S. Comme mon prénom, mais avec un seul N et un S.

— De quoi parles-tu ? demanda Emily, dubitative.

Annie regarda Fletch en murmurant :

— C'est comme le langage codé des Indiens... un code. On l'a appris à l'école.

— Le langage codé des Navajos ? demanda Fletch.

— Hmm, hmm.

— Tu veux bien m'expliquer le code secret ?

Annie acquiesça solennellement.

— C'est le code du téléphone.

Fletch regardait Annie dans les yeux. Elle s'était appuyée contre lui avec une telle confiance. Ce fut à ce moment qu'il comprit à quel point la fille d'Emily était brillante.

— Le code du téléphone. Oui, tu as raison. C'est vrai.

— Quelqu'un veut bien éclairer ma lanterne ? demanda Emily en croisant les bras devant sa poitrine.

En voyant le bel homme auquel elle pensait bien trop souvent s'agenouiller par terre et parler avec sa fille comme si elle était d'une intelligence supérieure, elle avait le cœur qui battait et elle éprouvait des envies qui ne resteraient sans doute qu'à l'état de rêves.

— On lui explique le code secret ? demanda Fletch sur un ton amusé avant de faire un clin d'œil à Annie.

Cette dernière gloussa.

— Oui, c'est maman, je crois qu'elle doit le connaître.

Fletch acquiesça.

— Tu as raison, il ne faut rien cacher à sa maman.

Puis il regarda Emily :

— Le code du téléphone. Chaque chiffre sur un téléphone correspond à certaines lettres. Par exemple, le chiffre 2 correspond à A, B et C. Le chiffre 3 à D, E et F, et ainsi de suite.

Annie reprit là où Fletch s'était arrêté.

— Oui, et le 4 c'est G, H et I. Alors, les chiffres de son code, deux, six, quatre, trois, sept peuvent épeler beaucoup de choses, mais ça épelle aussi Anies… avec un seul N et un S.

Emily baissa les yeux sur sa fille, abasourdie. Seigneur, elle allait devoir envisager de l'inscrire dans une école pour surdoués.

Fletch ébouriffa les cheveux de la fillette en se levant.

— Tu es un vrai petit génie.

— Je sais, répondit Annie en souriant.

— Sérieusement, je vous l'ai déjà dit, reprit Fletch,

mais n'hésitez pas à venir si vous voulez regarder un film ou autre. Vous pourrez déposer mon courrier sur le plan de travail de la cuisine. Maintenant, je crois que vous n'oublierez pas le code, n'est-ce pas ?

— Non, en effet, acquiesça Emily, encore un peu secouée après une telle preuve de l'intelligence de sa fille.

— Bien. Utilisez cette clé quand vous voudrez. Venez, je vous raccompagne.

— Ça va aller, nous sommes de l'autre côté du jardin.

— Je vous raccompagne.

Annie prit la main de Fletch et l'entraîna vers la porte.

— Dépêche-toi, maman, je veux rentrer voir mes jouets !

Ils traversèrent le jardin et gravirent les marches conduisant au petit appartement au-dessus du garage. Emily ouvrit la porte et Annie se rua à l'intérieur sans prendre la peine de dire au revoir à Fletch, trop excitée de retourner à ses nouveaux jouets.

Il n'avait pas échappé à Fletch qu'Annie avait dit qu'elle voulait retourner dans sa chambre pour *voir* ses jouets, non pas jouer avec. Ce n'était pas sa langue qui avait fourché. Au cours de ces dernières semaines, il avait appris que la majeure partie du temps, Annie disait exactement ce qu'elle pensait.

— Encore merci pour le cadeau, elle les adore, dit Emily.

— Ce n'est rien.

— Combien de temps serez-vous absent ? Les militaires sont déployés pour plusieurs mois d'affilée, n'est-ce pas ?

— Oui, mais j'appartiens à un groupe spécial, pas à un peloton ni une unité. Je n'ai pas vraiment le droit d'en parler, désolé. J'ignore combien de temps nous partons cette fois. Nos missions peuvent durer une journée comme s'inscrire sur le long terme, jusqu'à une année, mais je suis presque certain que celle-ci sera brève. Une semaine, j'espère.

Emily le regarda, bouche bée.

— Une année ? Vraiment ?

— Oui, mais cela n'a encore jamais duré aussi longtemps.

— Oh. D'accord.

— Ça va aller ici ?

— Oui, tout va bien. L'appartement est parfait pour nous. Je l'adore.

— Tant mieux. J'apprécie que vous puissiez garder un œil sur la maison pendant mon absence.

— Qui la surveillait jusqu'à présent ?

— Quelques amis du travail qui passent de temps en temps, lui dit Fletch.

— Ah. D'accord, eh bien, je suis ravie de prendre votre courrier et de m'assurer que tout est en ordre.

— Merci. On se voit à mon retour.

— Oui, très bien.

— Prenez bien soin de vous et d'Annie pendant mon absence.

Ces mots étaient aussi surprenants qu'agréables.

— Bien sûr. Ne vous inquiétez pas pour nous, ça va aller. C'est à *vous* de prendre soin de vous. D'accord ?

— Oui, merci. À bientôt.

— À bientôt.

Emily referma la porte derrière Fletch et s'y adossa. Bon sang, comment allait-elle se retenir de le toucher dans les mois à venir ? Telle était la question. Il était beau. Pourtant, même si elle espérait qu'il lui fasse des avances, il semblait immunisé contre son charme. Décidément, elle manquait trop d'entraînement dans ce domaine. Elle aimait Annie de tout son cœur, mais pour draguer, la fillette n'était pas le meilleur des soutiens.

Oh, tant pis. Quand Fletch rentrerait de mission, elle songerait peut-être à allumer l'étincelle. Ce n'était sans doute pas très malin et elle risquait de se ridiculiser, mais Fletch était tellement sexy, et ça faisait bien trop longtemps qu'elle n'avait pas été attirée par un homme. En attendant, elle continuerait à rêver de lui.

Fletch ferma la porte à clé derrière lui et programma l'alarme. Il inspecta les moniteurs, où il vit les lumières de l'appartement s'éteindre de l'autre côté du jardin. Il soupira. Il avait du mal à garder ses distances avec Emily. Elle semblait être tout ce qu'il aimait chez une femme. Travailleuse, compatissante, jolie à regarder... et c'était une mère formidable. Voilà qui sautait aux yeux. Il se surprenait souvent à rêver de la déshabiller, à imaginer la passion dans son regard alors qu'il caresserait son corps.

Il avait fait un sacré rêve l'autre nuit. Debout devant elle, il la regardait se masturber. C'était torride et surprenant, car il n'aurait jamais cru se laisser exciter à ce point. Mais il s'était réveillé avec une érection si intense qu'il avait dû tourner la tête en se demandant si c'était bien un rêve. Malheureusement, il était seul dans son lit. Aussitôt, il avait refermé les yeux pour raviver l'image formée par son subconscient. Quelques minutes avaient suffi pour le conduire à l'orgasme.

Peu à peu, Emily était devenue une obsession et Fletch savait qu'il devait faire quelque chose. Il n'était pas du genre à rester les bras croisés en espérant que ses pensées se réalisent. Quand il voulait quelque chose, il faisait tout pour l'obtenir... et ce qu'il voulait, c'était Emily.

Et puis, il y avait Annie. Fletch n'aurait jamais pensé être du genre paternel, mais l'admiration dans les yeux de la fillette quand elle avait vu les figurines militaires qu'il lui avait apportées lui donnait envie de renouveler l'expérience, encore et encore. Il se sentait le devoir de la protéger et il voulait faire son possible pour la rendre heureuse.

Malheureusement, en matière de relation, on ne pouvait pas miser sur lui. Non seulement son métier était extrêmement dangereux, mais il n'avait jamais ressenti le besoin de prendre une femme pour la vie. Il n'avait jamais souhaité être à tel point consumé par quelqu'un que son travail en serait affecté... mais il craignait que ce soit trop tard. Il avait déjà sa nouvelle locataire dans la peau.

Il voulait Emily *et* sa fille pour lui tout seul, mais il devait être intelligent, procéder par étapes. Quand il rentrerait de mission, il tenterait sa chance et il verrait bien si elle avait pensé à lui. Malgré toutes les embûches, au fond, il espérait que ça marche. Cela faisait longtemps qu'il n'avait rien désiré aussi fort qu'Emily.

4

———————

L'homme attendait impatiemment au bout de l'allée, bien caché. Il savait que ce connard de soldat et ses amis étaient en mission et il était grand temps de mettre en action la deuxième partie de son plan.

Il sourit d'un air suffisant et enfonça la casquette de baseball sur sa tête tout en attendant que la femme rentre. La première partie de ce plan avait été un jeu d'enfant. L'un des militaires avec lesquels il jouait et buvait était employé dans le bâtiment où l'équipe se réunissait souvent. En échange d'une dette effacée, l'homme avait épié leurs conversations de tous les jours pendant plusieurs semaines.

Le groupe était d'un ennui mortel et ne discutait jamais ouvertement de ses missions, mais en revanche, ils parlaient tous de leurs vies privées. Le soldat lui avait transmis toutes sortes d'informations décousues, notamment lesquels d'entre eux avaient un profil sur un site de rencontres ou encore leur bar préféré.

Mais plus utile encore : la nouvelle locataire de Fletch

était fauchée comme les blés et ne payait que cinq cents dollars par mois. Apparemment, Fletch était une cible facile qui prenait en pitié cette débile et son gosse.

Son informateur lui avait dit que les membres du groupe riaient en permanence à ce que la fille de la jeune femme disait et faisait. Manifestement, c'était une surdouée.

L'homme retira sa casquette et essuya son front en sueur avec le bas de son marcel avant de la remettre sur sa tête.

Cette femme est une traînée.

L'homme acquiesça à la voix dans son esprit. En effet. Comme toutes les femmes. Même son ex-copine avait fait semblant de l'apprécier pour pouvoir se servir de lui.

Mais elle le paiera.

Il ricana. Oui, elle le lui paierait cher. Il était intelligent et trouvait toujours quelque chose pour menacer les gens. Toutes les informations peuvent toujours s'avérer utiles. Et maintenant qu'il disposait de ce dont il avait besoin, il allait pouvoir passer à la deuxième partie de son plan.

Ce connard de soldat et son équipe au complet allaient regretter le jour où ils l'avaient humilié, lui et son escouade, sur le champ de bataille. Personne ne se foutait de sa gueule sans en subir les conséquences. *Personne.*

Lorsqu'une voiture s'engagea dans la longue allée conduisant au garage, l'homme s'avança en silence sur le trottoir, sous le couvert des arbres.

* * *

Emily entra dans le garage et poussa un soupir de fatigue. La journée avait été longue, étrangement plus que d'habitude. Peut-être était-ce la période de soldes au PX et la folie que cela engendrait toujours, peut-être était-ce parce que Fletch lui manquait. De toute façon, elle n'avait pas passé beaucoup de temps avec lui et il n'était parti que depuis trois jours, mais c'était rassurant de rentrer à l'appartement et de savoir qu'il était de l'autre côté du jardin.

À moins que ce soit le fait qu'Annie était particulièrement bavarde aujourd'hui. Emily s'était juré il y a longtemps de ne jamais dire à sa fille qu'elle parlait trop. Elle s'exprimait, voilà tout, comme un enfant de son âge. Or pour la première fois de sa vie, elle aurait tout donné pour un peu de silence.

— Alors John a dit à la maîtresse qu'elle était bête ! s'exclama Annie, abasourdie que l'on puisse se montrer aussi insolent avec un adulte, et encore plus avec son institutrice.

— Il a dit ça ? Que s'est-il passé ensuite ?

— Madame O lui a demandé de le prouver.

Emily sourit. En réalité, Madame O s'appelait Ogliaruso, mais c'était difficile à prononcer pour des enfants de six ans, alors elle s'était fait un plaisir de proposer à ses élèves de l'appeler Madame O à la place. Emily tendit le bras vers la banquette arrière pour récupérer les deux sacs en plastique de provisions qu'elle avait prises au travail. Les barres de céréales et le pain de mie étaient moins chers car leur date d'expiration était passée, ainsi que les six boîtes de soupe car elles étaient bosselées.

— A-t-il pu prouver qu'elle se trompait ? demanda-t-elle en attendant qu'Annie sorte du garage pour pouvoir appuyer sur le bouton de fermeture et sortir à son tour.

— Non. Mais il a essayé, et comme il pouvait pas, il s'est fâché et il a jeté son crayon de l'autre côté de la classe.

— Oh, c'est dangereux.

Annie hocha la tête en hissant son cartable GI Joe sur son dos.

— Oui. C'est pour ça qu'elle l'a envoyé dans le bureau du directeur. Madame O nous a dit qu'il allait avoir des ennuis, pas parce qu'il avait dit qu'elle avait tort, mais parce qu'il avait jeté des choses. Elle dit qu'on peut remettre en question... l'*atorité*, mais pas avoir *retour* à la violence.

— *Autorité* et avoir *recours* à la violence, rectifia automatiquement Emily.

— Oui, c'est ce que j'ai dit, ronchonna Annie.

— Bonjour.

La voix étonna à la fois Emily et Annie. Elles firent volte-face au moment où la porte du garage se refermait derrière elles. Un homme était là, bien trop proche pour leur sécurité. Elle tendit sa main libre et poussa sa fille derrière elle.

Emily n'avait jamais vu cet homme. Il affichait le même genre d'assurance que Fletch, mais différemment. Fletch était sûr de lui dans un sens protecteur. Il savait qu'il était plus fort et plus dangereux que la plupart des gens, mais pas une fois Emily n'avait eu l'impression qu'il représentait un danger pour elle ou Annie.

Or cet homme paraissait imbu de lui-même et brutal. Ses lèvres esquissaient un sourire, comme s'il savait qu'elle avait peur de lui. Son marcel noir moulait son torse musclé et Emily aperçut un crâne noir tatoué sur l'avant-bras. Il portait un treillis camouflage, comme elle en voyait tous les jours au travail, et il avait une casquette de baseball sur le front. Elle avait du mal à distinguer ses yeux. À l'évidence, c'était un militaire. Emily en conclut qu'il devait être ici pour voir Fletch.

— Fletch n'est pas là.

— Je sais.

Sa réponse était immédiate et insolente.

— Je suis ici pour te voir, Emily.

— Annie, monte à la maison.

Emily avait employé sa voix « de maman », celle à laquelle Annie ne désobéissait jamais. Peut-être était-ce l'instinct maternel, mais tout chez cet inconnu lui dressait les cheveux sur la tête. Emily ignorait comment il connaissait son prénom, mais son côté protecteur prenait le dessus et elle voulait éloigner sa fille de cet homme au maximum.

Annie prit les clés que lui tendait sa mère, se retourna et, sans un mot, gravit les marches sur le côté du bâtiment.

— Elle est jolie.

— Que voulez-vous ? demanda Emily en essayant de détourner son attention de sa fille.

— Question intéressante. Voilà, Emily... ton proprio me doit du fric.

— Vous devriez attendre son retour pour lui en parler directement, répondit-elle avec impertinence.

Elle n'aimait pas que cet homme connaisse son nom. Elle n'aimait pas qu'il soit capable de la surprendre dans son jardin. Et elle aimait encore *moins* le regard qu'il posait sur Annie.

— Non, je lui ai parlé avant son départ et il m'a dit que *tu* aurais le fric pour moi.

— *Quoi ?*

— Oui. Il m'a dit qu'il te louait cet endroit pour une misère et que tu me paierais tous les mois pour rembourser sa dette.

Emily plissa le front, perplexe. D'après elle, ce n'était pas le genre de Fletch, mais elle ne le connaissait pas depuis très longtemps et ils n'avaient discuté qu'en passant.

— Viens t'asseoir avec moi, demanda le militaire en tendant le bras vers ses sacs de courses pour les déposer délicatement par terre. Ne pique pas de crise, obéis à ce que je te dis, et personne ne sera blessé. Compris ?

Il lui prit la main comme le ferait un amoureux, mais au lieu de la tenir avec tendresse, il la serra vivement. Ses doigts lui faisaient mal.

Comme elle ne savait pas ce que voulait cet homme – et surtout, ce qu'il pouvait lui faire, à elle ou à Annie, si elle « piquait une crise » –, elle le suivit sans protester.

— Comment vous appelez-vous ? demanda-t-elle en le suivant jusqu'au rocher en bordure d'allée.

L'homme la fit asseoir sans lui laisser le choix. Il la fit pivoter légèrement de sorte qu'elle tourne le dos à la maison et il prit son autre main dans la sienne. Sans la lâcher, il s'agenouilla devant elle.

— Mon nom n'a aucune importance. Ce qui compte, c'est que Fletch me doit un paquet de fric.

— Je ne...

— Tu vas devoir me payer deux cents dollars par semaine.

Emily se recroquevilla, hébétée. Deux cents... par *semaine* ? Elle ne pourrait jamais payer cette somme en plus de son loyer, de ses courses et de l'essence. Une fois de plus, elle ne croyait pas Fletch capable de lui imposer ses dettes, aussi désespéré qu'il puisse être.

— Je ne vous crois pas. Fletch ne me demanderait pas de rembourser ce qu'il doit.

— Ah bon ? Il savait que tu dirais ça. Il sait que tu le reluques, mais dis-toi qu'il joue dans une autre ligue et il trouve hilarant que tu puisses t'intéresser à lui. L'autre jour, quand on a discuté de ta situation, il m'a dit qu'il ne te demandait que cinq billets de cent par mois. Tu lui as dit qu'avec l'argent que tu mettais de côté, tu allais pouvoir renflouer ton compte d'épargne. Combien as-tu déjà de côté ? Mille dollars ? Deux ? Il me doit vingt fois cette somme. Ton proprio est accro au jeu, Emily. Il me doit une tonne de fric et si tu veux continuer à vivre ici avec ton petit génie de fille, en sécurité contre ces prédateurs qui rôdent en ville, tu vas devoir payer.

Emily blêmit, mais l'homme poursuivit, manifestement amusé par sa détresse.

— Sinon ? Si tu décides que je bluffe et si tu vas voir ton proprio pour essayer de régler la question ? Lui demander de payer ses propres dettes ? Les services de protection de l'enfance recevront un appel pour une situation de maltraitance. On leur dira qu'une petite fille habite sur une propriété avec un célibataire qui organise en permanence des fêtes avec ses amis, exclusivement des hommes. Qu'elle est livrée à elle-même pendant de longues périodes quand sa mère travaille.

— On ne vous croira pas, rétorqua Emily d'une voix moins forte qu'elle l'aurait voulu.

— Peut-être. Peut-être pas. Mais on devra faire une enquête. Et quand le service de protection de l'enfance examine une allégation de maltraitance, l'enfant est retiré de sa famille et placé en foyer d'accueil. As-tu envie de voir ta fille en foyer d'accueil, Emily ?

— Non ! s'exclama-t-elle, horrifiée.

La seule idée d'être séparée d'Annie, de ne pas savoir si elle mangeait bien, si on l'autorisait à lire ce qu'elle voulait, lui déchirait le cœur.

— Bien sûr que non, ajouta-t-elle. Mais je n'ai rien à voir avec lui, je le connais à peine. Je…

À présent, Emily voyait bien la méchanceté dans les yeux de l'homme. Il posa la paume sur son visage et lui caressa la joue, écartant une mèche de cheveux bruns derrière son oreille. Elle tressaillit sous la tendresse de ce geste, consciente que ce n'était qu'une apparence.

— Je m'en fiche. Et je sais que tu mens. Tu le connais. Il nous a dit que tu le déshabilles des yeux chaque fois qu'il te croise. Il ne verrait aucun inconvénient à te baiser s'il le faut. Il ne refuse jamais une occasion de s'envoyer en l'air. Mais Emily, sache que je ferai mon possible pour te faire enlever ta précieuse petite Annie si tu ne me paies pas chaque semaine.

Il avait dû voir la rébellion dans ses yeux, parce qu'il se pencha et ricana, lui postillonnant au visage.

— Je suis un tireur d'élite, Emily Grant. Tu crois que je ne peux pas t'enlever ta fille ? Je peux coller une balle entre ses deux yeux et personne ne saura jamais que j'étais là. Tu te fiches peut-être de Fletch sauf pour le mettre dans ton pieu, mais Annie ? Elle aime jouer dehors, n'est-ce pas ? Tu ne peux pas la garder enfermée en permanence. Tu ne peux pas la protéger quand elle est à l'école pendant la récré, pas vrai ?

Il s'interrompit avant de se rengorger :

— J'arrive toujours à mes fins, bébé. N'en doute jamais.

Emily s'était mise à trembler, mais elle se rendait bien compte que l'homme était sérieux à cent pour cent. Elle hocha la tête dans un mouvement saccadé pour lui faire savoir qu'elle comprenait parfaitement sa menace.

L'homme patibulaire se leva, la tête basse, et lui tendit la main comme un gentleman, comme pour l'inviter à danser lors d'un bal.

— Bien, je suis content que nous ayons eu cette conversation.

Elle ignora sa main tendue.

— Comment dois-je vous remettre l'argent ?

— Quand Fletch n'est pas ici, je viendrai. Le reste du temps, je passerai au PX.

— Pas à mon travail ! protesta Emily.

Elle ne voulait pas que ce type approche ses collègues. Il risquait de lui causer de gros ennuis et elle avait besoin de cet emploi, surtout si elle devait sortir mille dollars supplémentaires par mois afin de lui payer ce que devait Fletch et protéger sa fille.

Une petite voix dans sa tête lui hurlait que quelque chose clochait... qu'il lui suffirait d'en toucher un mot à Fletch pour qu'il règle lui-même cette question. Mais elle se remémora alors ce que l'homme avait dit, sa menace d'appeler le service d'aide à l'enfance si elle se tournait vers Fletch. Apparemment, Fletch et ce type s'étaient moqués de son attirance évidente envers lui. Elle n'aurait jamais pensé être aussi transparente. Quant aux menaces contre Annie... Que pouvait-elle bien faire contre une balle ? Et Fletch aussi, d'ailleurs ? Elle était sous le choc et elle ne savait absolument pas quoi faire.

Le militaire se pencha et lui prit la main pour la hisser sur ses pieds. Puis il posa les paumes sur ses épaules et s'avança, allant jusqu'à appuyer son front contre le sien, feignant une intimité artificielle. Il déclara d'une voix grave et menaçante :

— Si, à ton travail. Ne te fous pas de moi, Emily, et je ne me foutrai pas de toi. Deux cents par semaine. Pas plus. Pas moins. Je te vois la semaine prochaine pour notre premier versement. Passe le bonjour à la jolie Annie de ma part.

Il lui déposa un baiser sur le front. Emily avait envie d'y frotter son bras pour effacer la sensation poisseuse de ses lèvres sur sa peau. Il recula, inclina sa casquette pour la saluer et s'éloigna dans l'allée en direction de la route. Elle ne savait pas s'il avait une voiture garée quelque part.

Aussitôt, elle rejoignit le garage sans se retourner. Elle récupéra les sacs que l'homme avait posés au sol. Arrivant au bas des marches, elle s'empressa de les gravir, puis elle frappa à la porte de l'appartement.

— Annie, c'est moi. Ouvre !

Sa fille devait l'attendre, parce qu'Emily entendit immédiatement racler la chaîne du bas et la porte s'ouvrit l'instant d'après.

— Maman !

Emily fit irruption à l'intérieur et claqua la porte dans son dos, refermant les chaînes et vérifiant que les verrous étaient bien en place. Elle savait qu'elle haletait et qu'elle effrayait Annie, mais elle était incapable de se contrôler.

— Maman ?

Cette fois, c'était une question.

Baissant les yeux, Emily vit sa fille se tordre les mains, soucieuse, les yeux pleins de larmes et les sourcils froncés.

— C'était qui ?

Elle s'accroupit au sol et attira Annie dans ses bras. Elle l'étreignit et lui caressa la tête pour la réconforter tout autant que se réconforter elle-même.

— Tu n'as aucun souci à te faire, bébé.

— Je ne l'aime pas.

La vérité sort de la bouche des enfants, songea Emily. Elle ne l'aimait pas non plus, mais elle ne voulait pas inquiéter Annie. La fillette était déjà bien assez sensible. Elle devait s'assurer qu'Annie se comporte avec prudence sans pour autant la terroriser. Elle s'écarta et posa les mains sur ses petites épaules. Emily essaya de trouver les mots justes pour expliquer ce qui se passait.

— Il voulait me parler de choses d'adultes, bébé. J'ai été très fière que tu obéisses tout de suite quand je t'ai demandé de monter à la maison. Merci.

Annie se mordait la lèvre, toujours préoccupée. Aussitôt, Emily reprit :

— Tu te souviens de notre ancien propriétaire, n'est-ce pas ?

Elle hocha la tête avec une mine de dégoût et sa mère expliqua :

— Je veux que tu fasses la même chose qu'avec *lui* si tu revois l'homme qui était ici aujourd'hui.

— Partir en courant et me cacher ?

— Exactement.

— Il est méchant ?

Emily secoua la tête. Elle voulait éviter qu'Annie en parle à quelqu'un. Elle adorait sa fille, mais elle n'était pas connue pour sa capacité à garder des secrets. La dernière chose qu'elle voulait, c'était que sa fille aille parler à Fletch du « méchant monsieur » qui traînait dans le coin. Il chercherait alors à en savoir plus et tout ce qu'elle lui dirait reviendrait immanquablement aux oreilles de l'homme qui avait menacé Annie.

Emily n'aimait pas son maître chanteur, mais elle avait l'habitude de se retrouver entre le marteau et l'enclume. Fletch lui avait accordé une faveur en lui concédant un loyer modéré. Elle était convaincue qu'il ne l'avait pas fait avec l'intention de la faire payer par ailleurs. Parfois, les emmerdes survenaient et il fallait faire avec. Elle n'appréciait pas la manière dont Fletch semblait avoir décidé de régler ses propres problèmes, mais elle l'aiderait pour garantir, en échange, la sécurité d'Annie. Elle allait rembourser sa dette – et chercher un autre logement –, puis elle lui suggérerait de se faire aider pour son addiction.

Résignée à faire ce qu'on lui avait demandé pour le moment, Emily décida qu'elle parlerait à Fletch pour le persuader de gérer ses problèmes tout seul et de régler la question avec son ami *sans* les impliquer toutes les deux.

Si elle réussissait à lui faire entendre raison dès que possible, elle pourrait respirer et sa fille et elle pourraient reprendre le cours de leurs vies.

— Il n'est pas méchant, dit Emily à sa fille. Mais c'est *mon* ami et tu ne dois pas l'approcher. D'accord ? Alors, si tu le vois, tu dois monter ici. Et si tu n'as pas le temps de venir jusqu'ici, va chez Fletch.

— Je prendrai la clé cachée dans la fausse plante sous le buisson à côté de la porte et je taperai le code. C'est ça, maman ?

— C'est ça. Tu te souviens du code ?

— A-N-I-E-S.

— Oui. Deux, six, quatre, trois, sept.

— J'ai le droit d'aller chez Fletch quand il est pas là ?

— Si tu vois cet homme et que je ne suis pas là, alors oui. Mais sinon, non. Uniquement avec moi. D'accord, bébé ?

— D'accord, maman. J'ai faim.

Emily serra sa fille contre son cœur une fois de plus, tout en se jurant que personne ne lui ferait jamais de mal aussi longtemps qu'elle serait là.

Enfin, quand Annie se trémoussa dans ses bras, elle finit par s'écarter.

— Pourquoi tu n'irais pas voir les soupes que j'ai achetées aujourd'hui et choisir celle que tu veux manger ce soir ? lui dit Emily.

— Youpi ! J'adore la soupe !

Emily sourit en se levant. Annie adorait la soupe. Elles n'en mangeaient pas souvent, et une fois que les six boîtes qu'elle avait rapportées aujourd'hui seraient épuisées, elle n'en rachèterait pas de sitôt. C'était cher en comparaison avec ce qu'elle pourrait acheter d'autre.

En entendant son propre estomac gronder, Emily posa une main sur son ventre et prit une grande inspiration. Elle avait le sentiment que l'homme savait qu'elle ne disposait pas de deux cents dollars par semaine, mais de toute évidence, il s'en fichait.

Elle avait connu des périodes difficiles. Elle s'en sortirait. Elle gagnait tout juste assez d'argent chaque semaine pour payer l'homme et régler leurs quelques dépenses mensuelles. Elle tiendrait pendant quelque temps, grâce au peu d'argent qu'elle avait mis de côté, mais bientôt, elle aurait épuisé ses maigres économies et ce serait une tout autre paire de manches. Quoi qu'il en soit, elle préférait se couper le bras plutôt que d'affamer sa fille.

Emily regardait l'appartement avec un œil neuf, en se demandant ce dont elle pouvait se dispenser. Elle pouvait vendre quelques babioles. Rien qui n'appartienne à Fletch, mais le petit micro-ondes qu'elle avait acheté, les guéridons et les tableaux qu'elle avait trouvés à l'Armée du Salut et retapés avec du matériel de récupération, elle pouvait les vendre.

Elles allaient s'en sortir. Il le fallait.

5
———

Fletch regardait son téléphone en fronçant les sourcils. Il visionnait les vidéos de son système de sécurité. Les caméras étaient programmées pour se déclencher en détectant du mouvement. Leur mission n'avait duré qu'une semaine, comme il l'avait dit à Emily, et il se trouvait actuellement dans un avion à l'aérodrome militaire Robert Gray à Fort Hood. Ils attendaient le feu vert pour entrer, faire leur rapport, prendre une douche et rentrer chez eux.

— Pourquoi fais-tu cette tête ? lui demanda Keane Bryson, surnommé Ghost, son ami et coéquipier.

— Mes vidéos de sécurité, lui répondit laconiquement Fletch.

— Un cambriolage ?

— Non.

Fletch avait regardé les deux premiers jours, quand Emily et Annie sortaient du garage le matin et rentraient chaque après-midi à la même heure. Il avait souri, amusé de constater que la bouche d'Annie remuait sans interruption tandis qu'elle parlait à sa mère. Il pouvait imaginer ce qu'elle racontait à Emily.

Le duo avait récupéré son courrier et l'avait apporté à l'appartement. Fletch supposait qu'Emily lui donnerait tout d'un seul coup à son retour ou qu'elle le déposerait en plusieurs fois au lieu d'entrer chez lui tous les jours. Décidément, elle avait une véritable aversion pour les alarmes.

Mais le troisième jour après son départ, il s'était produit quelque chose de différent. Elle s'était garée comme d'habitude, mais soudain un homme l'avait rejointe.

Comme les caméras n'avaient pas filmé d'autre véhicule dans l'enceinte de la propriété, il avait dû marcher jusqu'au garage, évitant ainsi d'être filmé. Fletch n'aimait pas l'idée que quelqu'un s'introduise sur sa propriété en évitant les caméras et il se promit de les ajuster pour obtenir un meilleur angle de vue sur son allée.

Dès qu'elle avait vu l'homme, Emily avait envoyé Annie dans leur appartement et elle était restée dehors pour discuter avec lui. Il lui avait tenu les mains tout en parlant et avait même posé son front contre le sien avant de la quitter.

Elle n'avait pas semblé ravie de le voir, mais elle ne paraissait pas non plus trop affolée. Ils se tenaient la main, et même si Fletch ne voyait pas leurs visages, Emily ne s'était pas dégagée ni enfuie. Il en avait déduit qu'elle connaissait cet homme.

Le baiser qu'il lui avait déposé sur le front faisait mal à Fletch. Il avait une boule dans la gorge chaque fois qu'il y pensait. Il ignorait qu'Emily avait un petit ami. Elle ne lui en avait jamais parlé. Pas une seule fois.

— Ce n'est rien, dit Fletch en agitant la main dans un geste évasif.

— Ça n'a pas l'air d'être rien, à te voir, insista Ghost.

— Non, en effet. Je me suis rendu compte en regardant les vidéos qu'il y a quelque chose que j'aurais dû faire avant de partir, mais maintenant, il est trop tard.

Fletch n'essayait pas de se dérober, mais il n'avait avoué à aucun des gars de l'équipe ni à qui que ce soit son attirance pour sa locataire sexy. Il leur avait dit qu'il louait l'appartement à une femme, et il avait même parlé de la petite Annie, mais il s'était gardé de préciser qu'il l'admirait et l'appréciait, et qu'il avait envie d'apprendre à mieux la connaître. Il respectait sa vie privée, mais il aimait les coups d'œil qu'elle lui lançait et il espérait l'intéresser. Manifestement, il s'était bien trompé sur ce point.

Ghost fronçait les sourcils. Il se doutait que quelque chose n'allait pas chez son ami, mais il ne voulait pas le harceler de questions. Il haussa alors les épaules et choisit d'éviter le sujet. De toute façon, Fletch avait dit que ce n'était rien.

— Nous avons deux jours de repos, puis nous reprendrons le scénario des méchants-dans-le-désert.

— Encore ? s'exclama Coach à côté d'eux, qui écoutait leur conversation.

— Oui, fit Ghost.

— Bon sang. J'ai horreur de toujours jouer les méchants, observa Beatle, exprimant tout haut ce que les autres pensaient.

L'armée avait décidé que chaque base au pays se plierait à des exercices d'entraînement, semblables à ceux que proposait le centre national de formation à Fort Irwin, en Californie. L'armée dépensait des sommes folles pour construire des « villes » sur chaque base, où les pelotons se succédaient afin de réaliser des exercices et apprendre les meilleures techniques d'orientation et de combat. Étant donné que la base de Fort Hood envoyait fréquemment des déploiements au Moyen-Orient, on y effectuait souvent des sessions de formation.

Les équipes de la Delta Force avaient une connaissance de pointe sur les tactiques ennemies et on leur demandait souvent de jouer les méchants. Leur statut de Delta Force était un secret bien gardé et peu de militaires à la base le savaient, mais ceux qui étaient au courant aimaient les utiliser comme formateurs, car ils étaient sans conteste les meilleurs. Si les troupes classiques étaient capables de se mesurer à la Delta Force, alors elles étaient prêtes à se déployer à l'étranger.

Bien que l'entraînement soit bénéfique des deux côtés, l'équipe se lassait de jouer constamment le rôle de l'ennemi.

— La dernière fois, l'escouade d'infanterie s'est franchement énervée. On aurait dit qu'ils ne se rendaient pas compte que c'était un simple exercice, commenta Truck.

Ils se rappelaient tous la colère des autres soldats vaincus quelques minutes à peine après leur arrivée dans la « ville ». Ce soir-là, les Delta étaient allés boire une bière pour fêter cela, et dix militaires de l'infanterie leur étaient tombés dessus sur le parking. Les soldats avaient pris la même raclée dans la lumière tamisée du parking du bar que le jour même, sur le terrain, et ne s'étaient pas mieux débrouillés. Ghost avait eu beau leur répéter que ce n'était qu'un exercice et qu'ils devaient se détendre un peu, ils ne l'avaient pas écouté.

Les hommes de Ghost n'avaient pas dénoncé l'incident, mais ils espéraient que l'animosité des autres était retombée avec le temps. En tout cas, ils ne les avaient plus revus. Pour les soldats de la Delta, ces formations faisaient partie de la routine, mais apparemment, les autres ne l'entendaient pas de cette oreille. Ils l'avaient pris personnellement au lieu de considérer leur défaite comme une occasion de s'améliorer.

— Nous n'avons pas le choix, dit Ghost, visiblement agacé. J'ai dit au colonel que ce n'était pas une bonne idée de faire constamment appel à nous, qu'ils devaient alterner les troupes et les scénarios, des deux côtés, mais jusqu'à présent il n'a pas réussi à convaincre ses supérieurs.

— Merde. Bon, restez alertes. Il ne faudrait pas qu'on se fasse descendre par l'un des nôtres pour une connerie, ronchonna Blade.

— Ça me ferait chier qu'on m'abatte sur le sol américain, fit Beatle. Ce serait trop con d'avoir survécu à tout ce qu'on a traversé pour être tués par un troufion tout frais sorti de l'œuf.

Fletch acquiesça et l'équipe se résigna à interpréter une fois de plus le scénario de formation. Après tout, c'était une bonne distraction, l'occasion de sortir la tête de leur travail de tous les jours et de l'organisation de missions plus sérieuses – sans compter que les armes laser étaient plutôt sympas. Mais avec les tensions croissantes entre les troupes classiques et les « méchants », cela n'en valait pas la peine. Il était grand temps que l'armée attribue le rôle des ennemis aux pelotons habituels et aux escouades classiques. Ils apprendraient tout autant, sinon plus.

En apparence, Fletch semblait prêter attention à ses amis, mais en réalité, il ressassait ce qu'il avait vu sur l'écran. Emily semblait avoir un petit ami. Il avait attendu trop longtemps pour tenter quelque chose. Elle paraissait proche de l'homme mystère sur la vidéo, à en juger par la façon dont il lui tenait les mains. Non seulement il était à l'aise au point de poser son front sur le sien, mais il l'avait également embrassée.

Cela dit, leur relation devait être plutôt récente. Si Emily sortait avec lui, il ne se contenterait pas d'un chaste baiser sur le front. Fletch ferma les yeux et pinça les lèvres. Bon sang. Il avait rêvé de sentir sa bouche sur la sienne. S'il avait cru l'intéresser, il faut croire qu'il avait mal interprété les signaux qu'elle lui envoyait.

Fletch ne distinguait pas bien l'homme sur la vidéo à cause de son visage dans l'ombre, à l'exception de sa carrure et de sa taille approximatives. Toujours est-il qu'Emily et lui semblaient proches. Plus proches que lui-même ne l'avait jamais été avec elle, c'était une évidence.

Son doigt effleura le bouton *effacer* de la vidéo sur l'application de son téléphone. Il n'avait aucune raison de conserver l'enregistrement... et pourtant, il se ravisa. Peut-être était-ce la manière dont l'homme avait surgi sans avoir déclenché les autres caméras de sa propriété. Peut-être était-ce la rapidité avec laquelle Annie avait gravi les marches. Peut-être était-il simplement un peu maso.

Au pire, Fletch garderait la vidéo pour se rappeler qu'Emily était prise quand il aurait un moment de faiblesse à son égard. Il referma l'application et s'empara de son sac alors qu'on leur annonçait qu'ils allaient pouvoir descendre de l'avion.

Que ça lui serve de leçon. Quand on s'endort sur ses lauriers, on se fait coiffer au poteau. Il aurait dû y penser. Il n'aurait pas cru qu'Emily fréquentait quelqu'un, surtout avec un emploi du temps comme le sien, jour après jour. Mais elle était jolie et elle travaillait à la base militaire. Elle devait être en contact avec des centaines d'autres soldats. Pas étonnant que l'un d'eux ait fini par lui taper dans l'œil.

Son ami était grand, bien bâti, et bien que Fletch ne puisse pas le voir nettement, il comprenait ce qu'elle lui trouvait. Mais ça ne lui plaisait pas.

Il chassa cette pensée. Il ne pouvait rien y faire. Il allait devoir attendre que les choses évoluent et voir si leur relation durait. Peut-être ne seraient-ils pas compatibles, auquel cas il aurait encore l'occasion de tenter sa chance.

— Mamaaaan ! Fletch est rentré ! hurla Annie en entendant la porte du garage s'ouvrir sous l'appartement.

— J'entends, bébé. Tu peux essayer de parler moins fort quand on est dedans ?

Emily était nerveuse de revoir Fletch. Elle avait été

stressée pendant toute la semaine à cause de cet homme mystérieux et ce qu'il lui avait dit au sujet de Fletch. Elle allait devoir tirer les choses au clair et lui parler de ce qui s'était passé. Mais c'était plus facile à dire qu'à faire. Non seulement elle craignait que l'homme mette sa menace à exécution et appelle le service d'aide à l'enfance si elle en parlait à Fletch, mais elle avait horreur du conflit et elle ne voulait pas mettre son propriétaire dans l'embarras. Enfin, il ne pouvait tout de même pas souhaiter qu'elle rembourse ses propres dettes ! Il ne semblait pas être le genre d'homme à compter sur une femme pour un soutien financier, que ce soit en payant un dîner au restaurant ou en remboursant ses dettes de jeu. Il était trop... viril pour cela.

— On peut aller le voir ? S'il te plaît, s'il te plaît, s'il te plaît ?

Annie était en mode supplication et Emily savait que rien ne lui ferait changer d'idée tant qu'elle ne lui aurait pas donné l'autorisation de descendre.

— D'accord, mais sois prudente dans l'escalier, dit Emily alors que sa fille se ruait vers la porte et tirait la chaîne de sécurité, se hissant sur la pointe des pieds pour atteindre le verrou du haut.

Annie dévala les marches sans attendre que sa mère allume l'escalier pour lui éviter de trébucher en descendant.

— Fletch ! Fletch ! Tu es rentré ! Tu m'as manqué !

Sa fille disparut au coin du garage. Lorsqu'Emily arriva au pied de l'escalier, Annie s'était déjà jetée dans les bras de Fletch.

— Salut, petit lutin. Regarde-toi. Tu as dû grandir de deux centimètres pendant mon absence !

— Tu es bête, lui dit Annie avec sérieux. Les humains ne grandissent pas aussi vite !

— Tu as raison. Tu as été sage cette semaine ?

— Oui.

Fletch se pencha et reposa l'enfant au sol en souriant.

— Tu m'as acheté un cadeau ? demanda-t-elle.

— Ann Elizabeth, la gronda Emily. Tu sais qu'il ne faut pas te comporter comme ça.

Annie donna un coup de pied dans une motte de terre.

— Désolée, Fletch. Le plus beau cadeau, c'est l'amour. Je suis contente que tu sois rentré à la maison.

De toute évidence, elle répétait ce que sa mère lui avait souvent seriné.

Fletch posa un genou au sol et regarda Annie dans les yeux.

— Je voyageais pour le travail, pas pour le plaisir, petit lutin. Il n'y avait pas de magasin où t'acheter un cadeau là où j'étais.

Elle hocha gravement la tête.

— Ça va, j'ai mes soldats que tu m'as donnés. Tu veux monter avec moi et les regarder ? Ils sont encore à l'abri dans leurs boîtes.

Emily sentit sa gorge se nouer. Elle n'avait jamais pu offrir des jouets neufs à sa fille. Les cadeaux d'anniversaire et de Noël provenaient tous du secours populaire ou du marché aux puces. Elle les nettoyait pour les rendre aussi neufs que possible, mais elles savaient toutes les deux que ce n'était pas le cas. Tous les soirs, Annie parlait à ses soldats, toujours dans leur écrin de plastique. Elle refusait de les en retirer pour qu'ils restent en parfait état. Un nouveau jouet, c'était exceptionnel, et Emily savait qu'au fond, elle serait toujours un peu jalouse de Fletch d'avoir offert un tel cadeau à sa fille.

— Je ne peux pas, désolé. Une autre fois, d'accord ?

— D'accord.

Annie était rarement déçue. Si Fletch lui disait qu'il viendrait une autre fois, elle le prenait au mot.

— Bisous, Fletch. Au revoir !

Emily et Fletch regardèrent Annie remonter les marches quatre à quatre. Elle ne marchait presque jamais, toujours pressée de se déplacer d'un point à un autre.

— Vous avez fait bon voyage ?

Fletch hocha la tête, mais il ne répondit pas.

— Je vous ai apporté votre courrier, dit Emily en tendant la liasse qu'elle avait récupérée avant de descendre l'escalier. Si vous n'étiez toujours pas rentré dans deux jours, je l'aurais apporté chez vous et j'aurais jeté un œil à la maison, mais je me suis dit que ça pouvait encore attendre étant donné que ça ne fait que six jours.

— Merci.

Fletch tendit la main et récupéra les enveloppes.

— Tout va bien ici ?

Emily acquiesça. Elle sentait que quelque chose avait changé chez Fletch, mais elle était incapable de mettre le doigt dessus. Peut-être était-il inquiet pour ses dettes de jeu, à moins qu'il culpabilise de savoir qu'elle les remboursait à sa place. Elle ouvrit la bouche pour aborder le sujet, mais il fut plus rapide.

— J'ai vu que vous aviez eu de la visite cette semaine, lui dit-il sur un ton monocorde.

— Quoi ?

— Un visiteur. Je vous ai dit que cet endroit était filmé, j'ai des caméras de surveillance.

— Oh, fit Emily avec un soupir de soulagement.

Fletch avait vu l'homme. Il allait se charger de l'argent et arrangerait tout. Annie serait saine et sauve.

— Je ne me suis peut-être pas clairement fait comprendre, mais vous avez parfaitement le droit d'avoir des invités. Vous êtes chez vous à l'appartement. Vous n'avez pas à culpabiliser de recevoir des gens.

Emily regarda Fletch, perplexe.

— Quoi ?

— Emily, vous êtes chez vous ici. Je n'apprécierais pas de nombreuses fêtes tapageuses, mais vous pouvez naturellement inviter des amis ou un petit ami dans votre appartement.

Toujours désorientée, elle ouvrit la bouche pour demander à Fletch de parler à son ami et de régler ses propres dettes, et pour lui parler des menaces proférées par cet homme envers Annie, mais il reprit :

— Il y a certaines choses sur moi et sur ma vie que je ne peux pas partager avec vous. Mais votre présence rend ma vie plus facile. Sachez que je l'apprécie. Vous m'êtes d'une aide précieuse.

Emily se mordit la lèvre en dévisageant Fletch, incrédule. Non seulement il semblait connaître l'homme et sa requête, mais il *attendait* qu'elle paie l'autre militaire.

— Je veux que mes amis soient aussi *vos* amis, reprit-il. Ils sont importants à mes yeux et ils connaissent tout de moi. Vous finirez par les rencontrer. Quoi qu'il en soit, vous ne devez pas vous gêner pour inviter les vôtres. D'accord ?

Emily se contenta de hocher la tête. Elle était sous le choc. Elle avait cru qu'il lui dirait de ne pas s'inquiéter pour les paiements qu'exigeait son ami. Mais il n'en parlait même pas. On aurait dit que cela faisait partie des conditions de leur présence sur sa propriété.

— Je suis crevé. Je vais rentrer. On se voit plus tard ? dit-elle.

Elle devait s'éloigner de Fletch. Elle lui avait fait confiance, suffisamment pour louer l'appartement au-dessus de son garage. Après tout, il n'habitait pas au centre-ville. Ce quartier était plutôt isolé, mais elle s'était sentie en sécurité à proximité de cet homme.

Elle avait envie de le mettre au pied du mur. Elle voulait lui reprocher de l'avoir entraînée dans ses problèmes, mais à présent, elle avait peur. Elle craignait que l'homme qu'elle avait cru apprendre à connaître n'ait été qu'une illusion. Elle était à la fois effrayée et découragée. Elle avait besoin de prendre le temps de réfléchir à ce qu'elle voulait lui dire. Si elle avait été toute seule, elle aurait réglé la question sur-le-champ, une bonne fois pour toutes. Mais elle devait penser à Annie. Sa fille était toute sa vie et si on la lui enlevait, Emily ne savait pas ce qu'elle deviendrait.

— D'accord, dit Fletch en lui tournant le dos pour se diriger vers sa porte d'entrée.

Emily déglutit péniblement et baissa les yeux au sol, au comble du désespoir. Elle se tourna lentement vers l'escalier et le gravit, l'esprit en ébullition.

Fletch était accro au jeu, il devait de l'argent à son ami et il s'attendait à ce qu'elle rembourse sa dette.

Elle ravala les sanglots qui menaçaient. Elle ignorait comment sortir de l'imbroglio dans lequel Fletch la mettait, mais elle trouverait un moyen. C'était une battante et elle ne se laisserait pas abattre. Cette affaire n'affecterait *pas* sa fille. Hors de question.

* * *

Caché dans les broussailles, l'homme posa ses jumelles et sourit. Il recula très lentement, évitant de froisser les feuilles et les branches. Il s'éloigna de la maison et des caméras que le militaire pensait avoir habilement dissimulées.

Apparemment, Emily et le sergent n'étaient plus aussi proches tout à coup. Parfait. Jusqu'à présent, tout s'était déroulé comme prévu. Bientôt, il pourrait passer à l'étape suivante. Le sergent et son équipe allaient regretter de s'être débarrassés de lui aussi facilement. Ils verraient bien qui étaient les meilleurs. Le contrôle qu'il exerçait ainsi sur un autre être humain représentait la cerise sur le gâteau.

Elle mérite d'être malheureuse.

Il était d'accord. Elle le *méritait.* Comme le père de la fillette n'était plus là, elle devait lui avoir refusé le droit de voir son enfant. C'était une mauvaise décision. Tout comme sa *propre* mère n'aurait pas dû divorcer de son père.

Il sourit et hocha la tête, tandis que la voix continuait de le féliciter pour son plan, l'encourageant alors qu'il retournait à sa voiture, garée plus loin sur la route, à moins d'un kilomètre de la maison du militaire. Une fois au volant, il passa en revue tous les scénarios sur le déroulement du combat à venir et il sourit. C'était parfait. Son escouade et lui l'emporteraient. Il avait hâte.

6

———

— Comment va ta jolie voisine ? demanda Ghost à Fletch deux semaines plus tard, à l'occasion d'une pause dans leur entraînement.

— Bien, j'imagine.

— Tu imagines ?

Fletch haussa les épaules.

— Je ne l'ai pas beaucoup vue depuis notre retour d'opération.

— Vraiment ? Je croyais que vous appreniez à vous connaître, tous les deux.

Fletch aussi l'avait cru. Mais depuis qu'il était revenu de mission, elle s'était montrée détachée. Il voyait toujours Annie de temps en temps, mais Emily gardait ses distances. C'était sans doute à cause de son petit ami. En tout cas, il n'avait pas insisté.

— Écoute, elle a un copain, alors je suppose qu'elle préfère ne pas me donner de fausses idées.

— Tu te faisais des idées avant que le copain

débarque dans le tableau ? demanda Ghost avec perspicacité.

Fletch fit rouler son cou trop raide pour tenter de le détendre.

— Quelle importance, de toute façon. Elle est prise.

— Tu as rencontré son petit ami ?

— Non. Elle ne le fait pas venir chez elle... en tout cas, pas quand je suis là.

— Ah bon ? Ça te semble bizarre ?

— Pas vraiment. J'ai vu qu'il était passé plus tôt dans la semaine. J'étais déjà à l'entraînement et Emily allait partir travailler et déposer Annie à l'école. Les caméras n'ont pas la portée que j'aimerais, mais il l'attendait au bout de l'allée. Il est allé à sa rencontre, elle est sortie de sa voiture et ils ont discuté pendant une minute. Elle lui a donné une sorte de lettre, ils se sont fait un câlin et il l'a suivie sur la route.

— Pour quelqu'un qui se fiche qu'elle ait un petit ami ou non, je vois que tu as examiné cette vidéo attentivement, observa Ghost.

Fletch passa la main dans ses cheveux en haussant les épaules.

— Je ne braconne pas sur les terres des autres, Ghost. Je ne pousserai jamais une femme à tromper son copain ou son mari.

— Je sais. C'était juste une observation.

— De toute façon, ça ne fait que quelques mois qu'elle loue l'appartement. Ce ne sont pas mes oignons.

— Tu te sentirais sans doute mieux si tu arrêtais de regarder tes vidéos surveillance de manière aussi compulsive.

— Oui.

Les deux hommes gardèrent le silence pendant un moment avant que Ghost demande :

— Des nouvelles des fantassins ?

Fletch secoua la tête. Au moins, le colonel avait enfin trouvé une oreille attentive. Toutes les troupes se relayeraient désormais pour suivre le scénario de formation.

— Non, ils se tiennent à carreau.

— Ça me rend nerveux, admit Ghost sur un ton inhabituellement sec.

Devant le regard interrogateur de Fletch, il continua :

— Je sais, je sais, mais Hollywood a dit un truc l'autre jour et ça m'a mis la puce à l'oreille.

— Qu'a-t-il dit ?

— Que la plupart du temps, les militaires sont des têtes brûlées. On fanfaronne et on râle, et puis on passe à autre chose. Ce sont les femmes qui gardent les choses à l'intérieur sans en parler. Elles ruminent et font des plans sur la comète, et elles tirent des conclusions basées sur des informations qu'elles *croient* savoir.

— Oui, et donc ?

— Ces gars ne se comportent pas comme des hommes... ni des soldats. La fois où ils nous ont tendu une embuscade sur le parking, ça aurait dû nous alerter. Ils ne vont pas laisser passer ce qu'ils considèrent comme un affront à leur virilité et à leurs compétences de soldats.

— Alors, ils complotent au lieu de venir nous voir comme des hommes pour régler leurs comptes, conclut Fletch.

— Exact.

— Nous devons nous méfier d'une vengeance, ajouta Fletch, réfléchissant tout haut.

— Oui. Tu devrais aussi parler à Emily et à sa fille.

Fletch lui décocha un regard vif.

— Ce ne sont que mes locataires.

— Bien sûr, mais ce sont aussi des femmes, et elles vivent sur ta propriété. Et si ces connards décidaient que ce serait amusant de mettre le feu à ton garage et à cette belle Charger que tu possèdes ? Les caméras ne les protégeront pas si quelqu'un cherche les ennuis.

Fletch blêmit. Seigneur, il n'avait pas pensé à cela. Quel imbécile.

— Je dois y aller.

— Oui, je m'en doutais. À plus tard.

Fletch agita la main d'un air absent en se dirigeant vers sa voiture. Il consulta sa montre. Emily devait être au travail. Il allait passer au PX et lui toucher un mot, lui demander de se méfier si elle voyait des inconnus sur sa propriété et de le prévenir en cas de doute. Ils ne sortaient peut-être pas ensemble, mais sa fille et elle étaient importantes à ses yeux. Il ne se le pardonnerait jamais s'il leur arrivait quelque chose parce qu'il ne les aurait pas averties à temps.

Emily essayait de se concentrer sur l'étagère qu'elle garnissait, mais en vain. L'apparition de l'ami de Fletch au bout de l'allée alors qu'Annie était dans la voiture avec elle l'avait épouvantée. Il savait exactement quand la trouver, au moment où Fletch n'était pas là.

Il avait bloqué sa voiture pour la forcer à s'arrêter et il s'était approché de sa vitre le plus calmement du monde. Emily ne voulait pas qu'Annie les entende. Elle avait pris l'enveloppe qu'elle tenait prête pour cette éventualité et elle était sortie à sa rencontre.

— Salut, bébé. Tu as quelque chose pour moi ?

Emily lui avait remis l'enveloppe sans un mot.

Il l'avait prise sans regarder son contenu.

— Merci. Je ferai savoir à Fletch que tu fais bien ce qu'il attend de toi et que tu paies régulièrement.

Il s'était penché et il avait passé un bras autour de sa taille pour l'attirer à lui. Il avait posé les lèvres sur sa joue, approchant sa bouche de son oreille.

— Ne te fous pas de moi, bébé. Je vois bien dans tes beaux yeux que tu es fâchée. Ne pense même pas à faire une bêtise. Annie est très jolie avec sa petite laine ce matin. Tu ne voudrais pas qu'il lui arrive quelque chose, n'est-ce pas ? Je ne doute pas qu'un gentil papa prendra soin d'elle dans une famille d'accueil... si tu vois ce que je veux dire.

Emily était restée de marbre dans ses bras, réprimant un frisson. Certes, elle avait essayé de se convaincre que l'homme ne mettrait pas ses menaces à exécution, mais à l'entendre, elle savait qu'elle se trompait. Elle sentit quelque chose mourir en elle à l'idée que Fletch et ce monstre soient amis, qu'après le cadeau qu'il avait acheté à Annie et sa gentillesse envers elle, sa colère quand il avait appris que la petite fille se faisait rabrouer par les adultes, Fletch puisse mettre consciemment la vie d'Annie en danger et se moquer éperdument qu'on l'en-lève à sa mère pour l'envoyer vivre avec des inconnus.

Emily soupira, s'effondrant sur le tabouret où elle était assise pendant qu'elle entreposait les flacons de gel douche parfumé sur les étagères. Elle était démoralisée. Elle avait mal jugé un homme… une fois de plus. Elle aurait dû retenir la leçon avec le père d'Annie, car maintenant, c'était dix fois plus douloureux. Fletch s'était montré si attentionné et ouvert avec sa fille. Même après leur première rencontre, il lui avait envoyé de bonnes ondes et elle avait même cru qu'il s'intéressait à elle. Manifestement, son radar à « mecs à éviter » ne fonctionnait pas correctement.

— Bonjour, Em.

Emily sursauta. Elle serait tombée du tabouret sans la main posée sur son bras. L'homme qui la regardait dans les yeux n'était autre que celui qui occupait ses pensées maussades depuis vingt bonnes minutes. Elle se leva vivement et recula d'un pas pour s'éloigner de Fletch.

— Salut. Que faites-vous ici ?

Elle avait parlé plus sèchement qu'elle ne l'aurait voulu.

— J'ai discuté avec un ami ce matin et je voulais vous parler. Vous avez une minute ?

Incapable de réprimer l'élan d'espoir qui la traversait, Emily hocha la tête. Peut-être venait-il lui annoncer qu'il avait parlé à ce connard et qu'il avait changé d'avis au sujet du remboursement de sa dette.

— Oui. Vous voulez sortir sur le parking ?

— Ce serait très bien, merci.

Emily le conduisit de l'autre côté du magasin. Ils passèrent devant le bureau de Jimmy et elle se dirigea vers la porte de service en annonçant qu'elle prenait dix minutes de pause.

Fletch lui tint la porte ouverte et ils sortirent. La journée était déjà chaude. Pas étonnant pour le Texas. Emily salua ses deux collègues en pause cigarette et conduisit Fletch jusqu'à une table de pique-nique à l'ombre des arbres. La direction en avait fait installer quelques-unes pour offrir aux employés un endroit à l'abri du soleil où déjeuner ou se reposer.

Chacun s'assit d'un côté de la table et Emily attendit que Fletch lui expose la raison de sa présence.

— Alors, comme je le disais, j'ai parlé à un ami et je voulais vous demander d'être prudente.

Emily fronça les sourcils, perplexe.

— Comment ça ?

— Mon métier n'est pas le moins dangereux. Parfois, certains... me prennent en grippe. Je ne voudrais surtout pas qu'il vous arrive quelque chose, à Annie ou à vous.

Emily sentit les battements de son cœur s'accélérer et l'adrénaline déferler dans son organisme. Allait-il lui annoncer qu'elle n'avait plus rien à craindre de l'autre homme ? Qu'il s'était assuré que personne ne lui prendrait jamais Annie ?

— Annie et moi sommes en danger ?

— Écoutez...

Fletch passa la main dans ses cheveux, manifestement fébrile.

— Je ne dis pas ça, mais si mes ratés devaient rejaillir sur ma vie privée, je ne voudrais pas qu'Annie et vous en subissiez les conséquences.

— Dans ce cas, nous devrions peut-être partir, dit

Emily en se demandant si elle pourrait se tirer aussi facilement de ce mauvais pas.

— Non. Ne partez pas, ce n'est pas ce que je veux dire. Restez. J'aime votre présence.

— Si vous avez... des problèmes... vous devriez peut-être discuter avec votre ami ? Vous devriez régler cette question entre vous pour éviter que je sois impliquée, suggéra timidement Emily.

— Mais vous *êtes* impliquée, étant donné que vous vivez sur ma propriété, répondit Fletch avec détermination. J'ai déjà parlé avec mon ami. Croyez-moi, nous avons longuement discuté de la situation, de vous et d'Annie. Vous êtes plus en sécurité comme ça. Écoutez, si quelqu'un vient, une personne que vous trouvez louche, n'hésitez pas à m'en parler. Je m'en chargerai.

— Et si c'était votre ami ? demanda Emily à mi-voix.

— Mes amis ne vous feraient aucun mal, ni à vous ni à votre fille. Ils préféreraient mourir.

— Vous en êtes sûr ?

— J'en suis sûr. Si mes amis vous demandent quelque chose, faites-le. Ils agissent dans votre intérêt.

— Et le vôtre, aussi ! demanda Emily, au comble du désarroi.

Comment Fletch pouvait-il la regarder dans les yeux et lui annoncer que son ami, qui menaçait d'enlever Annie ou de lui tirer dessus, agissait « dans son intérêt » ?

— Bien sûr. Ils seraient prêts à tout pour moi. Comme moi pour eux. Personne ne se mêle de nos affaires impunément.

Le cœur d'Emily se serra. Elle avait sa réponse. Son amitié avec ce connard était plus importante à ses yeux qu'une mère célibataire aux abois. De toute évidence, l'argent comptait plus que tout pour lui – pour les deux hommes, d'ailleurs.

Emily avait envie de pleurer. Elle se sentait tellement déphasée que cela n'avait rien de drôle. Non seulement avait-elle peur, mais elle avait faim. Ses économies s'épuisaient lentement chaque semaine et elle était au fond du trou.

C'était la dernière fois qu'elle faisait confiance à un militaire. Elle s'en faisait la promesse. Tous des fumiers. Quelle que soit leur image, au fond ils ne s'intéressaient qu'à eux.

— D'accord.

— D'accord ?

— Oui, d'accord. Je ferai ce que demande votre ami. Pensez-vous... une fois que ce sera terminé... que vous pourriez vous faire aider ?

— Aider ? Aider pour quoi ?

— Vous savez... votre situation.

— Ne vous inquiétez pas pour ça. Mes amis et moi, nous nous en occupons. Je sais ce que je fais.

— Hmm.

Fletch se pencha au-dessus de la table et prit sa main dans la sienne. Il caressa le dos de sa main avec son pouce.

— J'apprécie votre compréhension. Tout ce que je veux, c'est qu'Annie et vous soyez en sécurité.

Emily faillit s'étrangler avec la bile qui lui remontait dans la gorge. Oui, c'est ça. Et qui la protégerait ?

— C'est bon, je ne laisserai jamais personne toucher un cheveu de ma fille.

— Je sais.

— Je sais que vous le savez, répondit-elle tristement.

Elle comprenait enfin que c'était pour cette raison qu'il lui avait loué l'appartement. Elle était une proie facile. Il suffisait d'attirer la mère célibataire, de la rendre redevable envers lui, puis de lâcher son ami sur elle. Quelle idiote.

Fletch pencha la tête en la dévisageant.

— Êtes-vous sûre que ça va ?

— Oui, j'en suis sûre. Je n'ai pas vraiment le choix.

Il lui serra la main une fois de plus, puis il se leva.

— C'est pour votre sécurité. Ne l'oubliez pas. On se voit plus tard ?

Emily hocha la tête et resta assise sans bouger tandis que Fletch se penchait pour déposer un baiser chaste sur sa joue.

— À plus tard.

— Au revoir.

Elle resta assise à la table de pique-nique, dans la chaleur de cette matinée texane, longtemps après le départ de Fletch. Elle envisageait un million de scénarios sans parvenir à trouver la moindre échappatoire. Elle avait espéré que Fletch ignore les agissements de son ami, mais il était évident d'après leur conversation qu'il en était parfaitement conscient... et qu'il s'en fichait éperdument.

Enfin, elle se ressaisit et retourna au PX et à son rangement. Elle n'avait pas trouvé de solution à la situation où elle était engluée et elle se sentait plus seule que jamais.

7

———————

Les coups sur la porte d'Emily la réveillèrent d'un sommeil agité. Depuis sa discussion avec Fletch, deux mois auparavant, elle ne dormait pas plus de quatre heures par nuit. Elle était stressée, affamée, et elle avait perdu près de sept kilos.

En général, elle sautait le petit-déjeuner et le dîner pour s'assurer qu'Annie ait de quoi manger, mais ses efforts n'étaient pas suffisants. Annie demandait trop souvent à se resservir après avoir terminé les repas qu'Emily lui préparait.

De temps à autre, l'un de ses collègues la prenait en pitié et lui offrait de quoi déjeuner, mais le plus souvent, elle fouillait dans les articles périmés vendus au rabais pour trouver le moins cher. C'était mauvais pour sa santé, Emily le savait, mais elle était à court d'idées.

L'ami de Fletch venait toujours la voir avec une régularité d'horloger. Il ne parlait pas beaucoup et menaçait toujours de lui envoyer les services d'aide à l'enfance. Il ne manquait jamais de lui rappeler à quel point Fletch était ravi de sa coopération.

Emily avait vendu un maximum d'affaires... du moins, ce qui valait quelques billets. Annie n'était pas bête et elle sentait qu'il se passait quelque chose, mais Emily refusait de lui en parler. C'était la mère, elle devait protéger sa fille du mieux possible, comme elle l'avait toujours fait et le ferait toujours.

Ce soir-là, quand Emily avait dit à sa fille qu'elle n'avait pas faim et qu'elle pouvait manger toutes les nouilles instantanées, Annie avait posé sur elle un regard trop mature de vingt ans. Elle avait reculé sa chaise et avait disparu dans sa chambre. Quand elle était revenue, c'était pour lui donner ses précieux militaires. Ils étaient toujours dans leurs emballages, flambant neufs.

— Vends mes figurines, maman. Elles sont toutes neuves. Tu peux avoir beaucoup d'argent.

Cette fois, le cœur d'Emily se brisa. Annie adorait ces jouets, et pas seulement parce qu'ils étaient en bon état. C'était son idole, Fletch, qui les lui avait offerts et elle aimait autant cet homme qu'Emily le détestait pour l'avoir mise dans une position aussi délicate.

Posant une main sur la tête d'Annie, elle essaya désespérément de retenir ses larmes et regarda sa fille dans les yeux.

— Je ne vendrai pas tes jouets, bébé. Ils sont à toi.

— Mais tu ne manges pas. Je sens les os de ton dos quand je te fais un câlin.

— Je mange. C'est promis. Mais je n'ai pas faim. Tout va bien. Regarde, nous avons ce bel appartement et nous sommes en sécurité. Tu es la fille la plus intelligente de ta classe. Alors, tout va *bien*, bébé.

Il était évident qu'Annie ne la croyait pas, mais elle était soulagée de ne pas devoir se départir de ses jouets chéris.

— D'accord. Fletch a peut-être un sandwich à te donner ?

Seigneur. C'était bien la dernière chose dont elle avait besoin. Emily avait réduit au maximum le temps qu'Annie passait avec Fletch, mais comme elles vivaient au-dessus du garage, la fillette savait qu'il rentrait dès qu'elle l'entendait. Emily gardait un œil attentif sur lui. Il était toujours gentil avec Annie. Il ne lui avait jamais rien dit de déplacé ni de menaçant. La fillette n'avait pas beaucoup d'amis et Emily n'avait pas le cœur de lui interdire de voir cet homme qui avait une telle importance à ses yeux.

— Je lui parlerai. D'accord ?

— D'accord ! s'était exclamée joyeusement Annie.

Décidant que le problème était réglé, elle avait attaqué ses nouilles comme si c'était le plus savoureux des repas et non le dîner immuable que sa mère lui servait chaque jour de la semaine.

Emily descendit du canapé où elle avait dormi toutes les nuits ce mois-ci et elle se dirigea en titubant vers la porte d'entrée.

— Qui est-ce ?

— Fletch.

Son propriétaire était bien la dernière personne qu'Emily avait envie de voir, mais elle ne pouvait pas faire comme si elle n'était pas là. Elle tira les verrous et sortit, prenant bien soin de refermer la porte derrière elle.

— Salut.

— Salut, Em. Je voulais vous dire que j'allais m'absenter quelque temps.

— Ah oui ?

— Hmm, hmm. Une mission imprévue. Nous avons reçu un appel il y a quinze minutes et j'ai une demi-heure pour me préparer et rejoindre la base.

Emily ne pouvait s'empêcher d'être inquiète et elle avait horreur de sa réaction.

— Tout va bien ? demanda-t-elle.

Fletch haussa les épaules.

— L'appel du devoir. Pourrez-vous récupérer mon courrier et surveiller la maison ?

— Oui.

Il plissa les yeux. Sa réponse était tout juste polie.

— Si c'est trop demander, vous n'êtes pas obligée de le faire.

— Non, c'est bon. Ça faisait partie du marché.

— On s'en fiche du marché. Si vous avez autre chose à faire, je comprendrai.

— J'ai *dit* que ça allait, rétorqua sèchement Emily.

— Pas d'invités.

— Comment ?

— Je ne veux personne dans ma maison à part Annie et vous. N'invitez pas votre petit ami chez moi.

— Mon petit ami ?

— Oui. Vous pensez pouvoir le faire ?

Le ton de Fletch s'était durci et Emily se demandait

de quoi il parlait. Elle n'avait pas de petit ami, où allait-il chercher une chose pareille ?

— Bien sûr. Fletch, je ne...

— Et j'espère que vous nourrissez plus votre fille que vous-même. Les enfants ne devraient jamais être au régime.

— Je ne...

— Je laisserai la clé sous le siège de votre voiture dans le garage. Je ne sais pas combien de temps je serai absent, mais j'espère pouvoir vous faire confiance pour surveiller la maison...

Emily se contenta de hocher la tête. Ses collègues avaient remarqué sa perte de poids, mais Fletch ne l'avait encore jamais mentionnée auparavant.

— Dans ce cas, à bientôt.

— Au revoir.

Fletch n'ajouta rien. Il tourna les talons et descendit les marches, disparaissant dans l'obscurité.

Emily consulta sa montre. Quatre heures et quart du matin. Quelles que soient les raisons de sa mobilisation, ce devait être grave s'il devait partir aussi tôt. Elle ouvrit la porte et retourna dans son petit appartement. Elle se demandait si son ami partirait avec lui ou s'il comptait revenir pour collecter son paiement de la semaine.

Ghost était allongé, ses jumelles braquées sur le bâtiment devant eux. Ils étaient en Égypte et ils essayaient de comprendre combien d'otages étaient détenus dans cet immeuble gouvernemental du Caire, et dans quelle salle ils étaient relégués. Ils avaient travaillé pendant tout le vol. Les Delta, secondés par une équipe des forces spéciales, avaient passé des heures à étudier divers scénarios, du meilleur des cas jusqu'au pire, pour extraire vivants les ressortissants américains et les autres otages.

Même s'ils n'avaient pas le temps de bavarder, Fletch tenait à parler à Ghost. Son comportement était bizarre ces derniers mois. Il était évident que son ami était fou amoureux d'une femme. Sa propre vie était peut-être au point mort, mais il ferait tout pour son chef d'équipe et son ami.

— Qu'est-ce qui t'arrive, Ghost ?

Ce dernier soupira, mais garda le silence.

— Est-ce en rapport avec ce nouveau tatouage sur ta jambe ? insista Fletch.

— Je te l'ai déjà dit, je n'en parlerai pas, fit Ghost en serrant les dents.

Fletch sourit tristement. Il lisait entre les lignes et comprenait ce que son ami ne disait pas. Il se rappelait leur conversation au sujet de l'aventure d'un soir que Ghost avait connue quelques mois auparavant. En temps normal, Ghost n'avait aucun problème à partager les détails de sa vie amoureuse, et pourtant, il n'avait presque pas parlé de cette femme.

Fletch ignora la réponse froide de son ami et persévéra. Il savait qu'il avait besoin de partager ce qu'il avait sur le cœur. Surtout s'il y avait une femme dans l'histoire. Il n'avait jamais vu Ghost aussi muet à propos d'une partenaire sexuelle. Cela lui suffisait pour comprendre qu'il avait des sentiments.

— Je ne suis peut-être pas le plus malin du monde,

mais si j'avais une femme qui me laisse les souvenirs que *tu* sembles avoir, je ferais tout mon possible pour la garder.

Ghost hocha la tête sans répondre.

Avant que Fletch puisse développer sa pensée et approfondir la non-relation que Ghost entretenait avec cette femme mystère, l'action les rattrapa. Une bombe éclata dans le bâtiment qu'ils surveillaient. L'heure n'était plus aux confidences. Ils avaient une mission à accomplir.

* * *

Quelques heures plus tard, alors qu'ils étaient tous à bord de l'avion qui les ramenait – avec la femme mystère de Ghost, miraculeusement vivante en dépit de ses blessures, qui se reposait sur un lit de camp à l'arrière de l'appareil –, Fletch éprouva le besoin de se confier. Il avait vu l'amour et l'affection que Ghost ressentait pour Rayne, la jeune femme qui s'était retrouvée prise au piège du coup d'État égyptien qu'ils venaient de désamorcer. Le destin semblait déterminé à les réunir.

Ils avaient pris le temps de discuter de Rayne et de son tatouage, étrangement similaire à celui que Ghost s'était fait faire sur la jambe quelques mois auparavant. Fletch n'aimait pas voir son ami aussi hésitant, ce qui lui avait fait réfléchir à ses propres perspectives.

— J'ai rencontré quelqu'un, dit-il à voix basse. Elle est drôle, formidable, plus têtue que n'importe qui. Elle a des secrets et elle refuse de s'ouvrir à moi. Mais le pire, c'est qu'elle semble déjà avoir quelqu'un dans sa vie.

Ils avaient déjà discuté d'Emily et de son petit ami, mais dans l'atmosphère intime et feutrée de l'avion, ses mots paraissaient plus sombres et empreints de chagrin.

Ghost leva les yeux vers lui. Fletch était adossé au mur, manifestement détendu, mais chaque muscle de son corps était crispé.

— Chaque fois que je les vois ensemble, j'ai envie de frapper quelque chose. Elle a une fillette merveilleuse qui a peur de ce nouveau type.

— Fletch...

Il ne laissa pas Ghost continuer.

— J'ai entendu ce qu'a dit ce gars des forces spéciales quand tu as parlé de prendre tes distances avec Rayne pour la protéger. Il a raison. Nous ne sortons même pas ensemble, mais à l'idée que quelqu'un fasse du mal à Emily ou à sa fille, je deviens fou. Si Emily me regardait avec le dixième d'amour qu'on devine pour toi dans les yeux de Rayne, alors j'installerais Emily et sa fille chez moi si rapidement qu'elles en auraient le tournis. Ne la laisse pas tomber, Ghost.

Fletch retourna s'asseoir à sa place, laissant son ami réfléchir à ses paroles et prendre du temps, seul avec la femme qui avait mis sa vie sens dessus dessous. L'attitude de Ghost avec elle lui ouvrait les yeux.

Il se passait quelque chose avec Emily et il n'aimait pas rester dans l'ignorance. Elle s'était éloignée de lui et il avait horreur de ça. Il avait cru qu'après leur conversation au PX, elle comprendrait qu'elle pouvait être en danger à cause de son métier... et peut-être était-ce le cas. Peut-être était-ce pour cela qu'ils n'avaient pas vraiment discuté depuis ce jour. Elle était peut-être nerveuse à cause de ce qu'il lui avait dit.

Elle fréquentait toujours son mystérieux petit ami, mais Fletch ne voyait jamais l'homme monter à son appartement. Soit elle le voyait au travail, soit ils trouvaient le moyen de passer du temps ensemble sans que Fletch s'en rende compte.

Mais il n'y avait pas qu'Emily. Annie aussi semblait souffrir. Quand il l'avait rencontrée, la fillette était toujours heureuse, pleine de vitalité. Elle dévalait les marches chaque fois qu'elle l'entendait rentrer. Maintenant, elle ne le faisait plus. S'il était parano – ce qui faisait partie intégrante de son métier –, il croirait qu'Emily empêchait Annie de le voir. Et c'était douloureux.

Ignorait-elle qu'il la protégerait envers et contre tout ? Qu'il ne laisserait jamais rien de mal leur arriver ?

Sans doute. Au fond, ils étaient comme deux étrangers l'un pour l'autre.

Emily était une locataire modèle. Elle payait son loyer sans faille, déposant une enveloppe avec un chèque de cinq cents dollars dans sa boîte aux lettres le premier de chaque mois. Elle était discrète, n'organisait pas de fêtes et ne se jetait pas sur lui, une différence appréciable avec sa dernière locataire en date.

Si ce n'est que... au fond, il aurait tellement *aimé* qu'elle se jette sur lui.

Fletch savait qu'il aurait dû se réjouir, mais c'était plus fort que lui. Il voulait retrouver l'ancienne Emily. L'ancienne Annie. Les deux filles qui lui souriaient, qui semblaient contentes de le voir.

Il soupira. Décidément, il n'était pas plus avancé que

Ghost. Il devait parler à Emily, mais avant tout, il voulait s'assurer que tout se passerait bien pour son ami. Apparemment, Rayne, la femme qu'il avait retrouvée alors qu'il ne pensait jamais la revoir, était de retour. Et il espérait du fond du cœur que Ghost ne serait pas bête au point de la perdre à nouveau.

Une fois que Ghost et Rayne seraient ensemble, il aurait cette grande discussion avec Emily et il découvrirait ce qui la tracassait.

8

—————

— Ça vous dirait de venir dîner à la maison ?

Évidemment, la question de Fletch était spontanée. Il n'avait rien prévu, mais ils étaient arrivés en même temps dans le garage. Emily le dévisagea, hébétée.

Ces deux derniers mois étaient passés vite, trop vite pour Emily. Elle se demandait si elle allait pouvoir produire le prochain paiement pour l'ami de Fletch, mais elle n'osait pas espérer qu'il ne vienne pas l'exiger dans les jours suivants. Cet homme était ponctuel comme une horloge... toujours à l'heure. Il n'avait jamais raté une seule collecte hebdomadaire.

Fletch s'était absenté à plusieurs reprises depuis qu'il était apparu sur le pas de sa porte au petit matin, quelques semaines auparavant. Il lui avait poliment demandé de surveiller sa maison et elle avait accepté tout aussi poliment. Ils se saluaient chaque fois qu'ils se voyaient et Annie avait même supplié sa mère d'aller chez lui le samedi pour regarder des dessins animés. Sa fille avait levé vers elle un regard tellement suppliant qu'Emily n'avait pas pu le lui refuser.

Cette fois, c'était différent. Fletch ne lui demandait pas de passer du temps avec Annie, il l'invitait elle aussi. Emily le regarda pendant un moment en réfléchissant à sa proposition.

Acceptait-elle d'aller dîner chez lui ? Emily se demanda ce qui l'attendait à l'appartement. Une pomme, deux tranches de pain, une part de fromage industriel, une tranche de mortadelle, quelques carottes, un reste de ketchup et de moutarde, un morceau de beurre, une saucisse et un paquet de nouilles instantanées au bœuf. Leur dîner serait composé de nouilles et d'un bout de saucisse... pour le quatrième soir d'affilée. Si on le lui avait demandé, elle aurait répondu qu'elle partagerait avec Annie, mais elles savaient toutes les deux que c'était un mensonge.

Annie n'était pas stupide. Elle avait compris qu'elles manquaient d'argent, mais depuis la fois où elle lui avait proposé de vendre ses précieuses figurines militaires, elle n'en avait plus parlé. On se moquait déjà bien assez d'elle à l'école – pour sa vivacité d'esprit, ses vêtements d'occasion, trop grands ou trop petits – et elle n'oserait pas raconter à un autre enfant ni à un instituteur qu'elles ne mangeaient pas beaucoup à la maison.

Manifestement, Emily avait mis trop de temps à répondre à Fletch, parce qu'il avait repris la parole pour s'efforcer de la convaincre.

— J'allais faire griller des steaks. J'ai des épis de maïs et de quoi préparer une salade. Je vous laisserai préparer la salade, toutes les deux, si ça peut vous mettre à l'aise.

Emily sentit qu'on tirait sur son pantalon et elle baissa la tête. Annie la regardait, les yeux ronds comme des soucoupes. Elle savait qu'elle ne devait pas supplier sa mère devant Fletch, mais son choix était évident.

Pour une fois, Emily aurait tellement aimé pouvoir être cette maman qui va au supermarché et remplit son chariot sans se soucier des prix. Elle avait pris l'habitude de récupérer les journaux que l'on jetait dans la benne derrière le PX. Elle découpait les coupons de réduction dans le journal du dimanche et prévoyait leurs repas au centime près.

Actuellement, elle avait vingt dollars et treize cents sur son compte bancaire. Les treize cents représentaient son « matelas » pour l'empêcher de passer sous la barre des vingt dollars minimum exigés sur son compte avant que des frais supplémentaires ne s'appliquent. Elle recevrait bientôt son salaire, mais les quatre cents dollars fondraient rapidement, d'autant plus que la moitié serait directement versée à l'ami de Fletch pour le remboursement de sa dette.

Elle aurait voulu pouvoir acheter un paquet de biscuits ou une barre chocolatée à Annie, mais elle n'avait jamais assez d'argent. Les céréales préférées d'Annie étaient les Puffy-O. Le paquet prétendait qu'ils avaient exactement le même goût que les Cheerios disposés juste à côté dans le rayon, mais qui coûtaient un dollar et demi plus cher. Emily ne savait même pas si sa fille avait déjà goûté les véritables Cheerios. Elle avait toujours acheté la sous-marque.

Ce fut cette pensée, ainsi que le regard suppliant de sa fille, qui fit pencher la balance.

— Oui, avec plaisir.

Emily savait qu'elle serait ridicule de refuser. Elle n'avait aucune envie de passer du temps avec Fletch, mais pour la santé de sa fille, elle le ferait.

— Youpi ! s'écria Annie. Je peux apporter mes soldats ?

— Bien sûr. Fletch, nous allons nous changer et nous arrivons. D'accord ?

— D'accord. Donnez-moi vingt minutes. Je vais prendre une douche rapide et allumer le grill.

— À tout à l'heure, Fletch ! lança Annie avec un immense sourire.

— À bientôt, petit lutin.

Emily commença à gravir les marches derrière sa fille, mais la main de Fletch sur son bras l'arrêta.

— Attendez une seconde, Em.

Elle se tourna vers lui en haussant les sourcils d'un air interrogateur.

— Je vous ai fâchée ? Parce que ces derniers mois, j'ai clairement l'impression que vous êtes glaciale avec moi.

Emily n'en revenait pas que Fletch l'accuse de se montrer hostile. Comme s'il ne savait pas pourquoi. Elle essaya de trouver une réponse adéquate, mais avant que les mots ne lui viennent, il reprit la parole :

— Ce n'est pas parce que vous avez quelqu'un que nous ne pouvons pas être amis. Annie me manque. Elle est drôle, adorable et j'aime passer du temps avec elle. Vous êtes peut-être très occupée, ou vous m'évitez vraiment, mais j'espère que vous accepterez de vous détendre un peu. Ça fait longtemps que je n'ai pas invité mes amis à un barbecue. Maintenant que mon meilleur pote est en couple, j'aimerais inviter tout le monde et vous présenter convenablement.

Emily était atterrée. Il croyait qu'elle *sortait* avec son ami ? Qu'ils étaient ensemble ? Il délirait.

— Je crois que ce ne serait pas une bonne idée.

Au lieu de se vexer, Fletch paraissait déterminé. Seigneur, la dernière chose dont elle avait besoin, c'était qu'il se mette en tête de devenir son ami et de la voir plus souvent. Elle avait déjà peur de l'ami qu'elle connaissait, alors elle ne voulait même pas imaginer une rencontre avec les autres.

— Pourquoi ?

— Fletch, écoutez, j'apprécie que vous m'ayez laissé emménager ici avec Annie, mais nous ne sommes rien de plus. Vos locataires. Nous allons venir chez vous ce soir, parce que je l'ai déjà dit à Annie, mais j'apprécierais qu'après ce dîner, vous n'essayiez plus de nous mêler aux complexités de votre vie.

Pendant un bref instant, son visage exprima détresse et confusion, mais elle se ressaisit aussitôt. Emily n'avait aucune raison de culpabiliser, pas après tout ce qui s'était passé ces derniers mois. Absolument pas.

— Très bien. Je ne savais pas que vous aviez cette impression, mais d'accord. À tout à l'heure.

Après avoir parlé, Fletch fit volte-face et traversa le jardin jusqu'à sa porte.

Emily resta sur place, titubante. Elle était éreintée. Lasse d'avoir faim, d'avoir peur, d'être inquiète, lasse de guetter constamment l'homme tapi dans l'ombre. Tout ce qu'elle voulait, c'était protéger Annie. Elle n'aurait jamais pensé que ce soit trop demander, mais il fallait pourtant le croire. Elle soupira et posa une main sur son ventre, qui commençait à lui rappeler qu'elle avait sauté le déjeuner... et le petit-déjeuner.

Elle monta l'escalier jusqu'à son appartement, en se demandant comment elle allait bien pouvoir supporter ce dîner.

* * *

Quelques heures plus tard, Emily se rendit compte qu'elle n'avait aucune raison d'appréhender la soirée. Fletch s'était montré particulièrement attentionné... avec Annie. Il avait offert un verre de vin à Emily, puis il avait reporté son attention sur sa fille. Ils avaient ri tous les deux quand Annie avait remué la salade composée en faisant déborder la moitié du saladier sur le plan de travail. Il avait tranché l'épi de maïs pour permettre à Annie de le manger sans se brûler les doigts. Fletch était même allé jusqu'à lui découper sa viande.

À un moment donné, il avait évoqué la fusillade qui avait eu lieu récemment à son école primaire. Un homme était entré dans l'école que fréquentait Annie et avait blessé quelques personnes, retenant en otage un gymnase rempli d'enfants. Heureusement, il ignorait que des enfants se cachaient dans le gymnase, mais l'expérience les avait traumatisés. L'un des amis militaires de Fletch, un dénommé Jones, était dans le quartier pour un séminaire de gestion de crise au moment où c'était arrivé, et il avait participé à l'arrestation du coupable.

Annie avait discuté de l'expérience avec Fletch comme si c'était l'aventure la plus cool qu'elle ait jamais vécue. Elle se trouvait dans sa salle de classe, loin du gymnase, et Madame O s'était empressée de faire sortir les enfants par la fenêtre. Ils n'avaient aucune idée de ce qui se passait.

Emily savait ce que Fletch essayait de faire, il voulait dédramatiser la situation. Elle lui en était reconnaissante, mais elle était incapable de se remémorer ce jour-là sans éprouver une terreur incontrôlable. Pendant quelques heures, quand elle ignorait encore si Annie manquait à l'appel, elle avait failli s'effondrer. Ce moment où elle croyait avoir perdu la plus belle chose qui lui soit jamais arrivée, elle ne voulait plus jamais le revivre. C'était pour cette raison qu'elle s'était soumise si docilement à la stratégie de chantage que l'ami de Fletch lui avait imposée. Elle ne pouvait pas perdre sa fille.

Emily écouta Annie lui raconter qu'elle était heureuse parce qu'apparemment, l'une des autres institutrices de CP et son prof de sport préféré étaient amoureux depuis l'expérience. Fletch ne l'interrompit pas, détournant habilement ses questions sur cette terrible journée, ce qu'Emily appréciait. Elle se demandait bien comment Fletch pouvait être aussi formidable avec Annie et aussi minable et insensible vis-à-vis de ce que son ami lui faisait subir.

Emily laissa sa fille parler autant qu'elle en avait envie, n'intervenant que de temps à autre. Fletch riait à ses histoires et semblait apprécier les bavardages de la fillette. Emily serait tombée follement amoureuse de cet homme si elle ignorait quel genre de salaud il était en réalité.

Elle aurait pu filer à l'anglaise, mais ce repas était une

vraie bénédiction. C'était un délice absolu, aussi bon que nutritif. Fletch savait cuisiner. L'assaisonnement des steaks était parfait et le beurre dont les épis de maïs étaient enduits les rendait encore plus savoureux. Quand il sortit les brownies qu'il avait préparés la veille, Emily crut que sa fille allait exploser de joie.

Après le repas, une fois que Fletch eut lu à Annie deux petits livres d'images, Emily se dit qu'il était grand temps de partir... avant que son cœur souffre un peu plus.

— On y va, Annie.

— Oh, maman...

— Pas de : oh, maman. Il y a école demain.

— Est-ce que je te verrai demain ? demanda Annie à sa nouvelle idole.

Fletch haussa les épaules.

— Je ne sais pas, petit lutin. Mais si tu as besoin de moi, je serai toujours là.

Emily ne pensait pas Fletch capable de faire du mal à Annie, mais elle ne voulait pas donner carte blanche à sa fille pour venir frapper chez lui chaque fois qu'elle en avait envie. Hors de question.

— Allez, viens, bébé. C'est l'heure du bain, et ensuite une histoire d'Alice Roy.

— Youpi !

Annie se précipita vers Fletch et jeta les bras autour de sa taille. Emily refusa de se laisser émouvoir par la tendresse dans le regard de ce grand gaillard lorsqu'il posa une main dans le dos d'Annie et l'autre sur sa tête.

— À plus tard.

— Au revoir, Fletch !

— Merci pour le dîner, Fletch. C'était délicieux.

Emily en voulait peut-être à Fletch pour la situation dans laquelle il l'avait mise, mais le repas était une merveille. C'était une pause bienvenue dans son existence sans saveur.

— Voulez-vous emporter les restes de maïs et de salade ? demanda-t-il en s'appuyant contre le plan de travail de la cuisine.

Elle en avait envie, mais elle préféra secouer la tête.

— Ça va aller, mais merci beaucoup.

— Je vous l'ai déjà dit, mais je le répète : ce ne serait pas juste de mettre Annie au régime à son âge. Il est évident qu'elle avait faim. Elle a dévoré tout le steak et le maïs, et elle a repris de la salade. Mangez ce que vous voulez, Emily, mais pitié ne faites pas croire à Annie qu'elle doit être maigre pour avoir de la valeur.

Emily sentit les larmes lui monter aux yeux, mais elle refusait de les montrer à Fletch. Qu'il aille au diable. Elle faisait de son mieux pour acheter de quoi manger à Annie et payer ses deux cents foutus dollars par semaine. Il était minable de remuer le couteau dans la plaie.

Ses paroles étaient amères et sévères.

— Ma fille passe en premier dans tous les domaines de ma vie, Fletch. Je mourrais de faim avant que ma fille manque de quoi que ce soit.

Ce n'était pas un vœu pieux, mais une réalité.

Emily rejoignit la porte et sortit de la maison sans un regard en arrière. Si elle s'était retournée, elle aurait vu la frustration et le rejet sur le visage de Fletch.

9
____

Fletch sourit à Ghost et à Rayne. Truck était chez Ghost, et comme Fletch était parti acheter des bières, il leur avait proposé de passer les chercher pour les emmener à son barbecue. Il était fou de joie que Ghost ait retrouvé la femme qui l'avait plongé dans une humeur maussade pendant des mois. Rayne et lui étaient parfaits l'un pour l'autre et il se réjouissait pour son ami.

— Je crois que tu aurais dû me laisser apporter quelque chose, insista Rayne.

Fletch haussa les épaules.

— J'avais tout ce qu'il fallait. Il n'y avait vraiment rien à apporter.

— Mais quand même... des brownies ? Des chips ? N'importe quoi ?

— Non, répondit-il en riant. J'ai absolument tout.

Ils s'engagèrent dans l'allée de la maison et Rayne se tourna vers l'appartement au-dessus du garage.

— Ta locataire va se joindre à nous ?

— Non.

Il n'avait pu réprimer son amertume.

— Pourquoi pas ? Je croyais qu'elle était sympa ?

— Elle est sympa, mais elle est occupée, dit-il sur le ton de la conversation.

— Oh. Et tu le lui as proposé poliment ? insista Rayne. Parfois, tu peux être un peu raide. Tu as dit qu'elle avait une fille. Elles pourraient peut-être venir toutes les deux.

— Évidemment que j'ai proposé. Je ne suis pas un homme des cavernes. Et elle a un petit ami, alors oublie tout de suite ce regard d'entremetteuse, Rayne, l'avertit Fletch en coupant le moteur.

— Oh, dommage, fit-elle en soupirant.

En effet, c'était dommage. Il se demandait bien ce qu'il avait fait pour qu'Emily le déteste autant. Certes, il lui avait dit que ce n'était pas une bonne idée de mettre Annie au même régime qu'elle, mais ça ne méritait tout de même pas qu'elle cesse de lui adresser la parole. Depuis qu'il l'avait reçue à dîner avec Annie, elle faisait son possible pour ne pas se retrouver seule avec lui. Il avait espéré qu'elle lâcherait du lest et autoriserait Annie à le voir, puis qu'elle finirait par revenir vers lui, mais ce n'était jamais arrivé. Au contraire, il voyait encore moins la fillette maintenant qu'avant la soirée. Quelle plaie.

Trois semaines s'étaient écoulées depuis le dîner et il avait passé un certain temps en mission. Mais le colonel leur avait dégagé des congés et Fletch avait décrété qu'il était grand temps d'inviter l'équipe à dîner chez lui. Il avait frappé à la porte d'Emily plus tôt dans la journée pour la convier à se joindre à eux, mais elle n'avait pas répondu.

Fletch savait qu'elle était chez elle, car sa voiture n'avait pas quitté le garage depuis jeudi, quand elle était rentrée du travail. C'était inhabituel qu'elle prenne du repos ou n'emmène pas Annie à l'école, mais elle lui avait clairement fait comprendre par son comportement que sa vie ne le concernait pas.

Il ne pouvait s'empêcher de s'inquiéter pour elles. Il aurait aimé qu'Emily réponde, histoire d'avoir l'esprit tranquille.

Alors qu'ils entraient pour retrouver les invités déjà sur place, Fletch leva un regard mélancolique vers le garage en espérant apercevoir la femme qu'il ne parvenait pas à chasser de ses pensées et la petite fille qu'il commençait à apprécier plus que son rôle ne le lui autorisait.

Quelques heures plus tard, Fletch regardait avec satisfaction ses six coéquipiers et Rayne. Pour lui, il n'existait rien de mieux que la présence de ses amis. Ghost, Coach, Hollywood, Beatle, Blade, Truck et lui avaient connu l'enfer… et ils avaient survécu. Fletch n'avait jamais fait confiance à un autre groupe d'hommes autant qu'à celui-ci, et il savait qu'ils éprouvaient la même chose.

Rayne constituait un ajout pétillant à leur cercle d'amis. Parfois, elle invitait sa copine Mary aux soirées et c'était hilarant de voir Truck et elle se chamailler. Mary était une dure. Elle avait courageusement lutté contre le cancer et elle ne s'en laissait pas compter. Mais pour une raison quelconque, Truck et elle étaient comme l'huile et l'eau. Elle critiquait ce grand costaud, qui encaissait en souriant, ce qui ne faisait qu'agacer Mary davantage.

La dynamique qu'apportaient les femmes dans leur cercle intime était intéressante. Par le passé, quand ils se rassemblaient, ils passaient leur temps à parler de leurs coups d'un soir et de sport, mais avec Rayne, et Mary quand elle l'accompagnait, ils avaient freiné ce genre de sujets. Cela donnait lieu à des échanges plus personnels sur leurs vies, leurs familles et ce qui se passait au travail.

Pourtant, ce soir, personne n'évoqua leur différend avec l'autre groupe de soldats, qui ne s'était pas apaisé. Chaque fois que les militaires les croisaient à la base, ils murmuraient des insultes. De temps à autre, on jetait des œufs sur leurs voitures ou l'on rayait leurs carrosseries. C'était pénible, mais ils n'avaient pas de preuves à leur opposer. Ils se contentaient de signaler les incidents à la police militaire en espérant les surprendre sur le fait un jour. Mais ce n'était pas le moment d'en discuter.

— Euh, Fletch, je crois qu'une petite fée nous espionne, dit Rayne à mi-voix.

Elle était assise sur les genoux de Ghost, un verre de vin à la main, détendue contre son torse.

Fletch leva vers elle un regard étonné et elle désigna le côté de la maison d'un mouvement de tête.

En se retournant, Fletch aperçut la fillette qui les observait à l'angle du mur.

Aussitôt, il posa sa bière et lui tendit la main.

— Viens ici, Annie. Ta maman sait que tu es dehors ?

Tout le monde regarda Annie qui s'approchait à pas prudents.

— Euh, Fletch, je ne...

Les paroles de Rayne furent interrompues lorsque Fletch se leva brusquement, inquiet, pour examiner attentivement la fillette.

Elle portait un pantalon de survêtement et, de toute évidence, ses cheveux n'avaient pas vu de peigne de la journée, ni peut-être même depuis deux jours. Son haut de pyjama arborait une grosse tache, comme si elle s'était renversé quelque chose dessus. En un mot, elle était débraillée. Fletch ne l'avait jamais vue dans un tel état. Annie ne ressemblait plus à la fille choyée qu'il connaissait, mais à une gamine des rues.

Sans prêter attention à ses amis, qui s'étaient tous redressés sur leurs chaises, prêts à faire quelque chose même s'ils ne savaient pas vraiment quoi, Fletch s'agenouilla devant la fillette.

— Tu vas bien, petit lutin ?

— J'ai faim.

— Tu as faim. D'accord. Nous avons des restes, si tu veux.

Annie hocha la tête, mais elle restait nerveuse, les yeux rivés aux hommes derrière lui.

— Veux-tu que je te présente mes amis ? demanda Fletch sur un ton apaisant.

Annie acquiesça, mais de toute évidence, elle était mal à l'aise. Il la prit dans ses bras et se leva, l'asseyant sur sa hanche. Ses bras fins se refermèrent autour de son cou et elle s'y accrocha solidement. Fletch se retourna et franchit la distance qui les séparait des autres.

— Tout le monde, voici mon amie et locataire, Annie Grant. Elle a six ans et c'est la fille la plus intelligente de sa classe de CP.

Annie lui sourit sans parler. Elle posa la tête sur son épaule et le regarda de ses grands yeux vifs.

— Annie, je te présente mes amis. Je travaille avec eux tous les jours. Je leur fais confiance comme s'ils étaient mes frères. Voici Truck, Blade, Beatle, Hollywood, Coach et Ghost. Et assise avec Ghost, c'est sa petite amie, Rayne.

Annie leva la tête et dévisagea longuement chacun des adultes avant de se blottir contre Fletch et déclarer tout haut :

— Tes amis ont des noms bizarres.

Tout le monde éclata de rire. Fletch passa la main sur les cheveux ébouriffés d'Annie.

— C'est bien vrai, petit lutin. Tu as dit que tu avais faim ? Où est ta maman ?

Il lui parlait avec légèreté, mais au fond il se doutait que quelque chose clochait. Emily empêchait Annie de l'approcher et elle ne l'aurait jamais laissé sortir dans le noir.

— Elle dort.

— Elle dort ? Tu en es sûre ? Tu ne t'es pas échappée ? Annie secoua la tête.

— Elle a dormi toute la journée.

— Toute la journée ? Comment ça ?

À ces mots, Fletch sentit ses amis tendre l'oreille.

— Elle a dit qu'elle n'était pas bien quand on est rentrés à la maison jeudi. Ce matin, quand je me suis levée, elle dormait. Elle ne voulait pas aller travailler et elle a dit qu'elle était trop malade pour m'emmener à l'école hier. J'ai essayé de la réveiller aujourd'hui, mais elle a juste fait des bruits. J'ai mangé les dernières pâtes hier soir et quand j'ai essayé de verser du jus d'orange ce matin, j'en ai renversé partout.

Annie renifla.

— J'ai mangé notre dernière pomme et après, il n'y avait plus rien. Tu as dit que je pouvais venir si j'avais besoin.

— Oui, tu as bien fait. Tu peux t'asseoir ici avec Rayne et Ghost ? Ils vont te donner à manger.

— Où tu vas ? demanda Annie alors que Fletch la reposait au sol à côté de la chaise où se trouvait le couple.

— Je vais faire un saut à côté pour voir comment va ta maman.

— Elle dort, répéta Annie comme s'il ne l'avait pas entendue la première fois.

— Je sais, lutin, mais je vais quand même vérifier.

— Tu as pas le droit d'entrer. Pas de garçons. C'est notre règle.

Fletch observa Annie. Elle était maline et il devait faire attention à ce qu'il dirait. Il ne voulait pas effrayer la fillette, mais elle devait bien savoir que d'habitude sa mère ne dormait pas toute la journée. Une fois de plus, il s'agenouilla pour la regarder dans les yeux.

— Je crois que tu as compris que ce n'était pas normal, n'est-ce pas ?

Elle hocha faiblement la tête et il poursuivit :

— Les mamans ne dorment pas toute la journée. Je veux juste vérifier qu'elle ne soit pas *trop* malade. D'accord ?

— D'accord, chuchota Annie avant de se pencher pour lui faire un câlin.

Elle approcha sa bouche de son oreille.

— J'ai un peu peur. Elle disait de drôles de choses quand je l'ai réveillée avant de venir.

Fletch étreignit la petite fille.

— Reste ici, ma chérie. Je vais prendre Truck avec moi et nous allons voir comment elle va.

Annie observa le colosse qui s'avançait à côté de Fletch. Ce dernier ouvrit la bouche pour rassurer Annie. Truck était impressionnant, mais il était gentil, du moins avec les petites filles comme elle. Mais elle grimpa sur une chaise et pencha la tête en arrière vers le militaire imposant.

Comme si elle venait de parler, Truck fit un pas timide sans un mot.

Annie tendit la main et passa ses petits doigts sur la vilaine cicatrice qui barrait le visage de Truck. Elle la suivit lentement, du milieu de sa joue jusqu'à sa lèvre, du bout du doigt. Puis elle lui souleva le côté de la bouche et regarda la balafre reprendre sa forme naturelle, lui donnant une mine renfrognée.

— Ça t'a fait mal ? murmura-t-elle enfin.

— Oui, lui avoua Truck avec honnêteté.

Son regard croisa le sien.

— Est-ce que Fletch t'a aidé quand tu avais mal ?

— Oui. Il m'a aidé.

Annie posa sa main à plat sur la joue de Truck. Sa petite paume était loin de couvrir le côté de son visage, mais le militaire accepta sans sourciller sa gentille caresse.

— Tu vas t'occuper de ma maman ?

— Oui.

— D'accord.

Ce fut tout. Si Fletch n'était pas là, il ne l'aurait pas cru. Les enfants partaient souvent pleurer dans les jambes de leurs parents en voyant les plaies de Truck. Non seulement Annie ne s'était pas enfuie, mais elle lui avait touché et même caressé le visage. Quelle petite fille extraordinaire.

Fletch décida en cet instant qu'Emily ne l'éviterait plus. Il l'avait toléré trop longtemps, mais maintenant, il espérait qu'elle ne serait pas trop malade et qu'ils pourraient discuter de ce qui la tracassait une bonne fois pour toutes. Cette femme qui avait élevé une fille comme Annie méritait que l'on se batte pour elle.

— On revient le plus rapidement possible. Allez, va avec Rayne et mon ami Ghost. D'accord ? demanda Fletch en aidant Annie à descendre de la chaise où elle s'était perchée.

Voilà qui en disait long sur l'état d'inquiétude de la petite fille pour sa mère et sur son degré de faim, parce qu'elle se contenta de hocher la tête à l'adresse de Fletch, laissant Rayne lui prendre la main et la conduire à l'intérieur pour voir ce qu'elles pouvaient trouver à manger.

Aussitôt, Fletch se précipita de l'autre côté de la pelouse, Truck sur les talons. Fletch l'avait choisi parce qu'il était calé en matière de premiers secours. Bien sûr, tous ses amis les maîtrisaient, mais si Emily était mal en point, Fletch préférait avoir l'aide la plus experte à ses côtés.

Il gravit les marches quatre à quatre jusqu'à son appartement et tourna la poignée de la porte. Elle s'ouvrit facilement, car Annie ne l'avait pas verrouillée derrière elle en sortant. Fletch jeta un œil dans la cuisine et il découvrit les serviettes en papier imbibées sur le carrelage, à l'endroit où Annie avait essayé de nettoyer son jus d'orange. Sans y prêter attention pour le moment, il se dirigea vers la chambre.

Elle était vide. Bon sang, où était Emily ?

— Fletch, ici, fit alors Truck d'une voix rauque.

Il se retourna vers le canapé. Truck était agenouillé à côté d'une forme frêle enroulée dans une couverture élimée. Il le rejoignit immédiatement, content que son ami se déplace pour le laisser s'approcher de son visage.

— Emily ? Peux-tu ouvrir les yeux ? demanda-t-il en posant une main sur son front.

Comme elle ne bougeait pas, il se tourna vers Truck.

— Elle est brûlante.

— Enlève cette couverture.

Fletch n'émit aucune objection. Il aida Truck à débarrasser Emily de cette couche supplémentaire pour lui laisser un peu d'air. Elle se réveilla quand l'air frais de l'appartement effleura sa peau.

— Emily ! ordonna Fletch. Regardez-moi.

Elle entrouvrit les yeux, mais il lui fallut un moment pour le reconnaître.

— J'ai donné l'argent à votre ami cette semaine. Dites-lui qu'il devra attendre ma prochaine paie.

— Quoi ? Emily, réveillez-vous, ce que vous dites n'a aucun sens.

Elle ferma les paupières et un frisson la parcourut.

— Elle doit aller à l'hôpital, Fletch, annonça Truck avec gravité.

— Je sais, mais en dernier recours. Je suppose qu'elle n'a pas d'assurance médicale. Je vais l'emmener chez moi et voir si je peux d'abord la rafraîchir. Au point où j'en suis, je te fais plus confiance qu'à un docteur que je ne connais pas, Truck.

Truck soupira. Le plan de Fletch ne l'enthousiasmait pas, mais il ne chercha pas à le contredire.

Fletch se pencha et souleva Emily dans ses bras, alarmé par son extrême maigreur. Il savait qu'elle avait perdu du poids, mais là, il pouvait sentir ses côtes sous ses mains. Sa tête roula en arrière et il la rehaussa dans ses bras.

— Emily, passez les bras autour de mon cou et accrochez-vous.

Curieusement, elle sembla comprendre et fit ce qu'il lui demandait. Elle l'agrippa faiblement aux épaules, enfouit son nez contre son cou et y demeura tandis qu'il l'emmenait hors du petit appartement et dans l'escalier. Truck ouvrit la porte de la maison et ils s'engagèrent précipitamment dans le couloir en direction de la chambre principale.

— Va chercher Rayne, mais ne dis pas encore à Annie que sa maman est ici. Je veux voir comment ça se passe avant de lui dire quoi que ce soit.

Truck hocha la tête et disparut en direction de la terrasse. Fletch déposa délicatement Emily sur son édredon et écarta une mèche de cheveux de son front.

— Ne vous inquiétez pas, vous serez en pleine forme en un rien de temps. Mes amis vont vous requinquer.

Contre toute attente, elle ouvrit brutalement les yeux et la panique se manifesta sur ses traits.

— Pas votre ami, pitié, Fletch ! Pas lui ! J'ai payé cette semaine. Je l'ai fait ! Je trouverai un moyen de me procurer l'argent la semaine prochaine. Éloignez-le d'Annie !

— Du calme, Em, vous êtes en sécurité. Personne ne fera de mal à votre fille.

— Mais c'est votre ami !

Fletch plissa les paupières, en proie à l'incompréhension la plus totale. Mais enfin, qui prenait-elle pour son ami ? Aucun des hommes attablés sur sa terrasse ne lèverait la main contre un enfant. Et de quel argent parlait-elle ?

Il avait un mauvais pressentiment au creux de l'estomac en lisant la terreur sur le visage d'Emily. Manifestement, quelque chose ne tournait pas rond dans le monde d'Emily et pour une raison qui lui échappait, elle croyait qu'*il* était impliqué.

Fletch essaya de la rassurer.

— Je vous le répète. Vous êtes en sécurité. Annie est en sécurité. Vous êtes malade. Rayne va venir nous aider à prendre soin de vous. Faites-moi confiance, Em.

— Je ne peux pas, bredouilla-t-elle, délirante. Vous vous êtes servi de nous.

— Mais qu'est-ce qu'elle raconte ? s'exclama Hollywood en interceptant la dernière phrase d'Emily.

Sans surprise, Fletch n'avait pas entendu les autres hommes entrer dans la chambre. Hollywood marchait d'un pas très léger.

— Je n'en ai aucune idée, mais c'est n'importe quoi.

— Allez, tous les deux, laissez-moi passer, ordonna Rayne en se frayant un chemin entre Ghost et Hollywood. Mon Dieu, elle a mauvaise mine.

Cette observation était inutile. Les trois hommes se

rendaient bien compte qu'Emily était mal en point. Elle était écarlate, comme si elle rougissait, et sa respiration était saccadée.

— Rayne, aide-moi à retirer son t-shirt et son pantalon. Ghost, fais couler un bain. De l'eau fraîche.

— Truck s'en charge, répondit Ghost.

— Bon, très bien.

Bientôt, Emily était en culotte et soutien-gorge. On lui avait laissé ses sous-vêtements par pudeur et, à nouveau, Fletch s'alarma de constater sa perte de poids impressionnante. Il ne l'avait encore jamais vue en petite tenue, mais il en avait assez aperçu pour savoir qu'elle remplissait généreusement ses t-shirts. Maintenant, on distinguait nettement ses côtes et les os de son bassin. Il n'avait jamais été du genre à se soucier du poids des femmes, tant qu'elles étaient bien dans leur peau, mais là, ce n'était pas sain.

Il se passait quelque chose. Fletch était à la fois furieux et frustré de ne pas comprendre. Il irait au fond des choses, mais avant tout, il devait s'assurer de faire tomber la fièvre d'Emily. Il aviserait ensuite.

En cet instant, Fletch n'était pas soucieux que Ghost, Hollywood ou Truck voient Emily en sous-vêtements. Ils avaient souvent eu affaire à la nudité des corps pour raisons médicales au fil des ans. Il était question de vie ou de mort, et tout le monde en était conscient. Il serait abject de se montrer possessif envers elle maintenant, alors qu'elle avait besoin de leur aide.

Ils devaient la rafraîchir pour que son cerveau ne grille pas. Ils avaient tous vu des morts par épuisement en mission et ils savaient que, dans ce genre de cas, le temps était essentiel.

Ghost retourna Rayne tandis que Fletch se déshabillait. En boxer, il se pencha pour prendre Emily et l'emmena dans la salle de bain. Maladroitement, il grimpa dans la baignoire, la jeune femme dans les bras.

L'eau était froide et Fletch prit une vive inspiration, mais il savait que c'était absolument nécessaire. Les autres l'aidèrent à se stabiliser tandis qu'il s'asseyait avec Emily dans les bras. Dès qu'elle eut pénétré dans l'eau, elle se cambra comme pour tenter d'en sortir.

Son corps était saisi de spasmes et Fletch croisa les bras en travers de sa poitrine, ses jambes autour des siennes pour la maintenir fermement contre lui. En partie pour qu'elle ne se blesse pas, mais également pour dissimuler son corps au maximum.

— Du calme, Em. Je suis là.

— F... f... froid.

— Je sais, mais vous en avez besoin. Votre corps en a besoin. Accrochez-vous.

— P... pourquoi vous me détestez au... autant ? sanglotait-elle en claquant des dents.

— Je ne vous déteste pas, Em, pourquoi dites-vous cela ?

— V... votre ami...

— Quel ami ?

— V... vous le savez !

— Emily, je ne sais rien. Regardez autour de moi. *Voici* mes amis. Ghost, Hollywood et Truck. Et la petite amie de Ghost, Rayne. Est-ce l'un d'entre eux qui vous déteste ?

Il vit Emily jeter des coups d'œil aux hommes et à la femme debout et à genoux autour de la baignoire. Elle secoua la tête.

— Il dit que vous n'aimez pas être vu avec lui. Que vous êtes des amis secrets.

— C'est quoi cette histoire, Fletch ? s'écria Truck en serrant les dents.

— Je n'en sais rien !

Il pencha la tête pour mieux la voir.

— À quoi ressemble-t-il ?

— À v... à vous tous.

— Comment ça ?

— C'est un... un militaire.

— A-t-il des tatouages ?

C'était Ghost qui avait parlé, raisonnant en tant que membre de la Delta Force.

Emily hocha la tête.

— Où ? Que représentent-ils ? l'interrogea Ghost.

Emily ferma les yeux et posa sa tête sur l'épaule de Fletch.

— C'est *votre* ami... vous devriez le savoir.

— Que représentent-ils ? demanda Fletch, répétant la requête de Ghost d'une voix grave et sérieuse.

— Un... un crâne. Sur l'avant-bras.

Fletch leva les yeux vers Ghost, qui répliqua avant de quitter la salle de bain :

— Je m'en charge.

— Que se passe-t-il ? demanda Rayne, nerveuse.

— Je n'en suis pas certain à cent pour cent, mais quelqu'un cause des ennuis à Emily et nous avons une idée plutôt précise de qui il s'agit, répondit Truck.

— F... Fletch ?

— Oui, Em ?

— Annie...

— Elle est ici. Elle est en sécurité.

— Je n'ai pas pu me lever pour lui f... faire à manger.

Elle fut secouée par un ricanement plein d'amertume.

— De toute f... façon, je n'ai plus rien à manger à la maison.

— Pourquoi ? Pourquoi n'avez-vous pas d'argent, Em ?

Fletch répugnait à profiter de son état de faiblesse, mais c'était le seul moyen s'il voulait obtenir les réponses dont il avait besoin.

— *Vous savez !*

— Non, je ne sais pas.

— Si, F... Fletch ! Bon sang, vous m'avez dit f... franchement derrière le PX de f... faire ce que votre ami voulait.

— Bon, alors faites comme si je n'en savais rien et expliquez-moi tout.

Fletch resserra son étreinte lorsqu'Emily s'agita comme si elle voulait se dégager.

— Je vous en prie, Em, ne vous censurez pas. Dites-moi ce que vous pensez de moi. Dites-moi tout. Sortez ce que vous avez sur le cœur. Putain, vous savez que vous avez envie de me le dire. Alors, allez-y.

— Qu'est-ce que tu fais ? demanda soudain Rayne à mi-voix.

Truck avait pris Rayne par le coude et l'entraînait hors de la salle de bain.

— Viens, c'est entre Fletch et Emily.

Fletch hocha la tête pour remercier le colosse qui conduisait la jeune femme au-dehors. Il fit signe à Hollywood de rester, puis il reporta son attention sur Emily et l'invita à continuer.

— Vous avez dit que je vous détestais. Pourquoi ? Que vous a dit mon ami ? Pourquoi êtes-vous sur la paille ?

Un grondement rauque monta de sa gorge. C'était un gémissement à la fois frustré et furieux que Fletch n'avait encore jamais entendu.

— Espèce de... de connard ! Vous m'avez f... fait croire que vous étiez quelqu'un de bien. J'avais même envie de vous plaire. Putain, je me masturbais en imaginant que vous me regardiez faire. Je croyais que vous me f... faisiez un loyer au rabais parce que vous étiez sympa.

— Continuez, insista Fletch lorsqu'elle se tut.

Il ne releva pas sa remarque sur l'attirance qu'il lui inspirait et le fait qu'elle se touchait en pensant à lui. Même si l'idée lui plaisait beaucoup, il avait des choses plus importantes sur les bras. Une fois de plus, il insista :

— Dites-moi pourquoi je vous ai fait un rabais sur le loyer, dans ce cas. Allez-y.

— Parce que vous vouliez que je paie vos dettes de jeu. Je n'aurais jamais emménagé ici si j'avais su que je passerais de cinq cents à mille trois cents par mois. Je ne peux pas me le permettre, mais ça vous est égal. Votre ami m'a dit que vous le saviez et que vous aviez tout prévu. Merde, Fletch. À cause de vous, je n'ai même plus de quoi nourrir mon bébé !

On aurait dit que les paroles d'Emily résonnaient sur les murs de la salle de bain. Elle se débattait toujours dans les bras de Fletch.

— Pitié, lâchez-moi. Je dois me lever pour aller travailler demain. Je dois travailler pour pouvoir payer votre ami, pour qu'il ne fasse pas de mal à Annie et qu'on ne me l'enlève pas. Je ne sais même pas pourquoi j'ai cru que ça vous toucherait… De toute façon, vous vous foutez complètement de moi.

— Quelle est sa température ? demanda Fletch à Hollywood d'une voix dénuée d'émotion.

Il vit le regard soucieux de son ami, mais il n'en tint pas compte. Les rares conversations qu'il avait eues avec Emily lui revenaient à l'esprit avec une précision impeccable.

« *Mon métier n'est pas le moins dangereux… et parfois, certains me prennent en grippe. Je ne voudrais pas qu'il vous arrive quelque chose à Annie ou à vous.* »

« *Vous n'irez nulle part.* »

« *Nous en avons longuement discuté. Vous êtes mieux comme ça.* »

Chaque fois qu'ils avaient eu une conversation, elle avait cru que son « ami » était la personne qui la menaçait, et non Ghost dont il parlait en réalité. Bon sang, cette histoire était abracadabrante.

Hollywood retira le thermomètre de l'oreille d'Emily et l'examina.

— Trente-huit trois.

— Ça ira pour le moment. Prends-la. Je vais sortir, ordonna Fletch.

Hollywood posa le thermomètre par terre et se pencha au-dessus de la baignoire pour la serrer contre lui tandis que Fletch se dégageait. Il prit une serviette et s'empressa de la sécher sans se soucier d'être trop intime.

Puis il tendit les bras et enroula une autre serviette autour de son corps avant de la soulever dans ses bras. Il revint dans sa chambre et la déposa sur le lit. Enfin, il alla fouiller dans un tiroir et troqua son boxer détrempé contre des sous-vêtements secs, puis il retourna auprès d'Emily.

Il lui avait laissé la serviette sans craindre de mouiller les draps et il l'installa sous la couverture. Puis il la rejoignit et l'enveloppa par-derrière.

— Laissez-moi partir, dit Emily d'une voix endormie. Je dois me lever.

— Non, restez. Tout va bien. Annie va bien. Dormez, Em.

— Mais...

— Il n'y a pas de *mais*, répondit Fletch avec détermination. Nous avons eu un gros problème de communication ces derniers mois, mais ça se termine maintenant. Quand vous irez mieux, nous tirerons cela au clair une bonne fois pour toutes.

— Si vous n'étiez pas accro au jeu, je ne me retrouverais pas dans cette situation, grommela-t-elle, trahissant le retour de l'ancienne Emily.

Même si ces paroles lui faisaient mal, Fletch était content de voir qu'elle semblait avoir retrouvé sa lucidité.

— Je n'ai jamais rien parié de toute ma vie, bébé. Jamais. Vous pouvez en être sûre.

Emily s'agita dans les bras de Fletch et parvint à se retourner sur le dos. Elle leva les yeux vers lui avec une perplexité manifeste.

— Mais votre ami...

— Ce n'est pas mon ami.

— Si. Il a dit...

— Il a menti, Emily. Il se servait de vous parce qu'il me déteste.

— Il a menti ?

— Oui, il a menti, répéta Fletch. Maintenant, tout va bien. Vous n'aurez plus à vous passer de repas pour pouvoir nourrir Annie. Vous n'aurez plus à donner votre argent à un connard qui prétend me connaître. Personne ne vous enlèvera votre petite fille. Je le jure. Cette situation me met hors de moi, mais ce n'est pas contre vous, Emily. C'est contre l'enfoiré qui vous a utilisée pour m'atteindre, moi et mon équipe. Maintenant, fermez les yeux et détendez-vous. Vous avez toujours de la fièvre.

— Annie ? répéta-t-elle, encore un peu méfiante.

— Elle est en sécurité ici avec mes amis... mes *vrais* amis. Il ne lui arrivera rien.

— Elle a mangé ?

Fletch suivit l'arête de son nez du bout du doigt.

— Elle s'est sans doute gavée comme un petit cochon.

Emily ne sourit même pas.

— Tant mieux.

L'idée que sa fille était en sécurité et bien nourrie suffit à détendre Emily pour la première fois. Elle s'endormit rapidement, écrasée entre la faiblesse de son corps, le soulagement pour Annie et la fièvre.

Après s'être assuré qu'elle dormait bien et qu'elle était confortablement installée, Fletch quitta le lit à contrecœur et remonta la couverture autour de ses épaules.

— Réunion d'équipe ? demanda Hollywood sur le pas de la porte.

Il n'était jamais parti, mais il leur avait accordé une certaine intimité.

— Demain, lui dit Fletch en enfilant un jean et un t-shirt. Je dois d'abord installer Annie et voir ce qu'elle pourrait me dire, mais j'aimerais bien que Ghost contacte Tex pour commencer à démêler ce bazar.

— D'accord. Tu veux qu'on reste ?

— Peut-être pas tout le monde, mais j'aimerais bien un peu de soutien.

— Tout ce que tu voudras.

— Merci, j'apprécie.

— Pas la peine de me remercier, tu le sais. J'aime autant te dire qu'il faut être fou pour s'en prendre aux femmes qui occupent nos vies. Ces gens ignorent peut-être que nous sommes Delta, mais tant pis pour eux. En nous voyant, ils auraient dû se douter que nous n'accepterions pas une chose pareille et que nous protégeons les nôtres.

— Fou... ou jaloux.

Fletch parlait d'un ton monocorde, ce qui rendait ses paroles encore plus dangereuses.

— Tu te fous de moi ? murmura Hollywood tandis qu'ils remontaient le couloir pour rejoindre le reste de l'équipe.

— Je n'en suis pas sûr, mais j'ai l'impression que ce qu'ont fait ces militaires n'est que la partie émergée de l'iceberg.

— Les fils de putes.

Ces mots étaient cinglants et d'autant plus menaçants qu'ils étaient prononcés par Hollywood. Il avait reçu ce surnom pour son physique de star de ciné. Il mesurait un mètre quatre-vingt-deux et il n'était pas aussi musclé que le reste de l'équipe. Selon les jours, on pouvait le confondre avec Tom Cruise ou Colin Egglesfield.

— Ils ne s'en tireront pas aussi facilement, dit-il en serrant les dents alors qu'ils rejoignaient la terrasse.

— Non, clairement pas, acquiesça Fletch.

Personne ne pouvait s'en prendre à la femme de son cœur et rester impuni.

10

——————

— Où est maman ? demanda Annie lorsque Fletch revint sur la terrasse.

Elle était assise sur deux livres épais, sur une chaise de jardin autour de la table. Ses petites jambes se balançaient et elle avait du chocolat autour des lèvres et sur les joues.

— Elle est en haut, lutin. Ça va aller.

— Elle était malade.

C'était une déclaration, pas une question.

— Oui.

— Je n'aurai pas des ennuis parce que je suis venue ici, hein ?

Annie avait l'air craintive et Fletch avait horreur de la voir ainsi. Il tira une chaise à côté d'elle et prit un morceau de brownie sur son assiette. Il sourit quand elle gloussa.

— Non, Annie. Tu n'auras absolument *aucun* ennui. D'ailleurs, tu as pris la meilleure décision en venant ici. C'était une bonne idée. Je t'avais dit que si tu avais besoin de moi, tu pouvais venir me voir. Ça nous a permis d'aider ta maman comme elle en avait besoin. Merci de m'avoir fait confiance.

La petite fille pencha la tête sur le côté et dévisagea Fletch d'un œil critique. Ses yeux exprimaient une grande inquiétude, trop intense pour un enfant de six ans. Elle détourna le regard et se tourna vers ses coéquipiers. Ghost s'était rassis sur la chaise qu'il occupait et Rayne avait pris place sur ses genoux. Les autres étaient debout ou assis sur la petite terrasse, la mine tendue. Les yeux d'Annie passèrent de l'un à l'autre avant de revenir sur Fletch.

— Tes amis ne sont pas comme l'ami de maman.

Sachant de qui elle parlait, Fletch essaya de ne pas bondir pour frapper quelque chose. Il se contenta de demander :

— Comment ça ?

— Tout le monde ici a des yeux gentils.

— Et lui non ?

Annie secoua la tête.

— Quand ta maman l'a-t-elle rencontré ?

Preuve de son intelligence, Annie ne haussa pas immédiatement les épaules. Elle ne répondit pas qu'elle ne s'en souvenait pas. Elle leva les yeux, en haut à droite, s'efforçant de faire appel à sa mémoire. Elle se mordit la lèvre et posa ses petits coudes sur la table, ratant son assiette de peu.

— Tu étais en voyage. Je crois que c'était la première fois. Tu te souviens ? Je voulais savoir si tu m'avais acheté un cadeau.

Fletch hocha la tête. C'était bien ce qu'il pensait. Il

n'en revenait pas d'avoir aussi mal interprété cette vidéo, d'avoir cru qu'Emily rencontrait son petit ami. C'était un idiot et il avait laissé son cœur prendre le pas sur sa formation.

— Je m'en souviens. Il était là quand vous êtes rentrées de l'école et du travail, c'est ça ?

— Hmm, hmm. Maman m'a demandé de monter. Quand elle est revenue à l'appartement, elle m'a dit que chaque fois que je le vois, je dois aller là-haut. C'était comme avec notre ancien propriétaire.

Emily lui avait un peu parlé de ce connard et il avait envie de passer cinq minutes seul avec lui. Si Emily avait demandé à sa fille de se cacher chaque fois qu'elle voyait leur ancien propriétaire, c'était mauvais signe. Il s'efforça de revenir au sujet qui les occupait.

— Quand l'as-tu vu pour la dernière fois ?

Cette fois, Annie haussa les épaules.

— Ça fait un moment.

Fletch changea sa tactique d'interrogatoire. S'il voulait aider Emily, il devait en savoir le maximum sur sa situation. Il s'en voulait d'utiliser sa fille pour obtenir les renseignements nécessaires, mais dans la moelle de ses os, il avait la conviction qu'Emily ne serait pas communicative à ce sujet. Bon sang, elle lui avait tout de même caché pendant quatre mois qu'elle était victime de chantage. Elle essaierait peut-être de minimiser la chose et elle continuerait de vouloir se débrouiller toute seule.

— Qu'est-ce que tu as mangé hier soir ?

Annie parut étonnée par la question, mais elle répondit malgré tout.

— Des nouilles.

— Et le soir d'avant ?

— Des nouilles. Je mange toujours des nouilles. Des fois, maman met une saucisse avec.

— Et pour le petit-déjeuner ?

— Du pain grillé souvent, mais en ce moment je mange plutôt à l'école.

Annie ajouta à voix basse :

— Les autres enfants se moquent de moi.

Fletch tendit les bras pour soulever Annie et la poser sur ses genoux. Sa voix triste lui faisait de la peine et il avait envie de la réconforter.

— Pourquoi ?

Elle haussa les épaules.

— Ils disent que je suis pauvre et qu'il n'y a que les pauvres qui prennent le petit-déjeuner à l'école. Je sais ce que ça veut dire, mais je ne comprends pas pourquoi c'est mal.

Fletch déposa un baiser sur la tête d'Annie.

— Ce n'est pas mal, petit lutin. Certaines personnes ont moins d'argent que d'autres. Ça ne veut pas dire que c'est bien ou mal... ça veut simplement dire qu'elles ont moins d'argent.

Annie leva ses grands yeux vers lui et il reprit :

— À partir de la semaine prochaine, tu ne mangeras plus ton petit-déjeuner à l'école. Je te donnerai un bon petit-déjeuner avant que tu partes. Tu veux bien ?

— Oui. J'aime les Puffy-O.

Elle bâilla à s'en décrocher la mâchoire et se blottit contre son torse.

— Tu peux avoir tous les Puffy-O que tu veux. Fatiguée, petit lutin ?

La fillette hocha mollement la tête.

Fletch croisa le regard de Beatle et désigna l'appartement au-dessus du garage. Puis il se pencha pour annoncer à Annie ce qu'il avait prévu.

— Tu veux dormir ici ?

Elle acquiesça si frénétiquement que Fletch eut tout juste le temps de reculer avant que la tête de la fillette ne lui heurte le menton.

— Oui !

— Tu as besoin de prendre quelque chose dans ta chambre ?

— Oui.

Cette fois, elle avait répondu comme si c'était une évidence.

Fletch ricana.

— D'accord, et si tu retournais à ton appartement avec mes amis, Beatle et Coach ? Ils vont t'aider à récupérer tout ce dont tu as besoin.

— Je peux prendre mes militaires ?

— Bien sûr. Apporte ce que tu veux.

Annie bondit de ses genoux comme si elle le faisait tous les jours.

— Oui !

Elle prit la main de Beatle et tira dessus pour l'entraîner avec elle.

— Allez, viens avec moi !

L'enthousiasme de la petite fille déclencha l'hilarité générale. Le trio s'éloigna en direction de l'appartement. Une fois qu'ils furent hors de portée d'oreille, Blade dit d'un ton maussade :

— Putain, mais qu'est-ce qui se passe ici ?

Fletch se leva pour faire les cent pas sur la petite terrasse.

— D'après ce que je comprends, Emily subit un chantage. On lui demande de payer toutes les semaines. On lui a raconté que je devais de l'argent pour rembourser des dettes de jeu et on a menacé de lui faire retirer Annie ou de lui faire du mal. De toute évidence, il y a eu un gros malentendu entre Emily et moi... quand je lui ai parlé de mes amis, de vous, elle a cru que je parlais de ce connard. Alors, elle a eu l'impression que j'étais au courant et que j'approuvais.

— Le petit ami ? demanda Ghost à mi-voix, évoquant l'une de leurs conversations.

Fletch hocha gravement la tête.

— Oui, c'est ce que je suppose. Je croyais qu'elle *sortait* avec cette ordure, alors qu'il détruisait sa sécurité et l'accablait d'inquiétude pour sa fille. Je ne sais pas de quoi il l'a menacée, mais je parie qu'il promet de terribles conséquences pour Annie. Elle a parlé d'une balle dans la tête.

— Tu as toujours les vidéos de surveillance ? demanda Truck, qui savait très bien que Fletch gardait un œil attentif sur sa propriété et ses locataires.

— Bien sûr.

— Tant mieux. Envoie-les-moi. Nous allons y jeter un œil et voir si on peut identifier ce connard. Ça remontera en haut lieu. Cet enfoiré ne s'en tirera pas sous notre surveillance.

— Je suis pratiquement convaincu que c'est Jacks.

— Richard Jacks ? Cette mauviette de l'entraînement raté ? s'exclama Truck.

— Oui. Je n'avais pas fait le rapprochement. Nous savons que ce sont ses amis et lui qui ont rayé nos voitures. Même s'il avait une casquette quand il a rencontré Emily devant chez elle, je parie que nous allons découvrir que c'est lui.

Les hommes hochèrent la tête comme si c'était parfaitement logique.

— Il en est tout à fait capable, asséna Blade. Ces types se fichent de tout pourvu que leur image n'en souffre pas.

— C'est vrai, renchérit Fletch.

— Envoie-moi les vidéos, demanda Truck. Nous aurons besoin de preuves quand nous irons voir le colonel. Personne, et je dis bien personne, ne menace une mère de lui enlever sa fille. Surtout quand il s'agit d'une fillette aussi adorable qu'Annie.

Fletch respirait mieux pour la première fois depuis qu'il avait découvert Emily malade. Son équipe allait s'en occuper. D'un côté, il avait envie d'être en première ligne pour anéantir Jacks et tous ceux qui participaient à cet odieux chantage, mais de l'autre, il voulait rester auprès d'elle une fois qu'elle aurait pleinement accepté sa présence.

Ce fut cette dernière option qui l'emporta.

— Oui, envoyons tout cela à Tex. Si l'armée ne fait rien, Tex nous obtiendra les renseignements nécessaires et nous nous en chargerons nous-mêmes, déclara Fletch d'une voix menaçante. Nous savons tous combien le gouvernement est lent à la détente. S'ils ne sont pas assez rapides, nous le serons.

— C'est comme si c'était fait, lança Ghost. Tu veux que quelqu'un reste ici ce soir ?

Sans surprise, ils étaient sur la même longueur d'onde.

— Truck, Beatle et Hollywood, je pense.

— Aucun problème, répondit aussitôt Hollywood.

— Ça marche, ajouta Truck.

— Ça ne me plaît pas, mais j'aimerais que l'un de vous fouille l'appartement pour voir ce qu'on peut trouver, lui demanda Fletch.

Le colosse acquiesça.

— Si quelque chose chez elle peut nous donner un indice sur le coupable, je te l'apporte.

— Merci.

— Il n'y a pas de quoi, mon pote.

Une heure plus tard, Fletch était étendu dans son grand lit à côté d'Emily. Annie s'était pelotonnée contre sa maman et lui avait demandé de rester. Incapable de le lui refuser, Fletch avait accepté. Il comptait se lever une fois que la fillette serait endormie et passer le reste de la nuit dans la chambre d'amis.

Il songeait au compte-rendu de Truck après sa visite chez Emily. Annie ne mentait pas. Il n'y avait rien à manger dans les placards. Quelques condiments et du pain de mie. C'était à peu près tout. Sans compter qu'il n'y avait pas beaucoup d'affaires. Les meubles installés par Fletch dans l'appartement étaient encore là, mais pas grand-chose d'autre. Apparemment, Emily avait vendu un maximum de choses pour essayer de nourrir sa fille.

Il était fou de colère et de chagrin, mais le fait

qu'Annie ait toujours les figurines qu'il lui avait offertes quelques mois auparavant, encore dans leur emballage, le minait plus que tout. Il savait combien la fillette était heureuse quand il les lui avait données, mais en les voyant toujours à l'état neuf, il comprenait à quel point elles étaient importantes pour elle.

Fletch savait qu'Emily aurait pu vendre ces jouets et gagner quelques dollars, mais instinctivement, il était persuadé qu'elle ne ferait jamais un coup pareil à sa fille. Cette histoire lui brisait le cœur, autant pour Emily que pour Annie.

La mère avait fait de son mieux dans une situation difficile pour protéger sa fille. Elle s'était passée de nourriture pour s'assurer qu'Annie ait de quoi manger. Elle avait vendu tout ce qu'elle avait trouvé, mais surtout, elle avait souffert en silence. Il fallait que ce cauchemar cesse sans plus attendre.

Même si Emily semblait le haïr, il était étonné qu'elle l'ait préservé en même temps. Cela prouvait qu'au fond, elle ne le détestait pas tant que cela. Sinon, elle aurait vendu les jouets qu'il avait offerts à Annie, elle aurait envoyé Jacks se faire foutre et elle aurait déménagé sur-le-champ. Pourtant, elle n'avait rien fait de tout ça.

Peut-être avait-elle peur pour sa fille, craignant que Jacks mette ses menaces à exécution, mais il espérait que ce soit aussi parce qu'elle avait des sentiments pour lui.

Fletch songea à ce qu'elle avait dit quand elle était dans la baignoire. Elle pensait à lui. Elle se touchait en pensant à lui. Exactement comme il l'avait fait. Ils étaient peut-être partis du mauvais pied tous les deux, mais leur attirance mutuelle était évidente. Il devait faire quelque chose.

Les sacrifices auxquels Emily avait consenti pour sa fille, et pour lui, étaient une vraie leçon d'humilité. Fletch était émerveillé.

En regardant les deux filles qui dormaient à poings fermés dans son lit, Fletch se fit une promesse... à lui comme à elles. Il les protégerait contre tout ce qui pourrait leur causer du tort à l'avenir, hommes comme événements. Emily et Annie ne manqueraient plus de rien. Plus jamais. L'attitude d'Emily renforçait sa détermination. Elle deviendrait sienne. Au cours de ces quelques mois, il était tombé amoureux d'elle pour son courage, mais à présent, cette qualité lui sautait aux yeux et il la voyait sous un jour nouveau.

Emily et Annie Grant étaient *siennes*. C'était à lui de les nourrir, de les protéger et de les aimer. Elles ne le savaient pas encore, voilà tout.

11

———

Emily gémit en roulant sur le dos. Elle sourit en sentant le corps chaud de sa fille à côté d'elle. Elle se sentait crasseuse et elle mourait d'envie de prendre une douche. Elle était encore un peu engourdie et elle n'était pas en grande forme, mais c'était déjà cent fois mieux que ces deux derniers jours.

— Bonjour, Emily.

Ces mots étaient tendres, prononcés par une voix d'homme.

Elle ouvrit brusquement les yeux et tourna la tête pour découvrir Fletch étendu à côté d'elle. Il avait la tête dans sa main et il lui souriait. Le t-shirt qu'il portait était étiré sur son large torse et sa barbe de quelques jours était plus sexy que négligée. Il avait les cheveux en bataille, hirsutes sur sa tête... cet homme était absolument divin.

De l'autre côté, Emily vit qu'Annie était allongée sur le dos, un bras au-dessus de sa tête. Elle ronflait, vêtue de son pyjama Wonder Woman préféré. Emily aperçut des miettes séchées, collées sur ses joues.

Elle essaya de se rappeler ce qui s'était passé la veille, mais elle avait l'impression de regarder une télévision aux images brouillées par un orage. Elle obtenait quelques flashes, mais aucune cohérence.

— Que faites-vous ici ? demanda-t-elle à mi-voix pour ne pas réveiller sa fille.

— Vous ne vous souvenez de rien ?

— Uniquement des bribes, avoua Emily.

— En résumé, Annie est arrivée chez moi hier soir parce qu'elle avait faim et qu'elle se faisait du souci pour vous. Je suis venu vous voir. Vous risquiez des lésions cérébrales à cause d'une fièvre extrême. Je vous ai portée jusqu'ici et je vous ai soignée. Vous dormiez si bien que je n'ai pas voulu vous déranger, alors vous êtes restées toutes les deux pour la nuit.

— Et Annie ?

— Je me suis dit que vous aimeriez mieux qu'elle dorme avec vous.

— Merci. C'est vrai. Et *vous* ?

Fletch sourit et tendit le bras par-dessus Emily pour passer sa main libre sur le front et sur la tête de la fillette.

— J'allais dormir dans l'autre chambre, mais Annie a insisté pour que je reste avec vous.

Emily fit la grimace. Oui, Annie était bien du genre à faire une chose pareille. Elle vénérait le sol que foulait Fletch.

— Eh bien, euh, merci. Nous allons vous laisser tranquille...

Il retira sa main.

— Il faut qu'on parle.

Emily se mordit la lèvre. Bien sûr, elle se doutait qu'elle n'esquiverait pas cela aussi facilement, mais elle espérait reporter la conversation inévitable... peut-être indéfiniment. Elle finit pourtant par hocher la tête. Elle ne pouvait pas continuer comme ça. Sa maladie le lui avait clairement fait comprendre. S'il s'agissait de faire confiance à Fletch ou bien à l'homme qui lui soutirait de l'argent, elle choisissait Fletch.

Fletch se détendit et se leva à côté du lit double. Il portait un boxer et un t-shirt sur lequel était écrit « Armée ». Si Emily le trouvait beau en jean, ce n'était rien en comparaison avec sa beauté au saut du lit. Il lui tendit la main et attendit.

Emily se pencha pour embrasser Annie, qui ne bougea pas d'un cil, puis elle se tourna et passa les jambes au bord du lit. Ce ne fut qu'en se redressant qu'elle prit conscience qu'elle n'était qu'en soutien-gorge et culotte.

Elle étouffa un cri et ramena le couvre-lit, qu'elle serra des deux poings contre sa poitrine.

— Oh, zut. Excusez-moi, j'avais oublié, dit Fletch avec un grand sérieux, sans humour dans la voix.

Il s'approcha d'une commode marron et en sortit quelques habits. Il revint les déposer sur le lit, au niveau de sa hanche, puis il s'agenouilla devant elle.

— Ce sera ample, mais ça ira. Nous irons chercher des affaires chez vous ce matin. Je vous laisse quelques minutes pour vous habiller, mais attendez-moi pour vous lever. Vous n'avez pas beaucoup mangé ces jours-ci et la fièvre vous a affaiblie.

— Ça va aller, protesta Emily.

— Bien sûr, acquiesça Fletch. Je reviens dans quelques minutes.

Il posa une main sur son genou et le serra avant de se lever, la laissant seule dans sa chambre.

Emily regarda la porte close pendant un moment, puis les vêtements qu'il avait étalés sur le matelas. C'était un t-shirt de l'armée et un short de sport avec un cordon à la taille. Ils lui tomberaient sous les genoux, mais au moins, elle serait couverte.

Elle se tourna pour regarder Annie et ne put réprimer un soupir. Emily ne gardait pas beaucoup de souvenirs de ces dernières vingt-quatre heures, ni de ces deux derniers jours, mais la sensation de sécurité qu'elle avait éprouvée la veille au soir lorsque Fletch l'avait soulevée dans ses bras ne lui revenait que trop nettement. Quant à Annie... difficile de l'imaginer insensible alors qu'elle avait sous les yeux la preuve qu'il avait pris grand soin de sa fille et d'elle-même.

Consciente qu'elle n'avait pas beaucoup de temps, Emily se leva et fit un pas. Aussitôt, elle faillit tomber la tête la première. Elle tendit la main pour se rattraper au matelas, évitant la chute de justesse. Elle *était* faible, ce n'était rien de le dire. Manifestement, Fletch savait de quoi il parlait.

Emily s'empressa de passer le t-shirt par-dessus sa tête et s'assit sur le lit pour enfiler le short. Elle se levait pour terminer de le remonter lorsque Fletch rouvrit la porte. Il s'approcha et repoussa délicatement ses mains pour nouer lui-même, de ses doigts solides, le cordon du pantalon. Sans lui demander la permission, il passa un bras autour de sa taille et l'aida à sortir de la chambre.

Au bout du couloir, ils entrèrent dans la cuisine de Fletch. Elle fut étonnée par la présence de trois autres soldats, des militaires à l'évidence, déjà assis autour de la table. Fletch la fit asseoir sur une chaise d'un côté de la table. Personne ne parlait, alors elle garda le silence.

L'un des hommes était d'une beauté saisissante. Il aurait pu être mannequin. Le deuxième était grand et musclé, tout comme Fletch. Quant au troisième, il était immense, même à côté des autres. Il avait une effrayante cicatrice sur le visage, qui semblait extrêmement douloureuse. Son expression était renfrognée, à moins que ce soit à cause de la balafre. Quoi qu'il en soit, Emily le trouvait terriblement intimidant.

Elle sursauta, surprise, lorsque Fletch déposa une assiette et un grand verre de jus d'orange sur la table devant elle. Il y avait un bagel grillé tartiné d'une tonne de crème au fromage. Emily leva les yeux quand Fletch prit place à côté d'elle.

— Mangez, nous parlerons ensuite.

L'odeur appétissante qui montait de son assiette fit gronder son estomac. L'un des hommes lui sourit, mais il ne dit rien. Contente de reporter encore un peu la conversation inévitable, Emily se mit à manger. Le regard satisfait de Fletch ne lui échappa pas.

— Emily, j'aimerais vous présenter trois de mes coéquipiers. Ce grand gaillard devant vous, c'est Truck. Il a l'air menaçant, mais c'est sans doute le plus gentil de nous tous. Annie a réussi à le faire manger dans sa main dès qu'elle l'a rencontré. Hollywood est le beau gosse à ma droite et, sur votre gauche, c'est Beatle. *Voilà* mes amis.

Emily avait bien perçu l'accent qu'il mettait sur ce mot, mais elle se garda de tout commentaire. De toute façon, Fletch ne lui aurait pas laissé l'occasion de parler, parce qu'il poursuivit :

— Je confierais ma vie à ces hommes. D'ailleurs c'est déjà arrivé à plusieurs reprises. Mais surtout, je leur confierais *votre* vie. Ou celle d'Annie.

Emily s'attendait à ce qu'il continue, mais il avait terminé. C'était gênant d'être assise et de manger sous quatre paires d'yeux. Elle essaya d'apaiser la tension du moment.

— C'est un plaisir de faire votre connaissance.

— La vôtre aussi.

— De même.

— Idem.

Comme ils n'ajoutaient rien, Emily baissa les yeux sur le bagel et s'employa à le finir au plus vite. Plus tôt Fletch aurait dit ce qu'il semblait vouloir dire, mieux cela vaudrait. Et puis, plus elle passait de temps en sa compagnie, plus elle sentait flancher ses convictions à son sujet ainsi que sur la situation en général.

Lorsqu'elle eut avalé la dernière bouchée de son petit-déjeuner, elle s'essuya les mains sur la serviette que Fletch avait apportée.

— C'était bon ?

Emily acquiesça et repoussa son assiette.

— Ça y est, j'ai terminé. On pourrait en finir, s'il vous plaît ?

Fletch ne comptait pas tourner autour du pot.

— Je n'ai jamais parié une seule fois de toute ma vie, Em. Je crois savoir qui vous harcèle, mais je n'ai *rien* à voir avec ça. J'aimerais savoir combien vous avez donné à ce connard pour qu'il vous rembourse jusqu'au dernier centime... avec les intérêts.

Emily se mordit la lèvre, consternée. Depuis sa toute première rencontre avec Fletch, elle sentait que c'était quelqu'un de bien. Pourtant, après leurs conversations, elle avait cru qu'il était impliqué avec celui qui lui extorquait jusqu'à son dernier sou. Maintenant, elle n'était plus sûre de rien. Elle ne releva pas sa remarque sur l'argent.

— Il a dit que vous m'aviez offert un loyer modéré parce que vous saviez que mes paiements feraient la différence.

— Il a menti.

— Il a dit qu'il travaillait avec vous, que vous étiez proches et que vous lui parliez tout le temps de moi.

— Il a menti.

— Il a dit que si je le payais toutes les semaines, vous le sauriez et Annie serait saine et sauve. Mais si je vous en parlais ou si je ne payais pas, il appellerait les services sociaux et il me ferait retirer la garde d'Annie.

— Bon sang, Emily, il a *menti*. Je ne joue pas, je ne ferais jamais *rien* pour vous blesser, Annie et vous, ni aucune autre femme d'ailleurs. Comment s'appelle ce gars ?

Emily regarda Fletch sans répondre. Elle avait envie de le croire. Terriblement. Pourtant, elle était troublée. Hier encore, elle croyait que Fletch était un connard de la pire espèce. Elle ne pouvait pas changer de sentiments aussi facilement... Si ?

— Maman ?

Emily fit volte-face en entendant la voix de sa fille. Aussitôt, elle s'écarta de la table en tendant les bras. Annie s'y précipita et s'y blottit, encore ensommeillée.

— Tu vas mieux, maman ?

— Je vais mieux.

— Je savais que Fletch s'occuperait bien de toi.

Emily ferma les yeux. La déclaration de sa fille était tellement innocente. De toute évidence, elle avait une confiance aveugle en Fletch. Annie avait vu le mal et elle était plutôt douée pour l'identifier, mais il n'y avait que de la confiance dans son regard quand elle regardait Fletch.

Comme si elle lisait dans les pensées de sa mère, la fillette se pencha vers lui, les bras grands ouverts.

Emily laissa Annie le rejoindre. Elle déglutit péniblement en voyant l'affection dans les yeux de Fletch.

— Salut, petit lutin. Bien dormi ?

— Hmm, hmm. Mais tu ronfles.

L'un des gars autour de la table ricana, mais Emily ne quittait pas des yeux l'homme qui tenait son enfant dans les bras.

— C'est vrai ? Eh bien, désolé de le dire, mais toi, tu prends toute la place !

Pendant un moment, Annie fut la proie de glousse-ments incontrôlables.

— N'importe quoi !

— Tu as faim ? demanda Fletch lorsqu'elle eut retrouvé son calme.

— Hmm, hmm.

— Tu aimes les gaufres ?

— Les gaufres ?

Annie écarquilla les yeux et elle se tourna aussitôt vers sa mère avant de revenir vers Fletch.

— On mange juste des gaufres aux occasions spéciales.

— Je crois qu'aujourd'hui, c'est une occasion spéciale... c'est la première fois que tu dors chez moi. Je trouve ça plutôt spécial, lui dit-il avec sérieux.

— Youpi ! s'écria Annie.

— Si tu allais dans la cuisine avec Beatle pour préparer la pâte ? Tu sais, ces gars mangent beaucoup, alors ça fera beaucoup de pâte !

— Je sais très bien faire la pâte.

Fletch souleva Annie et la déposa au sol à côté de sa chaise.

— Je n'en doute pas.

Annie se rua vers Emily et jeta ses petits bras autour d'elle.

— Je t'aime, maman. Je suis contente que tu ne sois plus malade.

— Moi aussi, je t'aime, Annie.

— Viens, Beatle. Il faut faire des gaufres !

Emily vit Fletch suivre sa fille des yeux jusque dans la cuisine. Enfin, il se tourna vers elle et il reprit leur conversation comme si de rien n'était.

— Son prénom ?

— Je ne sais pas. Il ne me l'a jamais dit.

— Mais vous saurez le reconnaître si vous le voyez ?

— Bien sûr. Il attend le paiement hebdomadaire vendredi.

— Comment le collecte-t-il habituellement ?

Cette fois, la question venait de Truck.

Emily haussa les épaules.

— Si Fletch est absent, il vient ici. Sinon, il passe me voir au PX.

— Quel connard ! pesta Hollywood tout bas.

Emily sursauta en sentant Fletch lui prendre la main.

— Désolé, je ne voulais pas vous faire peur. Vous n'avez plus de soucis à vous faire, Em. Nous nous chargerons de tout. Voilà ce qui va se passer. Nous savons qui est ce type. C'est un soldat de la base qui est furieux que nous ayons fait passer son équipe pour des amateurs lors d'une mission d'entraînement.

— Quoi ? Vraiment ? C'était une compétition ?

— Non. Un entraînement classique comme l'armée en fait souvent. Mais allez savoir pourquoi, il l'a pris personnellement. Il doit être instable mentalement ou tout simplement un parfait connard qui n'aime pas perdre.

— Je parie que c'était une brute quand il était jeune, marmonna Emily d'une voix basse et amère. Les gens comme lui ne se réveillent pas un jour en décidant d'être un connard. Il devait voler le déjeuner des autres enfants à l'école, et au lycée il frappait sûrement les intellos derrière les gradins du stade.

Fletch n'avait pas envie de rire, mais Emily était tellement adorable dans sa colère. Sans compter qu'elle avait sans doute raison. Comme il ne disait rien, elle poursuivit :

— Il a dit qu'il était tireur d'élite. Qu'Annie n'était pas en sécurité. Qu'il pouvait la retrouver, même à l'école.

Les mains de Fletch se contractèrent en réaction dès qu'il entendit la menace contre Annie, mais il ne la lâcha pas.

— Vous avez traversé une très mauvaise passe, n'est-ce pas ?

Sa compassion faillit la faire craquer. Emily en avait les larmes aux yeux, mais elle les réprima furieusement sans dire un mot.

— Voilà ce que nous allons faire, lui dit Fletch avec tendresse, mais détermination. Hollywood va monter chez vous et prendre des vêtements pour quelques jours, pour Annie et vous. J'ai une chambre d'amis où vous pouvez emménager, mais j'aimerais que votre fille et vous restiez ici, dans ma maison, où je sais que vous serez en sécurité, et surtout où vous vous sentirez en sécurité. Mon équipe va s'en charger pour vous.

— Nous ne pouvons pas rester chez vous !

— Pourquoi ?

— *Parce que.* Ce n'est pas bien.

— Em, nous ne sommes plus au quatorzième siècle. Tout le monde s'en fiche.

Elle se mordit la lèvre, indécise.

— Je vous protégerai.

— Il a dit qu'il me ferait retirer la garde d'Annie. Je ne veux rien faire qui leur paraisse louche au cas où il appellerait réellement les services sociaux pour me punir de vous avoir tout raconté. Je ne peux pas perdre ma fille !

— Écoutez-moi, Em.

Fletch attendit qu'elle lève les yeux vers lui, puis il lui dit :

— Personne ne vous enlèvera Annie. Vous ne faites

rien de mal en emménageant ici. Vous avez reçu une menace grave et vous cherchez à vous protéger. S'il met cette folle menace à exécution, l'enquêteur le verra. Je prendrai soin de vous *et* d'Annie. S'il croit pouvoir vous atteindre alors que vous êtes sous ma protection, cet homme est vraiment fou.

Comme elle ne disait rien, Fletch continua pour la convaincre :

— Vous savez que j'ai une alarme. Si quelqu'un essaie d'entrer par effraction, tous mes hommes le sauront et débarqueront ici comme ils ont débarqué sur les plages de Normandie. Personne ne vous touchera, ni vous ni Annie. Pas tant que je serai là pour l'empêcher.

— J'ai envie de vous croire.

Fletch se tourna vers Truck et Hollywood, qui avaient gardé le silence pendant toute la conversation, et il leur fit un signe de tête pour qu'ils leur laissent un peu d'espace. Les deux hommes se levèrent sans un mot.

Fletch se rapprocha d'Emily. Leurs genoux se touchaient. Il posa une main sur sa nuque, la forçant à le regarder dans les yeux.

— Je vais vous dire quelque chose que je n'ai encore jamais dit à aucune autre femme dans ma vie. En fait, les seules personnes qui le savent sont ces hommes que vous avez rencontrés aujourd'hui, avec quelques autres – le reste de mon équipe, que vous rencontrerez plus tard. Clairement, ce connard qui vous mentait ne le sait pas, sinon il ne vous aurait jamais infligé cela.

Fletch marqua une pause, laissant la gravité du moment s'imposer.

Enfin, il lui dit :

— Mes hommes et moi faisons partie de la Delta Force.

Les sourcils d'Emily se rejoignirent sur son front.

— Avez-vous déjà entendu parler des Delta ?

— Dans les films.

Fletch secoua la tête.

— Fichus acteurs. Ce qu'il faut retenir, c'est que nous sommes les meilleurs des meilleurs. Rien ne nous échappe. *Rien.* Personne ne peut vous protéger, vous et Annie, mieux que mon équipe et moi.

— Pourquoi ?

— Pourquoi quoi ?

— Pourquoi le feriez-vous ?

— Parce que vous en avez besoin. Parce que le connard qui vous menace le fait par jalousie envers nous. Et puis, parce qu'Annie est l'enfant la plus adorable, mignonne et formidable que je connaisse. Elle doit pouvoir mener une vie pleine de jouets neufs, avec toute la nourriture que son estomac peut contenir. Mais surtout parce qu'en vous regardant, je vois une femme qui a fait passer sa fille en premier, quelles qu'en soient les conséquences pour elle-même. Une femme qui essaierait de protéger un homme même s'il lui avait causé du tort. Et au cas où vous ne seriez pas déjà assez effrayée, sachez que je le fais aussi parce que j'ai envie d'apprendre à mieux vous connaître. J'ai été anéanti quand j'ai cru que ce connard était votre petit ami, vous n'avez pas idée. J'ai cru avoir laissé passer ma chance.

— Votre chance ?

Emily était abasourdie. Elle appréciait ce qu'il avait dit au sujet d'Annie, mais elle ne comprenait pas son regard. Elle y décelait... de l'intérêt. Elle n'était pas naïve au point de ne pas savoir quand un homme la trouvait attirante, mais elle portait un t-shirt trois fois trop grand pour elle et un short baggy. Elle avait besoin d'une douche, comme hier, et elle n'avait jamais été très gentille avec cet homme depuis qu'elle l'avait rencontré.

— Ma chance de vous conquérir.

— C'est un concours ?

— Je ne sais pas. J'espère que non. J'ignore où est le père d'Annie, mais de toute évidence, il ne fait pas partie de sa vie ni de la vôtre. Mais où qu'il soit... c'est un abruti de vous avoir laissé tomber. Je vous apprécie, Emily. Vous vous pliez en quatre pour donner à votre fille tout ce dont elle a besoin dans la vie, même si vous devez vous en priver. Vous lui avez appris à être prudente. J'apprécie tout cela. Et j'aime vous voir interagir toutes les deux. Il est évident qu'elle vous aime de tout son cœur et qu'elle est épanouie du haut de ses six ans... et je sais que c'est entièrement grâce à vous.

Il poursuivit :

— Vous ne vous en souvenez peut-être pas et je ne le dis pas pour vous mettre dans l'embarras, mais hier soir vous m'avez dit que vous fantasmiez sur moi. Eh bien, sachez que c'est réciproque. Vous me rendez fou depuis le jour où vous avez emménagé ici. Je vous ai fait l'amour par la pensée plus souvent que je peux l'avouer sans gêne. Mais il ne s'agit pas que de sexe. J'ai envie de vous inviter à sortir, de border Annie dans son lit le soir et de lui lire des histoires, de m'asseoir en face de vous à table et de vous regarder sourire à ce que j'aurais dit. Au cas où je ne me serais pas clairement fait comprendre, j'ai envie de sortir avec vous, Miracle Emily Grant. Vous et votre fille.

— Oh.

Emily vira au rouge pivoine, mais elle n'ajouta aucun commentaire.

Fletch s'écarta pour lui laisser plus de place.

— Oh ? C'est tout ce que vous avez à dire ?

— Oui, je crois.

— Encore une chose.

— Oh, mon Dieu.

— Rien de grave, promis. Mais s'il vous plaît, quand je dis que mon équipe et moi allons régler votre problème, croyez-moi.

— J'en ai envie.

— Tant mieux. Alors, vous êtes convaincue que je n'ai rien à voir avec ce connard ?

Emily hocha la tête. Elle n'avait pas d'autre choix que de le croire. Il s'était clairement fait comprendre. Quand elle avait cru qu'il parlait de l'homme qui la faisait chanter, c'était de ses coéquipiers de la Delta Force qu'il parlait depuis le début.

Le soulagement qu'elle ressentait devait se refléter dans ses yeux, car Fletch hocha la tête et observa :

— Oui, vous le voyez maintenant. Il ne vous approchera plus. Je suis impatient d'apprendre à mieux vous connaître, toutes les deux.

— C'est prêt ! retentit alors la petite voix d'Annie dans la cuisine, brisant la connexion intense qu'ils partageaient.

La fillette déboula dans la pièce en dérapant sur le sol stratifié.

— Venez ! Truck dit que tout le monde doit se servir...
comme un bouffé !

— Un buffet ? demanda Fletch en soulevant Annie
dans ses bras.

— Oui, c'est ce que j'ai dit. Viens, maman ! On a
même mis de la gannelle sur la tienne !

— De la cannelle ? Oh, ça a l'air bon. Mais j'ai déjà
mangé, bébé.

Devant la mine abattue de sa fille, Emily s'empressa
d'ajouter :

— Mais je suis sûre que je peux au moins en
manger une.

— Youpi ! Viens !

Fletch se leva avec Annie et tendit la main vers Emily.

— Prête pour votre deuxième petit-déjeuner ?

— Je crois, oui.

Emily prit la main de Fletch. Elle s'émerveillait de se
sentir aussi légère maintenant qu'elle savait qu'elle n'aurait pas à verser deux cents dollars cette semaine.

Annie était saine et sauve... et nourrie. Elle s'occuperait du reste plus tard. Pour le moment, une gaufre à la
cannelle l'attendait.

12

———————

Fletch et ses coéquipiers étaient assis autour de la table avec le colonel. Ils attendaient sa réaction. Fletch lui avait exposé ce qui se passait depuis plusieurs mois avec Emily. L'officier était au courant du harcèlement de l'escouade d'infanterie après l'exercice de formation, mais cette nouvelle information le mettait en rogne.

— Vous me dites que le sergent Jacks fait subir du chantage à cette femme ? Qu'il la force à payer chaque semaine pour garder sa fille en sécurité ?

— Oui, monsieur, répondit Fletch d'un air grave.

— Dites-moi tout ce que vous savez. J'en parlerai au commandant de division cet après-midi. Mais j'aime faire les choses dans l'ordre. J'ai besoin de preuves. Cette femme acceptera-t-elle de témoigner contre lui s'il le faut ?

— Certainement, mais elle est très inquiète pour sa fille. Elle ne voudrait pas qu'elle en subisse les conséquences, répondit solennellement Fletch à son chef de corps.

— Parfait. Je crois pouvoir affirmer que sa carrière au sein de l'armée est terminée, mais vous devez surveiller vos arrières. De toute évidence, il est allé plus loin qu'on aurait pu le croire, alors tout pourrait arriver une fois que nous l'aurons convoqué. Nous ne pouvons pas le surveiller ni le punir après sa démobilisation.

— Compris, dit Ghost en hochant la tête. Truck lui rendra une petite visite pour s'assurer qu'il ne s'approche plus de Madame Grant ou de sa fille, sinon il aura affaire à nous.

Le colonel ne répondit pas pendant un moment. Il se contentait de dévisager les sept hommes dangereux. Enfin, il expira et leur donna un avertissement :

— Vous comprenez tous que je vous respecte et que je sais que vous protégerez toujours vos proches, mais attention ! Pour l'heure, c'est lui le coupable, pas vous. Ne commettez aucune imprudence susceptible de nuire à *vos* carrières aussi. Compris ?

— Oui, Monsieur, approuva immédiatement Fletch en lisant clairement entre les lignes.

Ses coéquipiers opinèrent en écho.

— Très bien. Je vous tiendrai informé. Ne jouez pas les rebelles contre mes recommandations.

Les membres se levèrent et serrèrent la main de leur chef. Persuadé que tout serait mis en œuvre par les canaux officiels pour mettre Jacks et son comportement malsain hors d'état de nuire, Fletch quitta la pièce et s'éloigna dans le couloir.

— Tu rentres chez toi ? demanda Ghost en rattrapant son ami.

— Oui. J'aimerais passer du temps avec Em. Je l'ai convaincue de prendre sa journée.

— A-t-elle accepté ? demanda Ghost, incrédule.

— Eh oui ! répondit Fletch en riant. Elle a été très malade et son congé maladie lui permet de prendre un jour de plus. Maintenant qu'elle ne se sent plus obligée de payer ce connard, elle peut consacrer cent pour cent de son temps à sa convalescence sans faire trop d'efforts.

— Annie est à l'école ?

— Oui, je l'ai déposée avant de venir ici. J'ai discuté de sa sécurité avec la principale pour lui exposer la situation. Comme ils ont renforcé la sécurité depuis l'incident de la fusillade, elle s'en occupe. Elle m'a promis d'en parler avec la maîtresse d'Annie, de garder un œil sur elle et de prendre d'autres précautions.

Ghost hocha la tête et ils s'arrêtèrent sur le parking après avoir franchi la porte.

— Je suis content pour toi, vieux.

Fletch adressa à Ghost un regard interrogateur.

— Emily, précisa ce dernier. Je sais que tu as des vues sur elle depuis un bout de temps et que ça t'a perturbé quand tu as cru qu'elle était en couple. Pour ce que ça vaut, elle t'apprécie.

Fletch pouffa.

— Parce que tu es télépathe maintenant ?

Ghost ne se laissa pas décontenancer par le ton de son ami.

— Non, mais c'est évident pour tout le monde, même si nous n'avons pas passé beaucoup de temps avec elle, qu'elle te suit des yeux quand tu marches dans une pièce.

Même quand elle était assommée par la fièvre, c'était toi qu'elle regardait. Ses yeux étaient pleins de tendresse quand elle a appris combien tu avais pris soin de sa fille. Si tu veux mon avis, elle luttait contre ses sentiments pour toi parce qu'elle te prenait pour un sale type. Mais maintenant qu'elle sait que ce n'est pas le cas ? Que tu n'avais rien à voir avec Jacks ? Ça s'annonce bien pour toi, mon vieux. Allez, rentre et séduis ta belle. On se charge de Jacks.

Fletch ne put s'empêcher de sourire.

— Merci, j'apprécie beaucoup. Tiens-moi au courant.

— Bien sûr. Dis à Emily que Rayne aimerait beaucoup passer et faire connaissance avec elle un de ces quatre. Je crois qu'elle aimerait avoir une copine qui sorte avec un autre Delta. Mary est super, mais nous savons tous les deux que c'est différent de pouvoir parler à quelqu'un qui a une expérience directe de ce que ça signifie de sortir avec un Delta.

— On ne peut pas vraiment dire que nous sortons ensemble, Ghost.

— Je vous donne une semaine.

Fletch sourit et secoua la tête. Il aurait pu protester, mais s'il avait de la chance, il sortirait officiellement avec Emily en *moins* de sept jours.

— Je suggérerai à Em de faire quelque chose avec Rayne. Encore merci pour tout.

— Il n'y a pas de quoi.

Fletch sourit pendant tout le chemin de retour. Il était tellement impatient de passer du temps avec Emily et d'apprendre à la connaître que c'en était insensé.

* * *

— Beurre de cacahuète ou chocolat ?

— Beurre de cacahuète. Temps froid ou chaud ?

— Froid.

Emily sourit devant le dégoût de Fletch lorsqu'il lui répondit. Il avait réussi à la convaincre de se faire porter pâle un jour de plus. Elle avait accepté et avait fait une sieste sur son canapé pendant qu'il emmenait Annie à l'école et allait travailler quelques heures.

Il était rentré vers onze heures et ils avaient pris un déjeuner léger. À présent, ils étaient assis de chaque côté de son canapé et ils jouaient à un jeu qu'il avait intitulé : apprendre à se connaître. À tour de rôle, chacun donnait à l'autre une alternative et l'autre devait dire ce qu'il préférait sans plus d'explications.

Au début, ça lui avait paru ridicule, mais elle n'en revenait pas de tout ce qu'elle avait appris sur Fletch grâce à cela. Elle savait qu'il avait recueilli tout autant d'informations à son sujet en retour, et curieusement, ça ne la dérangeait pas vraiment.

— Coca ou Pepsi ? lui demanda-t-elle.

— Ni l'un ni l'autre.

Il marqua une pause et demanda :

— Tu veux bien me parler du père d'Annie ?

Emily soupira et posa sa tête sur le canapé derrière elle. Il enfreignait les règles du jeu, mais de toute façon, elle était prête à lui donner des réponses plus détaillées. Il était compréhensible qu'il lui demande ce qu'il voulait si, de son côté, elle pouvait l'interroger à sa guise.

— Je l'ai rencontré quand j'avais vingt-trois ans. Il était dans l'armée et je l'ai trouvé très adulte. Il avait vingt-sept ans, j'ai cru qu'il était amoureux. Il avait les mots justes, de belles paroles, et ça m'a conquise. Nous sommes sortis ensemble pendant six mois avant que je couche avec lui. Il semblait tout aussi intéressé par moi que je l'étais par lui. Même s'il utilisait des préservatifs, je suis tombée enceinte. J'étais aux anges. Je rêvais de devenir une épouse de militaire et de le suivre dans le pays au gré de ses déplacements. J'avais envie de le soutenir quand il gravirait les échelons.

Emily s'interrompit pour boire une gorgée d'eau. Elle se rappelait combien elle avait été dévastée en apprenant sa vraie nature, quand il lui avait dit qu'il ne voulait pas qu'elle le suive une fois qu'il aurait obtenu son changement de poste permanent.

— Apparemment, il n'avait pas les mêmes projets.

— On peut le dire ! s'exclama Emily avant de terminer son histoire à la hâte. Je lui ai annoncé que j'étais enceinte et il m'a dit qu'il n'était pas prêt. J'ai cru qu'il changerait d'avis, mais l'instant d'après, il a demandé sa mutation et depuis, je ne l'ai plus jamais revu.

— Il n'a jamais rencontré Annie ? demanda Fletch, incrédule.

— Non. J'ai essayé de le retrouver, même si je n'y ai pas consacré beaucoup d'énergie, mais sans résultat.

— Tu sais que l'armée l'obligerait à verser une pension alimentaire, dit Fletch.

Il était détendu en apparence, mais Emily constata qu'il serrait le poing sur son genou. À l'évidence, cette situation l'émouvait encore plus.

— Je sais, mais je n'ai pas voulu. Si je le forçais à verser une pension, alors il aurait des droits. S'il a pu aussi facilement tourner le dos à la chair de sa chair avant même sa naissance, je ne voulais pas qu'il l'approche.

Emily haussa les épaules, s'efforçant de chasser ces pensées.

— Ces derniers mois mis à part, je crois que je me suis bien débrouillée toute seule.

Fletch se pencha et glissa une mèche de cheveux derrière son oreille.

— Tu as fait un boulot merveilleux, Em.

Elle s'éclaircit la voix, gênée pour une raison quelconque, et s'empressa de poser une question à son tour :

— Pourquoi m'as-tu loué cet appartement ?

— Tu en avais besoin.

— J'avais l'air tellement désespérée ?

— Non. Mais il était évident que tu cherchais un endroit sûr pour Annie et toi. Je pouvais bien te le donner. Et puis, l'idée que des gens puissent se comporter comme des cons parce qu'Annie posait des questions, je trouvais cela insupportable.

Emily baissa les yeux sur ses mains, évitant le regard de Fletch.

— J'ai honte de moi d'avoir pensé le pire.

— Il ne faut pas, le rassura immédiatement Fletch.

— Mais c'est le cas. C'est plus fort que moi.

Il posa son verre d'eau et se leva pour s'asseoir sur la table basse devant elle. Il lui ôta son propre verre et le posa à l'écart, puis il prit ses mains dans les siennes.

— Il ne faut pas, répéta-t-il. Tu as fait ce que tu avais à faire. Tu ne me connaissais pas. Tu as vu ce que ce connard voulait te faire voir. Tu ne dois pas t'en vouloir de protéger ta fille.

— Mais je l'ai laissé gagner.

— Il n'a pas gagné.

— Mais…

— Emily, il n'a pas gagné. Il a peut-être eu l'avantage pendant quelque temps, mais sais-tu ce qu'il a fait en réalité ?

— Quoi ?

— Il n'a fait que renforcer ma détermination à gagner ta confiance. À me montrer à toi comme l'homme dont tu as besoin dans ta vie plutôt que ce propriétaire immoral qui parie trop.

Fletch fit un clin d'œil pour atténuer ses propos.

— Et à te conquérir.

— Encore cette histoire de conquête, plaisanta Emily avec un sourire.

— Je suis sérieux. C'était une torture pour moi de savoir que tu étais de l'autre côté de l'allée et que tu semblais me haïr. Je suis un type plutôt sympa.

Il sourit.

— Et je ne voulais rien de plus que de me faire apprécier.

— Je t'apprécie, Fletch.

— Tant mieux. Sors avec moi ce week-end.

— Quoi ?

— Ce week-end. Sors avec moi.

— Un rencard ?

Fletch lui sourit et serra ses deux mains, qu'il n'avait toujours pas lâchées.

— Oui, un rencard.

— Mais Annie…

— Rayne et Mary viendront jouer les baby-sitters.

— Je ne sais pas...

Emily était tiraillée. Fletch lui plaisait. C'était en partie pour cela qu'elle avait été profondément déçue. Il était sexy et musclé, et elle savait qu'il pourrait affronter le monde pour elle. Ainsi, quand elle l'avait pris pour un sale type, ça l'avait presque anéantie.

— Je ne suis pas toute seule, Fletch.

— J'en suis parfaitement conscient et je m'en réjouis. J'adore Annie. C'est une mini-toi. Parfois, je te vois par ses yeux. Elle est intelligente, drôle et attentionnée. J'aime savoir que c'est toi qui lui as appris à être comme ça. Nous sortirons souvent tous ensemble, mais j'aimerais que notre première vraie soirée se passe entre toi et moi. Je te promets qu'on ne rentrera pas trop tard. On dînera, on s'embrassera un peu et je te ramènerai.

Il sourit pour lui faire comprendre qu'il plaisantait... un peu.

— Je devrais peut-être retourner vivre à l'appartement. C'est bizarre d'être ici.

— Non. Reste. J'aime vous avoir chez moi, toutes les deux, sous ma protection.

— Annie est bruyante. Elle essaie d'être sage parce que tu es encore une personne nouvelle dans sa vie, mais tu n'as pas idée de ce que c'est de vivre avec un enfant de six ans.

— N'essaie pas de me dissuader de vous aimer, Em.

Fletch avait parlé en souriant, mais elle rougit quand même.

— Je... Ça ne fait qu'un jour et demi que je sais que tu es quelqu'un de bien. C'est trop rapide.

— Je comprends ce qui te fait penser cela, mais j'ai

envie d'être avec toi depuis le jour où tu as frappé à ma porte. Je croyais que j'avais attendu trop longtemps et que j'avais laissé passer ma chance. Nous pouvons y aller lentement. Tu ne dormiras plus dans mon lit... tant que tu ne le voudras pas, bien sûr.

— Annie va s'attacher.

— C'est déjà le cas, observa Fletch. Et le sentiment est mutuel. Emily, je sais que tu prends tes précautions et j'applaudis, mais je ne suis pas son père. Je ne suis pas un jeune crétin qui cherche juste à coucher avec toi pour filer à la première occasion. J'ai trente-trois ans. Je ne peux pas te promettre que la vie avec moi sera un champ de roses, parfois je peux être une sale tête de mule, mais je te promets qu'à la maison, je ferai passer Annie et toi en premier dans ma vie. Avant mes amis, avant l'armée, avant mon travail.

Emily voyait la sincérité de Fletch dans ses yeux. Pour être honnête, c'était particulièrement excitant. La plupart des hommes avec qui elle était sortie dans le passé, avant Annie, ne pensaient qu'à eux et se vantaient de leurs métiers ou de leur importance. Fletch ne faisait rien de tout cela. Il était honnête et sincère, et il présentait ses défauts avec franchise.

— D'accord.

— D'accord ?

— Je sortirai avec toi ce week-end.

Fletch sourit. Devant son bonheur évident, le ventre d'Emily fit un saut périlleux.

— Un baiser pour sceller notre accord ?

Emily hocha timidement la tête. Pendant des mois, elle avait rêvé à la sensation de ses lèvres sous les siennes.

Elle avait éprouvé la même attirance que lui dès leur première rencontre.

Fletch ne lui lâcha pas les mains, mais il se pencha lentement, laissant le moment se déployer. Emily lui sourit juste avant que leurs lèvres ne se rencontrent. Seules leurs bouches se touchaient, et pourtant elle ressentait un courant électrique dans tout son corps.

Le baiser fut chaste au début, un simple frôlement des lèvres. Il recula un instant, sourit, puis revint à elle. Cette fois, sa langue effleura le bord de ses lèvres et Emily s'ouvrit. Sans perdre de temps, Fletch la pénétra. Avec sa langue, il la caressait, faisait l'amour à sa bouche. Il pencha la tête pour obtenir un meilleur angle, accentuant le plaisir d'Emily.

Elle gémit en essayant de se rapprocher. Fletch ne lui lâchait pas les mains et son incapacité à le toucher pendant qu'il la dévorait rendait ce moment encore plus érotique. Enfin, il s'écarta et passa la langue sur ses lèvres comme pour garder son goût en mémoire.

— Waouh, murmura Emily, rompant le silence.

— Waouh, approuva Fletch.

Pour la première fois, il lui lâcha une main pour mieux lui caresser le visage, laissant courir le dos de ses doigts sur sa joue.

— Tu as faim ?

Emily rougit. Elle savait qu'il ne lui demandait pas ce qu'elle pensait qu'il lui demandait, mais sa question n'en était pas moins lourde de sous-entendus.

— Oui, figure-toi. Je mangerais bien un morceau.

Fletch sourit. Manifestement, il avait des dons de télépathe en plus de ses talents de super-héros en matière de baisers.

— Allez, viens, petite obsédée. Je vais te faire à manger.

Emily prit sa main en souriant. Elle préféra garder le silence plutôt que de dire quelque chose qui la couvrirait de ridicule. Alors qu'ils rejoignaient la cuisine, Emily songea que pour une fois, c'était agréable de se laisser choyer au lieu de devoir constamment prendre soin des autres. Très agréable.

13

Le reste de la semaine passa en coup de vent et Emily et Annie s'installèrent dans une douce habitude. Pour être honnête, elle avait l'impression que ça faisait des semaines, et non quelques jours, qu'elle vivait chez Fletch. Emily emménagea dans la chambre d'amis avec l'aide de Fletch. Il lui apporta ses affaires depuis l'appartement du garage. Devant le peu qu'elle possédait, il lui lança un coup d'œil désapprobateur.

Emily appréciait qu'il ne la culpabilise pas davantage. Il fallut quelques allers-retours supplémentaires pour transférer les affaires d'Annie, et bientôt, la fillette fut bien installée dans la chambre adjacente à la sienne. Elle n'avait toujours pas ouvert sa précieuse boîte de figurines, mais elle l'avait posée en évidence à côté de son lit. Ainsi, c'était la dernière chose qu'elle voyait le soir en s'endormant et la première qu'elle voyait en se réveillant le matin.

Heureusement que Fletch était du matin, parce qu'Annie, comme l'avait prévenu Emily, n'était pas une fille calme. Au grand désarroi de sa mère, elle semblait avoir moins besoin de sommeil que les autres enfants. Elle se couchait à vingt heures, ce qui signifiait qu'elle était dans sa chambre, dans son lit, à l'heure dite, mais elle ne s'endormait qu'une ou deux heures plus tard. Puis elle était debout vers cinq ou six heures. Au fil des ans, Annie avait appris à laisser dormir sa mère.

Mais Fletch se levait à peu près à la même heure qu'Annie. Ainsi, quand Emily arrivait dans la cuisine le matin, la fillette et Fletch bavardaient déjà en prenant leur petit-déjeuner comme s'ils l'avaient toujours fait.

En voyant ce mâle alpha musclé traiter Annie avec une telle attention – et de l'amour, aussi –, Emily ne le désirait que plus.

Le seul problème qu'ils avaient rencontré pendant leur première semaine de vie commune, c'était le matin où Emily était descendue et avait découvert qu'Annie s'était dessiné au feutre sur les bras.

— Regarde, maman ! Je suis comme Fletch !

Emily avait froncé les sourcils et croisé les bras sur sa poitrine, fusillant du regard Fletch et sa fille. Il avait levé les deux mains, comme pour dire : « Je n'y suis pour rien. »

Emily et Annie avaient ensuite passé vingt minutes désagréables à frotter les dessins sur ses bras. Elle avait essayé d'expliquer à la fillette que si Fletch avait le droit d'avoir des tatouages, elle devrait attendre d'avoir au moins dix-huit ans.

Fletch était rentré chez lui ce soir-là avec des décalcomanies à motifs militaires pour Annie. Emily s'était contentée de lever les yeux au ciel. La fillette était tellement excitée que sa mère n'avait pas eu le cœur de l'interdire, mais elle avait établi une règle : ils devaient être appliqués dans un endroit discret. Annie arborait donc avec bonheur un tatouage temporaire « Fierté de l'Armée » en haut de la cuisse.

Emily n'avait toujours pas discuté avec sa fille de tout ce qui s'était passé dernièrement, mais elle en avait l'intention. Elle avait envisagé de mettre les choses au clair avant son rencard, mais on était déjà samedi, et Rayne et son amie Mary étaient arrivées tôt pour faire plus ample connaissance avec elles. Emily décida qu'elle parlerait à sa fille dimanche, selon comment sa soirée avec Fletch se serait déroulée.

Il était parti faire quelques courses, mais Emily savait que c'était pour lui laisser le temps de discuter avec les autres femmes.

— Alors... Fletch et toi, hmm ?

Rayne n'avait pas perdu de temps pour la taquiner sur sa relation, quelle qu'elle soit, avec Fletch. Emily rougit.

— Il faut croire.

— Pour info, tu as bien choisi.

— Je ne suis pas sûre de l'avoir choisi. Disons que c'est arrivé comme ça.

— Eh bien, quoi qu'il en soit, c'est une très bonne chose.

— Je ne sais pas ce que vous pensez, toutes les deux, mais nous ne sommes pas vraiment *ensemble* ensemble. C'est notre tout premier rencard.

Mary repoussa son verre et s'accouda sur la table.

— Quand ça colle avec quelqu'un, ça colle. On le sait au fond de son cœur, sans le moindre doute.

— Tu as déjà ressenti ça pour quelqu'un ?

— Oui.

— Et que s'est-il passé ? demanda Emily.

— C'est compliqué, répondit Mary avec un sourire triste.

— On t'a raconté mon histoire avec Ghost, n'est-ce pas ? intervint Rayne.

Manifestement, elle en savait plus qu'Emily au sujet de la situation de Mary et elle essayait de détourner la conversation.

Emily secoua la tête tout en surveillant Annie d'un œil. Sa fille était assise devant la télévision, hypnotisée par le dessin animé de GI Joe qu'elle avait découvert dix minutes plus tôt.

— Pas vraiment, si ce n'est que tu t'es retrouvée dans une prise d'otages en Égypte et que Ghost et les autres sont venus te tirer de là.

— J'avais rencontré Ghost six mois auparavant. Nous avons eu une aventure d'un soir à l'occasion d'une escale à Londres.

Emily n'aurait pas été plus abasourdie si Rayne lui avait annoncé qu'elle était une sirène.

— Waouh, vraiment ?

— Je sais, on ne dirait pas que je suis du genre à coucher le premier soir, n'est-ce pas ?

Emily secoua la tête. Non, en effet. Rayne était plus jeune qu'elle et elle avait l'air moins... abîmée, disons. Peut-être était-ce parce qu'à son âge, Emily était déjà maman depuis deux ans.

— Ce n'est pas du tout mon genre. C'était ma première aventure d'un soir et j'ai souffert quand il est parti le lendemain matin, même si je savais dès le départ que ce ne serait que pour une nuit. Mais il se trouve que Ghost aussi était malheureux. Il n'avait jamais voulu s'attacher à une femme auparavant.

— Comment a-t-il su que tu étais en Égypte ?

— Il ne le savait pas. C'était une pure coïncidence.

— Waouh, fit Emily dans un souffle. Une bonne coïncidence, je dirais.

— La meilleure et la pire des choses qui me soient jamais arrivées, acquiesça Rayne. En fait, voilà. Nous avons passé une nuit ensemble, puis nous ne nous sommes pas vus pendant six mois. Mais quand on s'est retrouvés ? Je crois que nous avons su que nous étions faits l'un pour l'autre. Nous avons encore connu quelques soucis, mais en fin de compte, notre lien était indestructible. Je devine ce lien entre Fletch et toi.

Emily avait envie de protester, mais c'était impossible. Elle le sentait, elle aussi.

Rayne reprit à voix basse au cas où Annie les écouterait.

— Quand Annie est arrivée l'autre soir, tu aurais dû voir Fletch. Il a tout de suite pris la tête des opérations, il l'a tranquillisée et il est allé te voir le plus tôt possible. Bien sûr, c'est un homme alpha de la Delta Force, tous les membres du groupe auraient réagi de la même manière, mais ce n'était pas n'importe qui. C'était Fletch. Il a refusé de te quitter avant d'être certain que tu étais hors de danger. Il a installé Annie chez lui comme s'il voulait qu'elle y reste éternellement. Mon conseil ? Accepte. Tu ne trouveras jamais un homme meilleur, qui soit plus dévoué que lui à ton bonheur et à celui de ta fille.

Lorsqu'Emily ouvrit la bouche pour parler, Rayne ajouta :

— Je ne dis pas qu'il ne fera jamais de connerie. Évidemment. Il pensera savoir ce qui est le mieux pour Annie et toi, et tu devras dire ce que tu as sur le cœur, sinon il t'en fera voir de toutes les couleurs. Mais ils ont l'habitude de prendre les choses en main et d'arranger les problèmes. Ils pensent comme des gars. Ghost s'est un peu radouci, mais il sera toujours le genre d'homme qui règle toute situation. Lâche ce que tu peux, mais tape du poing quand il le faut vraiment.

Emily hocha la tête. Elle avait déjà vu ce côté chez Fletch... et elle appréciait cela. C'était une femme compétente, elle se débrouillait seule depuis longtemps, elle estimait avoir fait un boulot formidable en élevant Annie, mais c'était très agréable de ne pas toujours être responsable de tout, tout le temps. Elle en céderait volontiers une part à Fletch.

— Je peux le faire.

Rayne rayonnait.

— Parfait. Je dois dire que je suis ravie d'apprendre à te connaître. Mary et moi, nous en avons beaucoup discuté. Nous sommes meilleures amies, mais nous aimerions beaucoup avoir d'autres copines. Disons que nous avons tendance à vivre dans notre bulle.

— Une bulle, s'esclaffa Mary. Oui, c'est un bon moyen de le décrire. J'aime Rayne comme ma sœur, mais ce serait formidable d'avoir un groupe d'amies avec qui sortir.

— Et maintenant que tu sais ce que Fletch et les autres font dans la vie, je me dis que ce sera sympa d'avoir quelqu'un d'autre à qui parler, dit Rayne à Emily.

— Ça me plairait, admit-elle. J'ai tant de questions sur le métier de Fletch et je sais qu'il ne peut pas m'en parler pour la plupart.

Rayne hocha la tête.

— Oui, c'est vrai. La majeure partie des soldats de la base ignorent que Ghost et les autres font partie de la Delta Force. C'est quelque chose dont on ne peut pas parler aux gens qui ne sont pas mariés à des Delta. Mary le sait, simplement parce que j'ai clairement annoncé à Ghost qu'il était hors de question que je lui cache quoi que ce soit... et elle a failli le castrer lorsqu'il s'est retrouvé à l'hôpital sans me dire qu'il avait été blessé en mission. Je suis sûre que Fletch aura une grande discussion avec toi à ce sujet, comme Ghost l'a fait avec moi, mais en un mot, nous vivons comme sur une île. Nous pouvons parler à nos hommes, et aux autres membres de l'équipe, mais à personne d'autre. Pour les personnes extérieures, nous sommes des copines de militaires classiques.

— Il l'a déjà évoqué. Ils n'ont pas le droit de nous dire où ils vont, n'est-ce pas ? demanda Emily en se remémorant les missions où Fletch avait été envoyé.

— Non. C'est top secret. Maintenant, tu comprends pourquoi je suis enchantée de te rencontrer ?

Emily sourit timidement à Rayne et à Mary, puis elle hocha la tête.

— Oui, clairement.

— Super. Bon, maintenant que c'est réglé, allons voir

si nous pouvons arracher Annie à son dessin animé et mettre la cuisine sens dessus dessous. Je suis sûre qu'à nous trois, nous pourrons trouver une pâtisserie sympa à lui apprendre.

— Ça me plaît bien ! acquiesça Emily.

Le reste de la journée passa rapidement. Annie bavarda sans discontinuer tandis que Rayne et son amie faisaient connaissance avec Emily. Alors qu'elle se préparait pour la soirée, en fin d'après-midi, elle pensa à ce que Rayne et Mary lui avaient dit. Elle éprouvait une connexion insensée avec Fletch... et elle voyait de ses propres yeux comment il se comportait avec Annie. Ces sentiments existaient depuis le début.

Emily n'était pas idiote. Elle n'aurait pas supporté ce que ce Jacks lui demandait de faire et elle n'aurait pas été aussi amèrement déçue par Fletch si elle ne tenait pas un peu à lui. Ce n'était pas parce qu'il lui avait offert un logement alors qu'elle en avait désespérément besoin, c'était *lui*. Sa bonté était manifeste pour elle. Il le nierait peut-être, affirmant qu'il était un soldat dur à cuire, mais Emily le devinait quand même.

Cette soirée marquerait peut-être le début d'une merveilleuse relation, ou bien elle prouverait qu'ils ne partageaient que de l'affection et aucune connexion profonde. Emily prit une grande inspiration et s'apprêta à passer dans l'autre pièce.

Elle espérait ressentir une connexion. Elle appréciait Fletch. Beaucoup. Elle espérait qu'à la fin de la soirée, il éprouverait la même chose envers elle.

Emily but une gorgée de café et sourit à Fletch par-dessus le bord de sa tasse. Même s'ils étaient partis de la même maison, il avait fait l'effort de la traiter comme s'il s'agissait d'un rencard habituel. Pour le plus grand plaisir d'Annie, il était sorti de la maison, avait refermé la porte derrière lui, et il avait fait sonner la cloche comme s'il passait la chercher.

Il portait un pantalon cargo avec un polo. Les tatouages sur ses bras et sa barbe de quelques jours l'empêchaient de faire trop BCBG. Il lui avait pris la main et l'avait conduite jusqu'à son pick-up, qu'il avait garé juste devant la maison un peu plus tôt. C'était un détail, mais ça rendait le moment moins gênant que s'il s'était contenté de sortir de sa chambre en annonçant qu'il était prêt.

Il l'avait emmenée dans un petit restaurant grill et Emily avait mangé le meilleur repas depuis bien longtemps, en partie parce qu'elle n'avait pas à se soucier du coût. Un filet tendre, de la purée de pommes de terre abondante en fromage, du bacon et des oignons, des brocolis à la vapeur, suivis par une salade de fruits à partager pour le dessert. Ils étaient tranquillement assis depuis quarante minutes, à parler de tout et de rien pour apprendre à se connaître, et Emily se sentait plus à l'aise qu'elle ne l'avait été depuis bien longtemps.

— Si tu pouvais changer une chose dans ta vie, ce serait quoi ? demanda Emily à Fletch.

Ils se posaient des questions de plus en plus sérieuses au fil de la soirée, et celle-ci était complexe.

Fletch ne semblait même pas avoir besoin de réfléchir à sa réponse.

— Je t'aurais tout de suite interrogée sur Jacks en rentrant de la première mission.

— Quoi ?

— Je t'aurais parlé de ce type que tu avais rencontré dans l'allée. Annie m'a dit que c'était la première fois que tu le rencontrais. Je l'ai vu sur ma caméra de surveillance, mais j'en ai tiré une interprétation radicalement différente. Si je t'avais interrogée à ce sujet dès que je suis rentré, tu ne lui aurais pas donné autant d'argent, tu n'aurais pas été stressée et tu n'aurais pas été contrainte de t'affamer.

Emily resta sans voix pendant un moment.

— De toute ta vie, c'est ce que tu aurais changé ?

— Oui.

— Mais... Fletch, il doit bien y avoir autre chose. Quelque chose que tu ferais différemment lors d'une mission, ou quelque chose que tu as dit à quelqu'un.

— Non. Tu as dit *une* chose. C'est mon plus grand regret. Nous avons perdu des mois parce que j'ai fait la mauviette. J'aurais dû sortir et t'interroger à son sujet. Et toi ? Qu'aurais-tu changé ?

Emily ne s'était toujours pas remise de la réponse de Fletch. Ce n'était pas facile d'essayer de penser à ce qu'elle changerait. De nombreuses idées lui passaient par la tête... ne pas avoir dit « je t'aime » à ses parents plus souvent avant leur mort, ne pas avoir été plus maline avec le père d'Annie. Mais en cet instant ? Elle était d'accord avec Fletch pour dire qu'elle regrettait de ne pas lui avoir parlé de Jacks, de ne pas avoir tenu bon, de ne pas lui avoir demandé de quoi il retournait.

Elle ouvrit la bouche pour lui répondre quand une ombre s'avança au-dessus de leur table.

L'homme dont ils venaient de parler se tenait à côté d'eux avec un grand sourire insolent, comme s'il avait une information qu'ils ignoraient.

Fletch ne lui laissa même pas l'occasion de parler. Il se leva d'un bond et agrippa Jacks au collet avant qu'il puisse dire un mot.

Emily se leva sans s'écarter de la table. Elle vit Fletch pousser l'homme à travers le restaurant en direction de l'arrière-salle sans tenir compte des réactions des autres clients attablés. Elle ne savait pas quoi faire. Elle resta immobile, regardant la scène de loin.

— Est-ce que tout va bien ? demanda nerveusement la serveuse en s'approchant de sa table.

— Euh, oui, je crois, répondit-elle avec hésitation.

— D'accord, fit la jeune serveuse, guère rassurée.

Emily gardait les yeux rivés sur Fletch et Jacks, qui discutaient à l'extérieur, derrière la vitre du petit restaurant. Il était inévitable que les deux hommes finissent par régler leurs comptes, mais elle déplorait que cela se produise pendant leur premier rendez-vous.

Enfin, après ce qui sembla durer une éternité, mais qui devait se résumer à une poignée de minutes, Fletch revint dans le restaurant et s'approcha de la table. Cette fois, au lieu de s'asseoir en face d'elle, il lui fit signe de lui faire une place sur la banquette où il la rejoignit. Emily vit sa mâchoire contractée et elle remarqua qu'il serrait le poing derrière elle, sur le dossier. À part cela, il semblait parfaitement maîtrisé.

Elle prit le risque de poser la main sur la sienne, sur la table, et de la lui serrer.

— Ça va ?

— Non.

Ce mot était sec. Il traduisait son agacement.

— Qu'a-t-il dit ?

— Je ne te le répéterai pas, dit Fletch sur un ton monocorde.

— Mais Fletch, je...

— Tu es prête ?

Emily pencha la tête. Il semblait à deux doigts d'exploser. De toute évidence, il était grand temps de partir d'ici.

— Oui.

— Bon.

Fletch sortit son portefeuille et déposa suffisamment de billets sur la table pour couvrir le coût de leur dîner, ainsi qu'un généreux pourboire, puis il se leva. Il tendit la main et Emily la prit. En cet instant, elle savait qu'elle avait affaire à Fletch le militaire, et non Fletch l'homme avec qui elle sortait, mais cela ne changeait en rien ce qu'elle ressentait à son égard.

Pas tout à fait, c'était un mensonge. Cela changeait quelque chose. En fait, ça faisait même *toute* la différence.

Elle se sentait en sécurité. Même si Fletch était furieux, il était attentionné avec elle et même poli avec la serveuse, devant qui ils passèrent en rejoignant la porte. Il n'avait lancé aucun objet, n'avait même pas haussé le ton. Il avait géré la situation, et manifestement, il tenait à la faire sortir d'ici le plus tôt possible.

Emily ne pouvait pas le lui reprocher.

Il se contrôlait à cent pour cent – et c'était quelque chose qui l'excitait terriblement. Le père d'Annie n'avait jamais eu le contrôle de soi dont Fletch faisait preuve. Un jour, Emily l'avait vu donner un coup de poing dans un mur. Et d'abord, pourquoi les hommes faisaient cela ? Après tout, ça ne leur servait à rien et ils finissaient par se blesser. Sans compter la fois où il avait saccagé son appartement alors qu'il était saoul.

Fletch l'entraîna jusqu'à son pick-up, non sans avoir pris soin de s'assurer que Jacks était parti. Il ouvrit la portière et aida Emily à monter avant de contourner le véhicule pour entrer. Sans un mot, il sortit son téléphone.

— Salut, Coach. C'est Fletch. Jacks a débarqué au restaurant où j'étais tranquillement avec Em... Je me demande comment il a su où nous étions. Oui, nous avons discuté... Merci, j'apprécie.

Il éteignit le téléphone et le jeta sur le tableau de bord. Il posa les deux mains sur le volant et prit une grande inspiration.

— Je trouve ça extrêmement sexy, c'est grave ? demanda Emily à mi-voix.

Quand Fletch tourna vivement la tête pour la regarder avec incrédulité, elle afficha un grand sourire.

Elle leva une main pour anticiper sa réponse éventuelle.

— Je sais, je sais, je suis timbrée, mais tu as pris le contrôle, et même la veine qui palpite sur ton front m'excite en ce moment.

Un petit sourire se dessina sur le visage de Fletch.

— Je suis en rogne, mais tu me donnes envie de rire !

Emily posa la main sur son bras.

— Merci.

— Pourquoi ?

— Parce que tu as géré la situation pour m'éviter de devoir le faire. Parce que tu m'as protégée, même si je n'en ai pas vraiment besoin – après tout, je me débrouille seule depuis longtemps maintenant. Parce que tu te fâches à ma place... Enfin, pour tout ça. Merci.

Le visage de Fletch se détendit. Emily vit presque ses muscles se décontracter.

Elle poursuivit sans lui laisser le temps de répondre :

— J'étais sérieuse. Les autres clients te regardaient dans le restaurant. Tu as attiré l'attention de tout le monde, mais on aurait dit que tu ne t'en rendais même pas compte. C'est tellement sexy !

— Viens ici, Em, dit Fletch d'une voix rocailleuse en tendant la main pour lui prendre la nuque et l'attirer à lui.

Sans hésiter, Emily se pencha au-dessus du siège du milieu, sur la banquette avant du pick-up, en même temps qu'il se penchait vers elle. Cette fois, le baiser n'avait rien de tendre. Il était charnel et torride.

Fletch l'attira vers lui et lui dévora la bouche. Il se laissa aller comme s'il réclamait son dû à la manière d'un homme des cavernes. Peut-être était-ce l'adrénaline, ou la réaction normale des hommes après la chaleur du combat. Aucune importance. Emily ne protesta pas. Au contraire, elle s'ouvrit davantage, laissant Fletch prendre ce qu'il voulait. Elle se liquéfia et ses tétons durcirent sous ce déluge de passion.

Changeant de position sur son siège pour essayer d'atténuer l'envie brûlante entre ses jambes, Emily gémit de frustration et d'extase tandis que sa langue lui baisait la bouche. Il ne lui faisait pas l'amour, il prenait possession de son corps, la marquant de son empreinte aux yeux du monde... et Emily adorait cela.

Il finit par reculer et baissa les yeux sur elle, la contemplant tout entière... de la pointe de ses tétons jusqu'à sa respiration effrénée.

— Bon sang, Em. Tu m'as tellement retourné que j'ai failli oublier que nous étions garés en public devant un restaurant bondé. Mais... même ça, on ne peut pas dire que ça m'aide beaucoup. J'ai envie de toi. Je veux ton corps sous le mien, je veux sentir qu'il se tortille comme il vient de le faire, que tu implores ma langue, ma queue. Je n'ai jamais rien désiré aussi fort que toi maintenant.

Emily ferma les yeux pendant un moment pour mieux ressentir ces mots jusqu'aux tréfonds de son être. Ses doigts se crispèrent sur le siège, puis elle rouvrit les paupières et le regarda fixement.

— Oui, dit-elle.

Fascinée, elle vit ses pupilles se dilater d'un seul coup. Oh oui, elle adorait ça.

— Waouh, fit-il d'une voix gutturale qui montait du fond de son ventre.

Troublée lorsqu'il s'écarta, Emily le dévisagea avec de grands yeux.

— Ne me regarde pas comme ça, Em. Mon contrôle ne tient plus qu'à un fil. J'ai envie de toi. Je ne veux qu'une seule chose, t'allonger, retirer ton chemisier et sucer ces tétons qui pointent vers moi. J'ai envie de te lécher plus encore que de respirer. Je t'ai souvent imaginée nue, pantelante pour moi. Mais... pas ici. Quand j'accéderai entre tes cuisses délicieuses, je veux pouvoir prendre mon temps. Non seulement nous sommes dans un lieu public, mais Annie, Rayne et Mary attendent qu'on rentre. Je dois parler à Ghost et au reste de l'équipe et voir ce qu'on peut faire avec ce connard de Jacks. Coach va les contacter et ouvrir le bal, mais je dois les informer de ce qui s'est passé ici ce soir. Oh, et je dois aussi prévenir mon colonel de ce dernier coup de Jacks. Dernier point, je ne veux pas précipiter les choses. J'ai envie de toi, mais je ne veux pas qu'il s'agisse uniquement de sexe. Je veux que ça dure. Nous avons le temps de mieux nous connaître avant de sauter au lit ensemble.

Devant la frustration manifeste dans le regard d'Emily, il poursuivit :

— Mais comprends-moi bien, ce ne sera pas six mois comme avec le père d'Annie. Je pense à une semaine ou deux, grand maximum. Je suis favorable à l'attente, mais je ne suis pas patient à ce point. Ça fait des mois que je me demande quel goût tu as, comment sera ton corps sous mes mains, alors je ne suis pas à quelques jours près.

Emily hocha la tête et déglutit péniblement. Elle avait la bouche sèche. Elle imaginait Fletch entre ses jambes, qui lui sourirait avant de pencher la tête. Elle s'était souvent donné du plaisir avec cette seule image. Du moins... avant qu'elle le prenne pour un connard. Vivre cette expérience en réel risquait bien de la tuer, mais après tout, ce serait une belle mort.

Emily serra les dents et recula sur son siège pour s'asseoir plus convenablement.

— D'accord.

— D'accord, répéta Fletch en tendant la main, écartant les cheveux de son visage avec tendresse. Merci pour ce merveilleux moment ce soir. C'est agréable de parler avec toi, tu n'es pas du tout difficile et tu es belle à tomber. J'ai beaucoup de chance.

Emily se mordit la lèvre, mais elle ne dit rien.

— Viens, rentrons. Je suis sûr que Rayne et Mary meurent d'envie de savoir comment s'est passé notre rendez-vous.

— Je les aime bien, dit Emily, à la fois soulagée et un peu triste que la tension sexuelle soit retombée dans l'habitacle du pick-up. Enfin, je ne les connais pas encore très bien, mais elles ont l'air sympas.

— Elles sont très sympas. Je connais Rayne mieux que son amie, mais je crois que tu les apprécieras. Elle te ressemble beaucoup... elle est simple, et parfois elle peut être très ironique.

— Je ne suis pas ironique, s'exclama Emily avec humeur.

Fletch éclata de rire en sortant de la place de parking.

— Tu as mal compris, j'adore l'ironie... en tout cas chez toi. Ça veut dire que tu es une dure.

— J'ai laissé Jacks me marcher sur les pieds, souligna Emily, amère.

— Non, tu protégeais ta fille. C'est entièrement différent.

— J'aurais dû venir te voir.

— Oui, peut-être, et moi, j'aurais dû t'interroger à son sujet, alors tu vois, nous sommes responsables à égalité. Le sujet est clos. C'est réglé.

— Tu aimes que je sois ironique ? demanda Emily en essayant de retrouver sa bonne humeur.

— Oui.

— Même avec toi ?

— Oui.

— Tu es bizarre.

Fletch ricana.

— Peut-être.

Emily se laissa aller contre l'appuie-tête et soupira.

— Merci pour cette soirée, Fletch.

— De rien.

— J'ai une question.

— Vas-y.

— Est-ce que tu vas m'embrasser sur le seuil et faire semblant de t'en aller en voiture pour continuer avec l'illusion que c'était un rencard classique ?

— Tu verras bien. Je ne peux pas te dévoiler *tous* mes secrets.

Emily tourna la tête.

— J'ai hâte de le savoir.

Ce fut exactement ce que fit Fletch. Il se gara devant la maison et coupa le moteur de son pick-up. Il lui demanda de rester assise le temps qu'il contourne la voiture et lui ouvre la portière. Puis, main dans la main, ils approchèrent de la porte d'entrée et il lui donna le baiser de sa vie. Ce n'était pas un baiser qui signifiait : « merci, ce premier rendez-vous était réussi », cela voulait dire : « j'ai envie de te baiser tout de suite contre la porte ».

Emily resta un moment, hors d'haleine, contente de voir que Fletch était tout aussi pantelant qu'elle.

— Entre, Em. J'arrive dans une minute.

Elle baissa les yeux sur son sexe en érection sous le tissu et elle hocha la tête. Ce serait gênant d'aller retrouver les autres femmes et Annie, qui pourraient s'en rendre compte. Il inclina vers elle un chapeau imaginaire et retourna vers son pick-up. Emily entra et saisit prestement le code de l'alarme. Elle était de plus en plus à l'aise avec le système... pas totalement, mais assez pour pouvoir saisir les bons chiffres sans trop y réfléchir.

Rayne et Mary lui sourirent depuis le canapé et elles se levèrent lorsqu'elle entra.

— Tu as passé une bonne soirée ? demanda Rayne.

— Oui.

— Fletch se gare ?

— Oui.

— Laisse-moi deviner, tu as l'air... comblée, observa Mary avec un sourire.

— Eh bien, tu te trompes, répondit Emily sans y penser.

Plaquant une main sur sa bouche, elle sourit devant l'hilarité des deux femmes.

— Attends un jour ou deux, je parie qu'il ne sera pas capable de se retenir plus longtemps, lui dit Rayne.

— Lui, il a dit une semaine ou deux.

Rayne éclata de rire.

— Il rêve.

Emily ne pouvait que sourire. Elle se retourna quand la porte s'ouvrit derrière elle. Fletch entra. Elle leva vers lui des yeux émerveillés. Elle se demandait bien comment il pouvait être plus beau chaque fois qu'elle le voyait.

— Tout s'est bien passé ? demanda-t-il à Rayne et à Mary.

— Oui. Aucun problème, lui répondit Rayne sans hésiter.

— Ghost passe vous chercher ?

— Oui, je dois l'appeler.

— Pas besoin, je lui ai envoyé un texto, ainsi qu'à Truck, et j'ai déplacé mon véhicule.

Rayne leva les yeux au ciel, regardant Fletch sans protester.

Mary, en revanche, s'exclama :

— Bon sang, pourquoi Trucker ? Je pars avec Rayne.

— En fait, non, lui dit Fletch, un sourire aux lèvres. Truck m'a dit de le prévenir quand je rentrerais pour qu'il puisse te raccompagner.

— Ce n'est ni mon père ni mon copain, alors il peut aller se faire voir, déclara Mary avec emphase, les bras croisés.

— Tu n'as pas le choix, ordonna Fletch sans la

moindre compassion. Ghost a du boulot ce soir. Il est fatigué et même si tu n'habites pas très loin, ça lui prendrait une demi-heure de plus. Truck s'est porté volontaire pour passer te chercher afin que Ghost puisse rentrer avec Rayne et prendre du repos bien mérité.

Fletch insistait plus que nécessaire sur le besoin de sommeil de Ghost, mais il aurait tout fait pour son pote Truck. Et si Truck voulait passer du temps avec Mary, aussi énervée soit-elle, il lui donnerait ce coup de pouce.

— Hmm...

C'était plus un grognement qu'un mot, mais Mary ne protesta pas davantage.

— À quelle heure avez-vous mis Annie au lit ? demanda Emily, choisissant avec sagesse de changer de sujet.

— Tu savais que ta fille savait lire des textes de CM2 ? demanda Rayne.

La question était inattendue, mais Emily sourit.

— Oui, c'est fou, n'est-ce pas ?

— Elle est adorable, mais je ne t'envie pas. Elle va te donner du fil à retordre.

— Je sais, mais j'aime chaque seconde avec elle, déclara Emily avec fierté.

— Tu as bien raison. Je lui ai fait la lecture pendant une demi-heure, puis je lui ai dit qu'elle pouvait laisser sa lumière aussi longtemps qu'elle le voulait... tant qu'elle lisait dans son lit.

— Oh, s'extasia Emily. C'est une idée formidable. Tu es un génie !

Rayne éclata de rire.

— Ça, je n'en sais rien, mais c'est une technique que

tu peux utiliser pendant quelque temps avant qu'elle commence à se plaindre que ses copines et camarades de classe peuvent veiller tout aussi tard sans *devoir* lire.

Emily haussa les épaules.

— Oui, mais si ça peut me donner du temps libre maintenant, ça me va !

Les deux femmes échangèrent un sourire et Emily comprit qu'elles venaient de consolider le début d'une belle amitié.

Ensemble, ils bavardèrent de tout et de rien pendant une vingtaine de minutes jusqu'à ce que Ghost et Truck arrivent.

— Restez ici une minute, d'accord ? demanda Fletch aux femmes. Je reviens. Je dois parler une seconde à mes co-équipiers.

— Bien sûr, acquiesça Rayne immédiatement.

Une fois qu'il fut hors de vue, Mary et elle se tournèrent vers Emily, les sourcils levés.

Emily soupira.

— Oui, alors en fait, ce Jacks a débarqué au restaurant ce soir.

— Non ! se récria Rayne.

— Quel connard, pesta Mary en même temps.

— Oui. Mais Fletch s'en est occupé. Je suis sûre que c'est pour ça qu'il veut parler aux gars.

— Quel abruti, reprit Rayne, dégoûtée.

Puis elle précisa :

— Jacks, pas lui.

— J'avais compris et je suis bien d'accord, la rassura Emily en souriant.

Fletch revint peu de temps après, suivi par Ghost et

Truck. Ghost se dirigea aussitôt vers Rayne et l'attira dans ses bras comme s'ils avaient été séparés pendant des jours et non des heures.

— Prête ? demanda-t-il.

Rayne hocha la tête.

Mary se leva et croisa les bras, fusillant Truck du regard.

— Que ça ne devienne pas une habitude, Trucker.

Le colosse esquissa un demi-sourire en désignant la porte.

— Après toi.

Mary leva les yeux au ciel, serra Rayne dans ses bras et se dirigea vers la porte sans ajouter le moindre commentaire.

— Nous discuterons un peu plus demain, promit Ghost à Fletch avant de s'en aller, le bras autour de la taille de Rayne.

— Que se passe-t-il entre Mary et Truck ? demanda Emily à Fletch après le départ des autres.

Il haussa les épaules.

— Ils s'apprécient, mais ils refusent de l'admettre.

— Ils se comportent comme des écoliers.

— Oui, répondit Fletch en souriant. Mais c'est vraiment très drôle. J'ai hâte qu'ils se libèrent de ce qui les retient et qu'ils se lâchent un peu. Ce sera explosif.

Emily hocha la tête et leva nerveusement les yeux. Elle n'avait pas ressenti cela cette semaine alors qu'elle était seule avec lui, mais les baisers qu'ils avaient échangés ce soir faisaient toute la différence. Il s'approcha d'elle et posa un tendre baiser sur le sommet de sa tête.

— Dors bien, Em. Je suis sûr qu'Annie sera debout à l'aube pour savoir comment s'est passé notre dîner. J'essaierai de lui faire garder le silence assez longtemps pour te laisser dormir.

— Je peux me lever en même temps qu'elle, protesta-t-elle.

— Pas besoin. De toute façon, je suis debout.

Ce n'était que l'une des mille et une façons dont Fletch la choyait cette semaine.

— D'accord, merci.

Fletch recula et se retourna pour aller dans la cuisine quand les mots d'Emily jaillirent avant qu'elle puisse les retenir :

— Tu ne vas pas m'embrasser pour me souhaiter une bonne nuit ?

Fletch se tourna lentement, mais il garda ses distances.

— Non. Et ne fais pas cette tête, plaisanta-t-il avant de retrouver son sérieux. La prochaine fois que mes lèvres toucheront les tiennes, je ne pourrai pas m'arrêter. Je t'emporterai dans mon lit et je te ferai l'amour toute la nuit. Alors, non, pas de baisers ce soir. Mais tu es prévenue, Em.

Une fois de plus, ses paroles réveillèrent les parties intimes d'Emily. Elle lui sourit.

— C'est bien noté. Bonne nuit, Fletch.

— Bonne nuit.

Emily s'endormit dans le grand lit de la chambre d'amis, un sourire aux lèvres, consciente qu'elle rêverait de Fletch penché sur elle, qui allait et venait dans son corps comblé. Elle était impatiente.

* * *

Jacks faisait les cent pas dans son appartement, son téléphone à l'oreille.

— C'est presque l'heure... Ne te dégonfle pas, il faut y arriver... Personne ne sera blessé, mais nous devons absolument le faire si nous voulons les faire rayer du champ de bataille... Je te l'ai déjà *dit*, ça ne leur fera aucun mal, mais ça les rendra plus accommodants... Très bien, on en parle plus tard... *Non*. Tu es là-dedans jusqu'aux yeux, tout comme moi. Nous allons régler ça et leur montrer qu'ils ne sont pas les seuls durs à cuire de la base. Rassemble les autres et on se retrouve sur le terrain pour répéter dans une heure... Ça marche. À plus tard.

Il raccrocha et jeta le téléphone sur le canapé, collant les mains sur ses oreilles pour essayer d'étouffer cette voix qu'il entendait depuis deux mois, de plus en plus forte et insistante.

Élimine la menace.

Ils te bloquent le chemin.

Sinon, tu paraîtras faible aux yeux de l'ennemi !

En hochant la tête, Jacks entra à grandes enjambées dans sa chambre pour enfiler les vêtements noirs qu'il portait afin de se fondre dans l'obscurité. Certes, il avait dit aux membres naïfs et crédules de son escouade qu'ils ne faisaient que jouer un mauvais tour aux autres militaires, que la femme et l'enfant ne seraient pas blessées, mais il connaissait la vérité. C'était à *lui* de montrer à ces connards de soldats qu'il valait mieux qu'eux tous réunis. Et s'il fallait casser des œufs... qu'il en soit ainsi.

15

———

— Il faut que ça cesse, asséna Fletch au colonel sur un ton menaçant. Il doit être emprisonné en attendant son renvoi. Il a menacé Emily et sa fille sous mon nez ! Il se fiche complètement de l'autorité. C'est une escalade d'insolence.

Fletch et le reste de l'équipe étaient assis autour de la table avec le colonel. Ils discutaient de l'incident de l'autre soir.

— Il m'a dit de but en blanc qu'il avait prévu tout un plan. S'il touche un cheveu de la tête d'Emily ou de celle d'Annie, je ne réponds pas de moi.

Le colonel leva la main.

— Écoute, je comprends que tu sois furieux, mais tu ne dois pas réagir à l'excès.

C'était Hollywood qui avait parlé cette fois. Ses paroles étaient d'autant plus percutantes qu'en temps normal, c'était un soldat plutôt taciturne qui soutenait ses coéquipiers sans jamais prendre d'importantes initiatives.

— C'est ridicule et vous le savez, chef. Que feriez-vous si c'était *votre* femme qu'il harcelait ? Aimeriez-vous qu'on *vous* demande de ne pas réagir à l'excès ?

— Bien sûr que non, mais tout est sous contrôle.

Beatle secoua la tête.

— Pas franchement. Avec tout le respect que je vous dois, chef, cette affaire doit remonter dans la chaîne de commandement.

L'homme d'un certain âge soupira et passa la main dans ses cheveux.

— Je sais, et je fais ce que je peux. Tout ce que je vous demande, c'est de ne pas devenir fou. Jusqu'à présent, à l'exception de cette extorsion d'argent, on dirait bien qu'il est tout en paroles et assez peu en actes.

— Les paroles peuvent mener à autre chose, observa sèchement Truck.

— Je sais, concéda le colonel. J'ai une réunion avec le général aujourd'hui. Il accélérera le mouvement.

— Et il le bouclera une fois que ce sera terminé ? insista Fletch.

— Oui. Je lui suggérerai fortement cette option.

La tournure que prenait la conversation ne le satisfaisait pas, mais honnêtement, Fletch n'en attendait rien de plus. Depuis qu'il fichait la paix à Emily, Jacks n'avait pas vraiment enfreint la loi. Rien ne l'empêchait de venir au même restaurant que celui où ils dînaient, mais Fletch savait pertinemment qu'il s'agissait d'une tactique d'intimidation. Du moins, c'était son but. Malheureusement, ou plutôt heureusement, il s'en était pris au mauvais groupe d'hommes. C'était une chose de réussir à intimider la mère d'un jeune enfant, mais c'en était une autre de tenter la même chose avec des soldats de la Delta Force... même s'il ne *savait* pas qu'ils en faisaient partie.

— Nous apprécions tout ce que vous pourrez faire, dit Ghost, toujours pacifique.

C'était pour cette raison qu'il était chef de groupe, car il savait se lier avec les meilleurs d'entre eux – mais se retourner et les poignarder dans le dos si nécessaire.

Après le départ du colonel, l'équipe resta ensemble pour réfléchir à la prochaine étape.

— On ne pourrait pas le passer à tabac et en finir ? demanda Truck, manifestement hors de lui.

Le fait que ses amis soient furieux pour ce qui arrivait à Emily contribua à le calmer.

— Nous devons garder la tête froide. Nous mettrons Tex sur le coup et nous verrons ce qu'il trouve. Sinon, nous devons maintenir le statu quo, souligna Fletch. Je ferai en sorte qu'Em sache être attentive. Annie aussi.

— Tu vas dire à Annie ce qui se passe ? demanda Truck, incrédule.

— Pas les détails, mais elle n'est pas bête. Elle sait déjà que sa mère avait un ami « méchant » et qu'il fallait se méfier de lui.

Devant la mine dubitative de Truck, Fletch reprit :

— Sérieusement, cette gamine raffole d'Alice Roy et de GI Joe. Je ferai passer ça pour un jeu et tout ira bien.

— Si tu en es sûr.

— Oui, Truck. Je ne veux pas épouvanter cette fille ni la mettre en danger. Elle est plus importante que tout pour moi. Je ne ferais *rien* qui risque de semer le trouble dans sa tête.

Ses coéquipiers hochèrent la tête, conscients que ce qu'avait dit Fletch venait du fond du cœur.

— Mais j'aimerais vous demander une faveur.

Ensemble, ses amis répondirent :

— Tout ce que tu voudras.

— Vas-y.

— D'accord.

Il en fut rassuré, reconnaissant pour la millionième fois le privilège qu'il avait de travailler avec ces hommes.

— J'ai besoin de quelqu'un, ou de deux d'entre vous, pour exercer Annie une journée, le plus tôt possible de préférence.

En voyant leurs sourires et leurs rictus narquois, Fletch comprit que ses amis savaient très bien ce qu'il leur demandait.

— Alors, tu passes à l'étape supérieure ? demanda Hollywood.

— Plutôt deux fois qu'une ! Mais je sais qu'Em sera mal à l'aise si Annie est dans le coin. J'aimerais qu'elle comprenne à quel point elle compte pour moi... et je ne peux pas le faire s'il y a un risque que sa fille nous surprenne.

Autour de la table, tous ses amis hochèrent la tête et Fletch se détendit. Il était prêt à défendre la progression de sa relation avec Emily au besoin, mais il n'aurait pas dû s'inquiéter. Depuis que l'équipe avait été témoin de ce que Ghost et Rayne avaient vécu, et du comportement de Fletch avec Emily le soir où elle avait été malade, tout le monde s'était rendu compte que pour lui, c'était la bonne.

— Que dis-tu de ce week-end ? Il y a un carnaval à la base. On pourrait l'emmener, suggéra Blade.

— Oui, et elle aime tout ce qui touche à l'armée, non ? Nous pourrions lui montrer le musée, ajouta Beatle.

— Et le terrain d'entraînement ? Je suis sûr qu'elle s'éclaterait à la course d'obstacles, non ? proposa Truck.

— Merci, les gars, elle va adorer.

— Tu crois qu'Emily acceptera ? demanda Ghost, intrigué. C'est allé très vite et elle ne nous connaît pas encore très bien.

C'était une question légitime.

— Oui, je crois. Je vais lui parler. Elle sait que je vous confierais ma vie, je crois qu'elle n'y verra aucun inconvénient. Je lui ferai comprendre que les seules personnes avec qui Annie peut être en parfaite sécurité, à part moi, c'est bien vous.

— Alors, ça marche, déclara Beatle avec détermination. Autre chose ?

— Pas pour l'instant. Merci.

— Allez, le colonel aimerait que nous passions en revue les dernières informations du département d'État et que nous lui donnions notre avis. Une longue journée de visionnage de vidéos surveillance de mauvaise qualité et de vidéos satellite nous attend... annonça Ghost en se levant.

Les autres gémirent, mais ils le suivirent sans protester, de bonne grâce. En fait, ils vivaient tous pour ce genre de travail et ils avaient hâte de se plonger dans le monde de l'espionnage et d'empêcher les terroristes de mener à bien leurs desseins malveillants.

* * *

Plus tard ce soir-là, après le dîner et une conversation animée avec Annie, au cours de laquelle il lui avait décrit dans le détail comment une abeille produisait du miel, à grand renfort de gestes et de bruits de bourdonnement, et après lui avoir demandé ce qu'elle avait appris à l'école dans la journée, Emily s'assit avec Annie sur son lit et essaya de trouver le meilleur moyen de discuter avec elle de tout ce qui se passait.

— Comment ça va, bébé ?

— Ça va, maman.

— Tu aimes vivre dans la maison de Fletch ?

Annie hocha vigoureusement la tête.

— Et tu aimes Fletch ?

— Oui. Il est très intelligent et je peux faire le petit-déjeuner avec lui tous les matins.

Emily sourit à sa fille et passa amoureusement la main sur ses cheveux blonds.

— Moi aussi, j'aime bien Fletch.

— Mais pas toujours.

La remarque de sa fille aurait dû l'étonner, mais ce n'était pas le cas.

— Voilà ce qui se passe, bébé. Cet autre monsieur... Tu sais de qui je parle, n'est-ce pas ? Celui que je t'ai dit d'éviter si tu le vois ?

Annie hocha gravement la tête.

— Eh bien, il me disait de vilaines choses sur Fletch. Des mensonges. J'ai honte de l'avouer, mais j'ai commis une erreur et je n'ai pas demandé la vérité à Fletch. J'ai cru l'autre monsieur.

— C'est comme les rumeurs ?

Emily hocha la tête. Elle se rappelait la conversation qu'elle avait eue avec sa fille plus tôt dans l'année, parce qu'elle était rentrée à la maison en lui racontant des histoires sur l'une des mamans d'élèves, qu'elle avait entendues pendant la récréation alors qu'elle écoutait deux institutrices en parler. Emily lui avait expliqué que les rumeurs pouvaient être fausses et faire beaucoup de mal à la personne dont on parlait.

— Exactement. J'ai écouté les rumeurs alors que je n'aurais pas dû.

— Mais tu l'aimes encore, alors ça va, non ?

— Oui.

— Tu vas te marier avec lui ?

Emily éclata de rire.

— Et si je commençais par sortir un peu avec lui, qu'en penses-tu ?

Annie inclina la tête, pensive, puis elle déclara :

— Dix fois.

— Dix fois quoi ?

— Dix sorties. Après, tu peux te marier avec lui. Mais je ne veux pas porter une robe. Je veux porter un costume de l'armée.

— Que dis-tu de ça ? proposa Emily, évitant de lui répondre.

Si elle acceptait, elle savait qu'Annie exigerait un mariage après les dix rendez-vous en question.

— Je vais sortir avec Fletch, et après dix sorties, je te dirai comment ça se passe. D'accord ?

— Et la robe ?

Emily se pencha pour embrasser sa fille.

— Je te promets que *si* Fletch et moi nous nous marions, tu n'auras pas à porter de robe. Tu peux porter ce que tu veux.

— Je t'aime, maman. Ça se voit que tu es contente.

— Je *suis* contente, bébé. Je vais aller chercher Fletch pour qu'il te raconte une histoire. Je t'aime.

* * *

Fletch sourit à Annie. Emily l'avait appelé à l'étage et l'avait laissé avec sa fille. Selon leur nouvelle habitude, ils restaient seuls tous les deux. Elle trouvait adorable qu'il lui lise la toute dernière version du *Manuel de survie de l'armée*. Il avait terminé le chapitre quatorze sur les techniques de survie en milieu tropical – comment trouver de l'eau et quelles plantes éviter – et avait laissé Annie lire la suite toute seule pendant son moment de « carte blanche tant que c'est pour lire ». Il l'embrassa sur le front et dit :

— Bonne nuit, petite. À demain matin.

La fillette ne répondit pas. Elle était trop passionnée par les différences entre les plantes comestibles et non comestibles.

Fletch entra dans le salon et s'assit sur le canapé pour regarder *Seinfeld* avec Emily. C'était devenu leur habitude ces derniers jours, depuis qu'ils avaient découvert qu'ils adoraient tous les deux cette série. Ils étaient d'accord pour déplorer sa déprogrammation, tout en admettant que c'était mieux ainsi. Le pire qui puisse arriver aux bonnes séries, télévisées comme littéraires, c'était de durer trop longtemps.

— Samedi, les gars emmènent Annie au carnaval de

la base, annonça Fletch à Emily. Ils passeront la journée avec elle et veilleront à sa sécurité.

Il avait parlé avec assurance, sur un ton sans appel.

— Vraiment ? Pourquoi ?

— Parce qu'il est temps. Parce que je te veux pour moi tout seul et que ça m'a semblé le meilleur moyen d'arriver à mes fins.

Emily garda le silence pendant un moment. Fletch voyait qu'elle réfléchissait à ses paroles. Elle le regarda à la dérobée avant de se tourner vers la télévision.

— Toute la journée ?

Fletch ricana.

— Oui, Em. Toute la journée. Je crois qu'ils ont l'intention de venir la chercher vers onze heures, puis de l'emmener dîner après le carnaval. Ils reviendront en début de soirée.

Cette fois, Emily se mordit la lèvre. Il la vit changer de position sur son siège comme si elle était mal à l'aise. Elle semblait vouloir dire quelque chose, mais elle hésitait.

— Dis-moi ce que tu en penses. Si tu as des doutes à mon sujet, je veux le savoir.

— Ce n'est pas ça, lâcha Emily.

Elle cessa de faire semblant de regarder la série et elle se tourna vers lui, glissant une jambe sous ses fesses.

— Je... c'est parfait. Je me suis creusé la tête pour trouver un moyen. Enfin, je n'étais pas à l'aise à l'idée de me faufiler au bout du couloir pendant le sommeil d'Annie, comme si j'étais au lycée, ou de le faire sur le canapé alors qu'elle est en haut. Je sais que tu as dit que tu voulais le faire dans ton lit, mais je craignais que nous soyons obligés d'utiliser ton pick-up en fin de compte.

Plus soulagé qu'il ne pourrait l'exprimer, Fletch se détendit.

— Je ne veux surtout pas que nous soyons anxieux à ce sujet, Em. Je ne supporterai jamais l'idée qu'Annie puisse nous surprendre, même après des années de relation, mais notre première fois doit être amusante et excitante. Tu ne dois penser à rien d'autre qu'à ce que je te fais ressentir.

Fletch avait volontairement évoqué un avenir éventuel, et il était fou de joie qu'Emily ne réagisse pas négativement.

— Veux-tu que je le note dans mon agenda ?

Fletch perçut l'ironie et ricana.

— Aucune importance... Dans tous les cas, nous le ferons.

Emily lui sourit joyeusement.

— Merci. Je te jure que j'ai l'impression de passer la moitié de ma vie à te remercier pour une chose ou une autre, mais franchement. J'adorerais passer la journée avec toi. Même si nous ne faisons que rester assis comme maintenant. Il y a quelque chose... d'apaisant avec toi. Comme si je n'avais aucun souci à me faire, convaincue que tu t'occuperas de tout. De moi.

— C'est exactement cela. Et d'Annie aussi. Vous êtes sous ma responsabilité maintenant. Et je prends cela très à cœur.

— Je ne veux pas être une responsabilité, Fletch, protesta Emily en fronçant les sourcils.

— Je me suis mal exprimé. Ce n'est pas dans le mauvais sens du terme. Ça me fait du bien ici, dit Fletch en posant le poing contre sa poitrine. J'aime savoir que tu seras chez moi quand je rentre du travail. Quand Annie m'appelle et court vers la porte avant que j'entre ? Tu n'as pas idée à quel point ça me touche. Et l'idée qu'il puisse vous arriver quelque chose à toutes les deux me met hors de moi, tout comme la crainte de faire ou de dire quelque chose qui te blesserait. Ce genre de responsabilité. Le genre qui me donne envie de devenir un homme meilleur. Une meilleure figure masculine dans la vie d'Annie. Un meilleur amant.

— Oh, souffla Emily.

Elle le dévisagea depuis son côté du canapé.

— J'attends samedi avec impatience, lui dit-il.

Ce n'était rien de le dire, mais Emily semblait sur la même longueur d'onde.

— Moi aussi. Mais maintenant, je suis nerveuse.

— Il ne faut pas.

— Fletch, tu ne peux pas annoncer à une femme que tu vas passer la journée à l'envoyer au septième ciel sans la faire un peu paniquer.

Il ricana.

— Moi, je ne suis pas nerveux le moins du monde.

— Oui, évidemment, pouffa Emily. Parce que tu es bâti comme un Ken grandeur nature. Des abdos parfaits, des jambes parfaites, pas un gramme de...

Fletch l'interrompit en se penchant pour la prendre sous les bras avant de s'allonger, l'attirant au-dessus de son corps.

— Fletch ! Qu'est-ce que tu fais ? s'écria Emily en riant.

— Tu n'as absolument rien à craindre, ma belle, fit-il d'une voix grondante tout en serrant Emily contre lui, lui montrant à quel point il était dur et il la désirait. Nous n'en avons pas encore discuté… Je ne voulais pas l'évoquer parce que je savais que tu serais gênée, mais je t'ai déjà vue à moitié nue, Em.

Il ignora son petit cri de surprise et poursuivit :

— Ce soir-là, quand tu étais malade et que nous avons dû faire baisser ta température. Le plus rapide était de te mettre dans la baignoire. Je t'ai serrée dans mes bras pendant que tu convulsais.

— Mais… ce… bafouilla Emily en fuyant son regard.

— Même si tu t'affamais, j'aimais ce que je voyais. Bien sûr, ce n'était ni le moment ni le lieu. Tu es parfaite pour moi, Em.

— Je suis trop maigre, protesta-t-elle.

— Peut-être, mais je fais de mon mieux pour arranger ça.

Emily le regarda pour la première fois et elle fronça le nez.

— Oui, j'ai remarqué. Tu n'arrêtes pas de cuisiner. C'est tellement délicieux que je ne peux pas refuser.

Fletch ramena la conversation à ce qu'il voulait lui faire comprendre.

— J'aime ton corps, Em. Chaque centimètre carré. J'aime que tu sois bien plus frêle que moi, ça me plaît d'être plus grand et plus costaud. J'ai l'impression d'être un homme de Neandertal, mais c'est plus fort que moi.

— Et si je prenais cinquante kilos ? demanda Emily avec une pointe de provocation.

— Je serais toujours plus balaise que toi, quoi qu'il arrive.

Lorsqu'elle ouvrit la bouche pour ajouter une

remarque cinglante, Fletch plaqua ses hanches contre les siennes. Elle tressaillit. Il s'était clairement fait comprendre.

— Tu sens ? Ça te prouve que j'aime ce que je vois chaque soir, quand on dîne, quand on est assis ici tous les deux à regarder la télé, quand tu bordes Annie dans son lit. Je n'y peux rien, ma queue n'en fait qu'à sa tête. Et ce qu'elle veut, c'est être ici. En toi. À partir de ce week-end, ma mission sera de te faire aimer mon corps autant que j'aime le tien.

Il sentit Emily se détendre dans ses bras, ondulant sur son sexe rigide niché au creux de ses jambes. Il savait que c'était son imagination, mais il aurait juré sentir sa chaleur à travers leurs jeans.

— Comptes-tu m'embrasser ?

Fletch lui sourit.

— Non.

— Tu ne crois pas que nous avons dépassé le stade du baiser ?

— Peut-être, mais je t'ai dit l'autre soir que je ne t'embrasserais plus avant de pouvoir t'emmener directement au lit, et je m'y tiens.

— Rabat-joie, protesta mollement Emily.

— Merci de m'accorder ton samedi, lui répondit Fletch avec sérieux.

— Merci de donner à *Annie* son samedi, rétorqua Emily. Elle sera au paradis. Non seulement elle va passer du temps à la base où elle verra de vrais soldats en chair et en os, mais elle passera du temps avec tes amis.

— Ils l'emmènent faire une course d'obstacles, précisa Fletch avec un sourire.

Elle laissa tomber sa tête contre son torse et poussa un gémissement.

— Génial. Elle m'a parlé pendant des semaines du parcours que son prof de sport leur a fait faire, c'est te dire à quel point elle a adoré. S'ils l'emmènent sur un vrai terrain d'entraînement, on n'a pas fini d'en entendre parler. Ils vont la transformer en véritable GI Jane.

Fletch entendait le sourire dans sa voix. Elle semblait se plaindre, mais au fond, ça lui plaisait.

— Elle va adorer.

— Je sais.

Emily leva la tête et s'humecta les lèvres. Sans le savoir, elle le tentait d'enfreindre sa promesse et de l'embrasser.

— Dois-je craindre que tu me sautes dessus dès que la porte se sera refermée derrière elle ?

— Sans doute, affirma gravement Fletch.

— Tant mieux.

Soudain, Fletch se redressa, retenant Emily pour l'empêcher de basculer et de tomber par terre.

— D'ailleurs, il est grand temps que tu ailles dans ta chambre.

— Tu as atteint tes limites ?

— Tu n'as pas idée, Em. S'il te plaît, aie pitié d'un pauvre soldat, tu veux bien ?

Emily éclata de rire et se leva du canapé. Elle lui envoya un baiser avant de s'en aller dans le couloir.

— À demain matin.

— Oui, Emily. À demain.

Fletch gémit et se laissa retomber sur le canapé, ajustant son pantalon dès qu'Emily fut hors de vue. Il n'était pas certain de tenir plusieurs jours ainsi, mais quel délicieux martyre. Il sourit en s'installant confortablement pour regarder la fin de l'épisode. Il avait l'intime conviction que le reste de sa vie commencerait samedi et il était impatient.

16

— Je vais faire la grande roue et le carrousel, et je vais manger de la barbe à papa et me regarder dans les glaces qui déforment, puis je ferai comme les militaires et je vais ramper dans la boue et sauter dans des pneus !

Emily sourit à sa fille, qui se trémoussait sur son siège devant le plan de travail de la cuisine. Elles attendaient l'arrivée de Beatle, Blade et Truck qui devaient l'emmener au carnaval. La fillette n'avait pas prêté attention aux coups d'œil que Fletch n'avait cessé de lancer à Emily toute la matinée, à la fois charnels et impatients.

Emily avait pris son temps dans la salle de bain ce matin. Elle s'était pomponnée, se préparant au mieux pour son rendez-vous avec Fletch. Elle s'était soigneusement rasé les jambes et le maillot. Elle avait ajouté une petite touche de maquillage et utilisé la lotion parfumée dont elle se servait rarement.

Elle avait choisi des vêtements destinés à la séduction, un jean et un chemisier. À la perspective que Fletch le déboutonne lentement, elle se mordit la lèvre avec impatience.

Elle avait opté pour une petite culotte rouge vif et un soutien-gorge en dentelle assorti. C'était un push-up qui faisait son office. Elle avait l'impression d'avoir gagné une taille. Emily craignait la publicité mensongère, mais elle décréta que Fletch l'avait déjà vue en petite tenue et qu'il savait à quoi s'en tenir. Elle se mettait un peu en valeur pour lui, voilà tout. Elle devrait encore gagner un peu de poids, mais elle ne voulait pas que Fletch y pense quand elle se tiendrait devant lui.

En fin de compte, lorsqu'elle entra dans la cuisine une heure plus tard que d'habitude, elle se sentait bien. Jolie. Et le regard de Fletch ne fit que confirmer cette impression. Il était accoudé au plan de travail et il écoutait Annie parler, mais dès qu'il vit Emily, il s'approcha d'elle et se pencha en avant. Il posa un baiser léger sur sa joue et lui dit à l'oreille :

— Ça alors, déjà onze heures ? murmura-t-il.

— Tu es jolie, maman. Tu vas quelque part ? demanda Annie avec innocence.

Emily jeta un œil vers Fletch, qui avait fourré les mains dans ses poches pour tenter de cacher son érection, et elle sourit à sa fille.

— Oui, bébé. Fletch et moi, nous passons la journée ensemble.

— Super. Ça fait deux.

— Deux ? demanda Fletch à Emily, intrigué.

— Ne me pose pas la question, souffla-t-elle. Tu trouves ça super ? demanda Emily à sa fille en s'asseyant sur le tabouret à côté d'elle.

— Oui. J'aime bien Fletch. Je veux que ce soit mon papa, déclara Annie sans hésiter une seconde.

Emily resta pétrifiée sur son siège et jeta un œil vers Fletch. Elle ne savait pas ce qu'elle s'attendait à voir – de la stupeur, peut-être un peu de terreur –, mais le regard qu'il posait sur sa fille était un mélange touchant de mélancolie et de tendresse, avec une pointe d'amusement provoquée par la franchise de la fillette. L'idée que sa fille appelle Fletch « papa » n'instillait aucune peur dans le cœur d'Emily, contrairement à ce qu'elle avait pu ressentir avec les autres hommes qu'elle avait fréquentés épisodiquement au fil des ans.

Elle s'éclaircit la voix et parvint à articuler :

— Moi aussi, j'aime bien Fletch, dit-elle à Annie sans relever sa remarque sur le rôle de papa.

— Quand je serai grande, je veux être militaire comme Fletch et ses copains. Aujourd'hui, ils vont me montrer ce que je dois savoir pour être comme eux, et ensuite je vais...

Pour une fois dans sa vie, Emily mit les bavardages de sa fille en sourdine pour se concentrer sur Fletch. Il était beau. Il portait un simple t-shirt et un jean, mais il était canon. Emily n'avait qu'une envie, faire passer son t-shirt par-dessus sa tête et poser les mains sur son torse pour la première fois. Elle voulait admirer ses tatouages depuis longtemps, mais elle n'en avait pas eu l'occasion. Elle espérait pouvoir en profiter aujourd'hui.

Il était pieds nus. En la voyant regarder ses pieds, il haussa un sourcil comme pour lui dire : « Pourquoi mettre des chaussures alors que nous serons au lit dès l'instant où Annie partira ? »

— Que veux-tu pour le petit-déjeuner, Em ? demanda Fletch sur un ton parfaitement normal, d'autant plus agaçant qu'elle était fébrile et surexcitée.

— J'ai mangé des céréales, annonça Annie. Fletch a dit que je ne devrais pas manger beaucoup pour laisser de la place à toutes les bêtises que je vais grignoter au carnaval aujourd'hui.

— C'est malin. Mais n'oublie pas, bébé, si tu fais une course d'obstacles, tu ne dois pas trop manger avant, sinon tu auras envie de vomir, lui conseilla Emily, la voix de la sagesse.

Annie sembla réfléchir pendant un moment avant d'annoncer à sa mère :

— Oui, mais si je vomis, ça veut dire que je me suis entraînée très très dur. J'ai vu des soldats faire ça dans les dessins animés.

Emily se contenta de rire en secouant la tête. Annie trouvait toujours de bons arguments, mais ça lui était égal.

— Peut-être, mais c'est dégoûtant.

— Oui...

Emily regarda Fletch et vit le sourire sur son visage. Il débordait d'affection pour Annie. Il tenait à sa fille autant qu'elle, et cette idée lui procurait de curieuses sensations au creux de l'estomac. Il semblait parfait pour elle, malgré ses défauts... qui n'étaient pas bien méchants, très honnêtement, quand elle les comparait à tout le positif. Bien sûr, il était maniaque, autoritaire, et il voulait toujours arriver à ses fins. Il ne lui demandait pas souvent ce qu'elle pensait, mais il faisait ce qu'*il* estimait juste. En même temps, il ne se lassait jamais d'écouter Annie parler et il avait passé des heures à lui faire la lecture. Beau, loyal et, elle l'espérait, expert au lit. Elle ne tarderait pas à le découvrir. Naturellement, elle le prendrait comme il était.

— Des céréales pour moi aussi, s'il te plaît, dit-elle à Fletch.

Son regard revint vers le sien.

— Tu en es sûre ? Tu devrais peut-être faire le plein d'énergie aujourd'hui.

Oh bon sang, il n'en ratait pas une.

Emily mangea ses céréales tandis qu'Annie jouait avec ses précieuses figurines encore dans leurs emballages. Elle s'était lancée dans une drôle de scène de guerre. À côté d'Emily, Fletch avait posé la main dans son dos. Il ne cessait de la caresser et de la masser pendant qu'Annie jacassait toujours. Si la main de Fletch pardessus son chemisier lui donnait la chair de poule sur les jambes, Emily savait qu'après le départ de sa fille, elle aurait droit à une sacrée journée.

Enfin, Annie entendit un pick-up se garer devant la maison. Fletch leva les yeux vers l'écran de vidéosurveillance et annonça que l'escorte de la fillette était arrivée. D'un signe de tête, il lui donna la permission d'aller ouvrir la porte d'entrée et la fille s'élança. Fletch profita d'être seul avec Emily pour se pencher et lui suçoter le lobe d'oreille.

Emily gémit et pencha la tête sur le côté, lui donnant accès à son cou.

— Tu ne perds rien pour attendre, Em. Encore cinq minutes et tu seras à moi.

Elle se demandait comment ses jambes la soutenaient

encore, mais elle parvint à descendre du tabouret et à se diriger vers le jardin. Elle accueillit les coéquipiers de Fletch comme si elle ne pensait pas du tout à arracher ses vêtements et à sauter sur leur ami. Elle serra Annie dans ses bras.

— Sois sage aujourd'hui, bébé.

— Oui.

— Je t'aime. On se voit ce soir.

— Amuse-toi à ton rendez-vous numéro deux avec Fletch, lança Annie sur le ton de l'innocence avant d'accorder un rapide câlin à Fletch.

Elle monta sur la banquette arrière du pick-up.

— Oui, amusez-vous bien à votre *rendez-vous*, plaisanta Truck.

Emily rougit, mais elle ne dit rien, agitant la main vers Annie tandis que Beatle remontait derrière le volant et Blade sur le siège avant. Truck prit place à l'arrière avec Annie, et Emily continua d'agiter la main tandis que le pick-up faisait demi-tour dans l'allée de Fletch et disparaissait.

Emily sentit les bras de Fletch glisser autour de sa taille et ses lèvres effleurèrent son oreille.

— Deux, c'est ça ?

— C'est une longue histoire.

— Hmm, ça me plairait de l'entendre, mais en ce moment, j'ai d'autres choses en tête. J'essaie vraiment de rester sage. Je suis tellement dur que ça me fait mal. J'ai envie de te faire un million de choses en même temps, mais je ne sais pas par où commencer.

Elle se retourna dans ses bras.

— Que dirais-tu d'un baiser ? Je meurs d'envie de

sentir tes lèvres sur les miennes depuis la dernière fois, sous ton porche.

Elle n'avait pas à le lui demander deux fois. La bouche de Fletch revint sur la sienne et ils s'embrassèrent comme si c'était leur première fois... et leur dernière. Quand Fletch recula enfin, ils étaient à bout de souffle.

— Waouh.

Fletch ne dit pas un mot et se pencha pour soulever Emily dans ses bras. Elle s'agrippa à son cou et s'y raccrocha tandis qu'il retournait à l'intérieur.

— Ça me dit vaguement quelque chose, lui dit Emily d'un ton grave.

— Je t'ai portée comme ça quand tu étais malade dans ton appartement.

— Oh, je ne m'en étais pas souvenue jusqu'à maintenant.

— Ça ne m'étonne pas. Tu étais assommée.

— Je...

Emily marqua une pause, puis elle reprit :

— C'est agréable. Désolée d'avoir oublié. Personne ne m'avait encore jamais portée comme ça.

Fletch la posa sur ses pieds de l'autre côté de la porte et laissa une main dans son dos tout en saisissant le code de l'alarme. Ensuite, il se tourna vers elle.

— J'aime te porter. Enlève ta chemise.

— Quoi ?

Le changement de sujet était abrupt et Emily n'était pas prête.

— Retire ta chemise.

— Mais...

Manifestement, Fletch décida de passer à l'action, parce qu'il tendit la main vers le premier bouton et le détacha. Puis le deuxième. Et le troisième. Emily sourit. Bon, d'accord. Elle l'aida en commençant à partir du bas, remontant lentement jusqu'à ce que leurs mains se rejoignent.

Fletch ne détachait pas les yeux de sa poitrine tout en ouvrant son chemisier, le repoussant sur ses épaules. Emily laissa le vêtement tomber au sol et elle attendit que Fletch prenne la parole.

Mais il ne dit rien et s'attaqua au bouton de son jean. Emily remua les hanches pour l'aider à l'en débarrasser. Elle s'en délesta d'un coup de pied et attendit la prochaine initiative de Fletch.

Manifestement, elle avait choisi les bons sous-vêtements, car son souffle s'accéléra visiblement et elle vit ses pupilles se dilater à tel point que le bleu de ses yeux en fut presque englouti. Il leva les deux mains et effleura le contour de ses seins. Emily sentit la chaleur de ses paumes sur ses tétons sensibles. Ils se tendaient vers lui sous les bonnets.

— Tu es tellement belle. J'ai presque peur de te toucher, murmura Fletch.

— Je suis menue.

— Tu es parfaite.

Sans perdre de temps à parler, Fletch se pencha et déposa un baiser chaste sur la pointe de chaque sein. Emily crut que ses jambes allaient se dérober lorsqu'il gonfla ses deux seins sous ses paumes et enfouit son visage dans son décolleté pour prendre une grande inspiration.

Relevant la tête, il déclara :

— Délicieux.

— C'est ma lotion.

— Oui, acquiesça Fletch, mais c'est toi aussi.

Emily glissa la main dans son dos pour dégrafer son soutien-gorge, prête à ouvrir le bal, mais Fletch l'arrêta.

— Non, c'est à moi de le faire. Et si nous ne rejoignons pas mon lit tout de suite, nous risquons de ne jamais y arriver.

— Ça ne me dérange pas.

— Non, je rêve de te revoir dans mon lit depuis ce premier soir. Viens.

Il se pencha et la souleva de nouveau, lui arrachant un hurlement qui se termina en éclat de rire. Elle enroula les bras autour de lui tandis qu'il la conduisait dans sa chambre. En chemin, elle se pencha pour lui sucer le lobe d'oreille.

Emily ne s'était jamais trouvée sexy, mais dans les bras de Fletch qui la portait jusqu'à son lit, en le sentant frissonner lorsqu'elle caressait et titillait le lobe de son oreille, elle se sentait enivrée. Elle était moite et plus que prête.

Le matelas rebondit lorsque Fletch la déposa. Emily éclata de rire tandis qu'il se déshabillait. À aucun moment il ne la quitta des yeux. Il déboutonna son jean et le laissa tomber en même temps que son boxer. Son t-shirt suivit le mouvement et, l'instant d'après, il était sur elle, avant même qu'elle puisse le contempler.

— Le truc, c'est que je suis incapable de ralentir.

Emily sentit sa main lui caresser les côtes et descendre sur son ventre tandis qu'il ajoutait :

— J'ai l'impression de t'avoir attendue éternellement. D'avoir attendu ce moment.

Elle se cambra lorsqu'il glissa les doigts sous l'élastique de sa culotte, effleurant ses poils pubiens.

— Es-tu mouillée pour moi ?

— Oui, gémit Emily, refermant les bras autour du cou de Fletch tandis que ses doigts continuaient à lui tourner autour sans jamais la toucher là où elle en avait le plus besoin.

— Tu en es sûre ? Parce que j'aimerais mieux affronter sans arme une centaine de talibans plutôt que de te faire mal.

— J'en suis sûre. Touche-moi et tu en auras la preuve.

Elle avait à peine prononcé ces mots que ses doigts lui obéirent. Ils s'enfoncèrent entre ses replis humides avec autant d'assurance que s'il l'avait toujours fait.

— Waouh, Em. Tu es trempée.

— Je te l'avais dit.

— Rien que pour moi.

Ce n'était pas une question, mais elle répondit tout de même :

— Oui.

Elle décolla les hanches lorsqu'un doigt pénétra son écrin brûlant. Ce mouvement l'enfonça encore plus et tous deux gémirent sous la sensation.

— Ça fait des mois, en ce qui me concerne, lui annonça Fletch en insérant un autre doigt. J'étais très pris par mon travail et je m'intéressais à une voisine canon. Depuis que je l'ai rencontrée, je n'ai plus désiré aucune femme.

Emily gémit de plaisir. C'était merveilleux, mais elle

ne comptait pas s'arrêter là. Sa culotte restreignait ses mouvements et elle voulait qu'il perde le contrôle tout comme elle. Elle se redressa et le repoussa, délogeant ses doigts du même coup.

Elle baissa sa culotte sur ses hanches et le long de ses jambes tout en disant :

— Je prends la pilule. Sans cela, j'ai des règles abondantes et d'atroces maux de ventre. Cela dit, ça fait au moins deux ans que je n'ai pas couché avec quelqu'un. J'étais trop occupée, moi aussi, et honnêtement, même si j'adore ma fille, elle ne me permet pas franchement d'avoir une vie sexuelle. À partir de demain, nous devrons être créatifs. Je ne suis pas exhibitionniste, mais je jure que si nous devons nous éclipser dans le jardin pendant qu'elle regarde GI Joe, je le ferai.

Emily s'apprêta à retirer son soutien-gorge, mais une fois de plus Fletch l'interrompit.

— Non, garde-le et allonge-toi.

Elle fit ce qu'il lui demandait et le regarda dans les yeux. Une fois de plus, il était sur elle et sa main retrouvait le chemin de ses cuisses. Maintenant qu'il avait plus de place pour agir, il la caressa de plus belle, étalant sa moiteur sur son clitoris, la faisant frémir sous sa main.

— Je suis sain, Em. Tu ne risques rien avec moi.

— Moi aussi.

— J'ai un préservatif. Je peux l'utiliser si tu veux.

— Tu me jures que tu es sain ? J'imagine que tu as eu beaucoup de femmes.

— Je te le jure sur la vie de mes coéquipiers. Je n'ai rien. Et je ne me rappelle même plus les dernières femmes avec qui j'ai été avant. Depuis qu'une certaine voisine et sa petite fille ont déboulé dans ma vie, je n'ai pensé qu'à elles.

Il lui sourit tout en la caressant langoureusement, décuplant son plaisir.

— Baise-moi, Cormac. J'ai besoin de toi.

Si quelque chose le retenait encore, à ces mots il sembla enfin se lâcher. Il changea de position, écartant un peu plus ses jambes, et approcha son gland de son sexe. Il s'arrêta et resta immobile tandis qu'Emily s'agitait sous son corps. Elle enfonça les ongles dans ses côtes pour tenter de s'empaler.

— Qu'est-ce que tu attends ? demanda-t-elle dans un souffle, levant vers lui ses grands yeux ébahis.

— Je mémorise ce moment. Ce premier moment où tu m'as accueilli en toi.

Il se soutenait à une main et, de l'autre, tira sur le bonnet de son soutien-gorge pour révéler ses tétons. L'air frais les durcit encore plus. Avec légèreté, il joua avec son téton droit, puis le gauche, souriant en la voyant se cambrer dans un gémissement.

— Peux-tu mémoriser plus vite ? geignit-elle. Je croyais que tu avais dit que tu ne pouvais pas y aller lentement ?

— Une fois que je serai en toi, je ne pourrai plus m'arrêter.

Emily était conquise. Ses muscles internes se contractèrent pour comprimer le gland de Fletch au maximum. Son sexe ressortit lorsqu'elle ondula les hanches, mais il la pénétra de nouveau, retrouvant sa place et même un peu plus.

— Oh, bon sang, tu n'as pas idée à quel point c'est

bon. Ce que tu me fais, dit Fletch en serrant les dents. J'aimerais que ce moment ne se termine jamais, mais j'ai bien peur que ce soit très rapide, au contraire.

— Alors, nous recommencerons. Nous avons toute la journée, dit Emily en lui caressant les tétons du bout des doigts.

Eux aussi s'étaient changés en pointes dures sous ses attentions délicates.

— Oh oui, putain, j'adore.

Emily les pinça et il grogna de satisfaction tout en enfouissant sa queue au plus profond de son corps. Comme ça faisait longtemps, elle éprouva un léger picotement, mais cette gêne infime eut tôt fait de s'estomper lorsqu'elle se fut ajustée à sa taille. Elle bougea sous son corps, écartant les jambes et remontant les cuisses pour le laisser entrer encore plus loin. Emily sentit ses bourses, chaudes et lourdes contre ses fesses, et elle se cambra, lui offrant sa gorge.

Sans ouvrir les yeux, elle insista :

— Baise-moi, Fletch. Je veux être à toi.

— Tu *es* à moi, Em, gronda-t-il.

Il se retira et, lorsqu'il la pénétra à nouveau, son premier coup de reins lui fit pousser un gémissement. Désormais, ils ne pouvaient plus stopper la machine. Ils étaient lancés à pleine vapeur. Cette fois, ils ne s'arrêteraient pas avant d'avoir terminé.

Fletch était un amant attentionné. Il la caressait et lui pinçait les tétons tout en la pilonnant. Il regardait son visage pour adapter son rythme et s'assurer de percuter son clitoris au maximum.

— Je ne vais pas tenir longtemps, tu es trop parfaite, lâcha Fletch en s'immobilisant un instant.

Emily aurait juré le sentir palpiter en elle. Elle était à vif et presque contusionnée, mais en même temps elle vibrait de plaisir.

Lorsque sa main rejoignit le point de connexion entre leurs deux corps et que son pouce se remit à jouer avec son clitoris, Emily tressaillit dans son étreinte et il reprit ses va-et-vient.

— Oui, c'est ça, Em. Putain, tu es trop belle.

Emily changea de position, frustrée que Fletch n'exerce pas une pression suffisante sur son clitoris pour l'entraîner vers l'orgasme. Elle écarta sa main pour prendre le relais. L'orgasme était à portée et il était hors de question qu'elle ne l'atteigne pas avec lui à l'occasion de leur première fois.

— Oh, oui. C'est tellement sexy. Montre-moi ce que tu aimes. Violent et rapide, c'est ça ? Putain, l'effet que tu me fais. C'est ça... prends ton pied. Je veux te sentir. Ne m'attends pas, Em.

Emily comprenait à peine ce que disait Fletch. Elle était perdue dans un tourbillon de sensations. Elle se masturbait souvent, se touchait exactement comme cela quand elle imaginait qu'il faisait la même chose, mais cette fois, c'était mille fois meilleur. Et c'était infiniment mieux d'avoir un vrai sexe entre les jambes plutôt qu'un ersatz en plastique. Fletch était chaud et dur, et sa poigne sur ses hanches tandis qu'il allait et venait l'envoyait vers des sommets de plaisir.

— Plus fort, Fletch. Plus fort !

Naturellement, il fit ce qu'elle lui demandait. Elle

sentait les os de ses hanches claquer contre ses cuisses lorsqu'il redoubla d'ardeur. Elle ferma les yeux, mais les rouvrit quand il lui dit d'une voix rauque :

— Regarde-moi, Em. C'est la première fois que tu jouis avec moi et je veux que tu me regardes.

Emily baissa les yeux vers l'endroit où leurs corps étaient unis. Son majeur et son index frottaient frénétiquement son affleurement nerveux tandis que la queue de Fletch allait et venait, enduite des sécrétions de son propre plaisir.

Elle leva les yeux vers les siens au moment précis où elle basculait. Elle gémit et parvint tout juste à garder les yeux ouverts quand le plaisir déferla. Elle tressaillit entre ses bras et se contracta autour de lui, ses muscles internes saisis de spasmes sous l'effet de l'orgasme. La main libre d'Emily empoigna l'un de ses biceps et elle se hissa vers lui tandis que la petite mort l'ébranlait.

C'était l'une des choses les plus intimes qu'elle ait jamais vécues. C'était proprement merveilleux.

Et ce n'était pas encore fini.

— Tellement belle, putain, Em. J'ai senti que tu explosais autour de ma queue.

Les coups de Fletch étaient toujours fougueux entre ses jambes, mais elle remarqua une différence. À présent, il glissait plus fluidement en elle. Son orgasme l'avait encore plus lubrifiée.

— Je jouis. Je vais gicler en toi, tu m'appartiens maintenant, Em. Tu es à moi. Je vais te marquer, dedans comme dehors.

Fletch gémit en s'enfonçant au plus profond, l'inondant sous la force de son plaisir.

Emily sourit, détendue. Elle croyait qu'il avait terminé.

Un sursaut la saisit lorsque Fletch se retira brusquement et s'avança au-dessus de son ventre. Un dernier jet de sperme l'atteignit et elle soupira devant ce spectacle intensément charnel. Fletch tenait toujours sa queue et il s'inséra à nouveau entre ses cuisses, où il parvint à se loger malgré son corps alangui. Il s'allongea sur elle sans se soucier de ce qu'il avait produit sur son ventre.

Emily soupira d'aise et referma les bras autour de lui. Ils restèrent ainsi longuement, respirant à l'unisson, savourant le contrecoup de leurs prodigieux orgasmes.

Enfin, Fletch se hissa sur les coudes et lui adressa un sourire affectueux.

— Sur une échelle de un à dix, c'était clairement un douze.

Emily sourit.

— J'allais dire quinze.

— Ça me va. Merci, Em.

— Pourquoi ?

— Parce que tu m'as fait confiance. Parce que tu es ici avec moi. Parce que tu m'as donné ton corps. Tout entier.

— De rien. Mais honnêtement, je crois que c'est moi qui devrais te remercier... une fois de plus.

Emily baissa les yeux sur son ventre, que son orgasme avait sali.

— C'était quoi, ça ? demanda-t-elle.

Devant sa mine chagrinée, elle s'empressa de le rassurer :

— Je ne me plains absolument pas, je m'interroge, c'est tout.

Fletch se redressa et ils poussèrent un gémissement lorsque ce mouvement lui fit quitter son corps. Il entreprit alors de lui caresser le ventre, comme pour étaler son sperme sur sa peau.

— Je ne sais pas trop. Disons que j'avais envie de me voir sur toi.

— Décidément, les hommes sont vraiment visuels.

— Oui, mais ce n'est pas que ça. J'ai joui en toi et je voulais aussi te marquer à l'extérieur.

Emily lui sourit. C'était un soldat casse-cou, et à la fois un véritable adolescent en chaleur. Cette juxtaposition était franchement excitante.

— D'accord.

— D'accord ?

— Oui, d'accord. Tu sais ce que ça veut dire, n'est-ce pas ?

— Quoi ?

— Que nous devons prendre une douche tout de suite.

— Oh, oui. Nous avons carrément besoin d'une douche.

Emily sentit son intérêt ravivé contre sa cuisse et elle le regarda avec surprise.

— Vraiment ? Déjà ?

— J'ai le pressentiment qu'il n'en fera toujours qu'à sa tête avec toi.

— Quelle heure est-il ?

Fletch se pencha pour regarder le réveil sur sa table de chevet.

— Onze heures et demie.

Emily gloussa.

— Tu avais raison, ça n'a pas été long.

— Eh, je t'avais prévenue.

— C'est vrai.

— Mais maintenant que nous avons fait retomber cette première tension, il nous reste tout le temps du monde pour d'autres choses.

— Comme je l'ai dit, ça faisait un moment.

Fletch lui caressa la joue pendant un instant.

— Je sais, et tu ne peux pas savoir comme je te suis reconnaissant. J'ai une chance folle et j'en suis bien conscient. Nous pourrons faire un tas d'autres choses si ça te fait mal. Je suis impatient de te goûter et de te sentir exploser sous ma langue. Mais je dois dire que je suis loin d'en avoir terminé avec toi. Il reste encore des heures avant le retour d'Annie. Je compte bien profiter de chaque seconde.

Emily leva les yeux vers l'homme qui avait changé sa vie. Elle avait essayé de le détester, de penser les pires choses à son sujet, mais au fond, elle savait que c'était un homme bien et non le connard pour lequel Jacks avait essayé de le faire passer.

— Viens, dit Fletch en s'asseyant. Je vais te retirer cet instrument de torture.

Il désignait son soutien-gorge, qui avait glissé sous ses seins et faisait remonter sa poitrine de telle sorte qu'il avait envie de passer des heures à lui montrer combien il adorait son corps.

— Sous la douche ! Tu as déjà fait l'amour dans une baignoire ?

Emily leva les yeux au ciel en secouant la tête.

— Ça me paraît compliqué.

— Je ne crois pas. Moi non plus, je ne l'ai jamais fait, alors ce sera une première pour tous les deux. Je ne suis pas beaucoup plus grand que toi, ça devrait fonctionner.

Emily se leva et se débarrassa du soutien-gorge en dentelle. Elle aimait le regard envieux que Fletch posait sur son corps ainsi dévoilé.

— Tu veux vraiment me faire croire que tu ne t'es jamais envoyé en l'air sous la douche ?

Elle crut voir le rouge lui monter aux joues avant qu'il ne réponde.

— Eh bien, à l'exception des orgasmes en solitaire, ça m'a toujours semblé trop intimidant. Avant toi, je n'étais pas tellement attiré par ce genre de choses. Et maintenant, viens vite avant que je te ramène au lit pour ne plus jamais en sortir.

— Je n'ai aucune objection, à condition que tu prennes le côté du lit qui est mouillé.

Fletch se pencha et prit sa tête entre ses mains.

— Je n'ai aucun problème avec le côté mouillé, Em. Absolument aucun. Parce que ça voudra dire que nous sommes tous les deux comblés.

Il lui sourit.

— Ne me dis pas que tu rougis.

— Arrête. Bon, on reste ici toute la journée ou quoi ?

— Ou quoi.

En souriant, Emily lui emboîta le pas en direction de la salle de bain. Cette journée s'annonçait délicieusement longue et elle était impatiente de la vivre.

* * *

Ce soir-là, alors qu'Annie racontait la journée merveilleuse qu'elle avait passée et tous les manèges qu'elle avait essayés, ce qu'elle avait mangé et le maquillage de vrai militaire qu'on lui avait fait sur le visage, Emily s'efforçait de ne pas prêter attention aux nouveaux élancements et douleurs de son corps. Chaque fois qu'elle changeait de position sur sa chaise, elle se rappelait la force avec laquelle Fletch l'avait aimée toute la journée.

Après la troisième fois, elle avait protesté, trop endolorie pour d'autres parties de jambes en l'air. Fletch n'avait même pas discuté, mais il l'avait dévorée jusqu'à ce qu'elle explose sous ses doigts et sa langue. Elle lui avait rendu la pareille et découvert qu'offrir une fellation à Fletch était toute une expérience. Auparavant, elle n'aimait pas spécialement cette pratique, mais avec lui, c'était un jeu et elle se sentait plus puissante que jamais en voyant ses genoux faiblir au fur et à mesure que montait le plaisir qu'elle lui procurait.

En un mot, la journée avait été formidable. Fletch était un amant attentionné et prévenant. Il donnait plus qu'il ne prenait. Et entre deux déferlantes de plaisir, ils s'étaient câlinés avec tendresse, sur son lit, sur le canapé, et même sur la terrasse de derrière. C'était presque trop intense, mais il l'avait prévenue qu'une fois lancé, il ne pourrait plus s'arrêter. Il n'avait pas menti. Pas le moins du monde.

Lorsqu'Annie ralentit un peu, Emily jeta un œil vers Fletch. Il leur souriait comme s'il n'imaginait pas être ailleurs que là où il était en cet instant. Emily se dit que ce sentiment était entièrement partagé.

17

Emily s'agenouilla près de sa fille en faisant semblant de lisser son t-shirt. En réalité, elle voulait simplement regarder Annie dans les yeux pour mesurer sa réaction.

— Le programme te plaît ?

— Hmm, hmm.

Elle la dévisagea longuement en essayant de comprendre ce que pensait la fillette. Ils allaient passer la journée à Austin... Pour une fois, Fletch souhaitait sortir avec la mère et la fille. Emily avait essayé de le dissuader au motif qu'Annie serait tout aussi contente d'aller à McDonald's avec eux, mais il avait chassé ces objections en disant :

— Si je veux consacrer du temps et de l'énergie à sa mère, pourquoi n'aurais-je pas envie d'être aussi avec elle ?

Mais Emily craignait autre chose qu'une simple orgie de sucre et des bavardages incessants. Annie était déjà extrêmement attachée à Fletch. C'était une chose qu'Emily souffre si leur relation ne fonctionnait pas, mais c'en était une autre de faire souffrir *Annie* si tout ne se déroulait pas comme prévu.

— Tu te souviens quand je suis sortie quelque temps avec Rodney ? demanda Emily à sa fille.

— À l'autre appartement, répondit Annie en hochant gravement la tête.

— C'est ça. Tu l'aimais bien, lui aussi. Mais parfois, les adultes sortent ensemble sans que ça se termine par un mariage. Je sais que tu aimes Fletch et que tu voudrais qu'on se marie, mais ça n'arrive pas toujours.

— Rodney m'a dit une fois que quand vous serez mariés, il m'enverra en pension, déclara Annie avec sérieux, sans la moindre note d'humour.

— Quoi ? Il a fait ça ? *Quand ?*

La fillette hocha la tête.

— Il était venu te chercher pour un rendez-vous au truc où les gens chantent et tu étais pas encore prête.

Emily sentit les larmes lui piquer les paupières, mais elle les contrôla. Elle posa une main sur la joue d'Annie.

— L'opéra ?

Elle acquiesça.

Emily se sentit malade. Elle savait exactement quand Rodney avait parlé à son enfant. Elle terminait de se préparer avant qu'il passe la chercher. Elle n'aurait jamais imaginé qu'il puisse dire une telle horreur à sa fille.

— Je ne t'enverrai jamais nulle part, bébé. Nous sommes ensemble. Toujours. Je ne t'enverrai jamais en pension. Jamais.

Annie hocha la tête avec gravité.

— Je sais. Je l'ai dit à Rodney. Il s'est moqué de moi.

Emily attira Annie dans ses bras. Elle était furieuse de

l'apprendre seulement maintenant. Elle s'écarta sans lâcher les épaules de sa fille.

— Annie. Écoute-moi. Je t'aime. Tu es tout pour moi. Ça ne me plaît pas que tu me caches des choses.

— Je sais, maman.

— Est-ce qu'il t'a demandé de ne pas me le dire ?

— Non, dit-elle en secouant la tête. Mais ça va. J'allais te le dire, mais après tu as arrêté de sortir avec lui, alors pas besoin.

Emily examinait sa fille d'un œil critique. Elle taisait toujours quelque chose.

— Après ça, nous ne sommes sortis ensemble qu'une seule fois.

— Je sais.

— Qu'est-ce que tu as fait ?

Annie se mordit la lèvre et détourna les yeux.

— Annie, regarde-moi.

Emily attendit que la fillette soutienne à nouveau son regard et répéta :

— Qu'est-ce que tu as fait ?

— Je voulais pas être envoyée. Je pensais que tu le ferais pas et je savais que tu l'aimais pas beaucoup. Il avait une drôle d'odeur, comme les frites. Et tu disais toujours que les frites sont pas bonnes pour nous. Ton patron a appelé et tu es allée dans ta chambre pour répondre.

— Continue, insista Emily lorsqu'Annie s'interrompit.

— Je lui ai juste dit que c'était difficile d'être un enfant, protesta Annie dont les yeux se remplissaient de larmes à l'idée que sa mère puisse se fâcher. Je lui ai parlé de quand j'ai eu les poux dans mes cheveux, et j'ai dit que tu m'aidais tout le temps à faire mes devoirs. Et qu'une nuit j'étais malade et j'avais vomi sur le lit et sur toi. Mais aussi, j'ai dit que j'aimais chanter en public et que j'avais hâte d'être assez grande pour inviter mes dix meilleurs amis à dormir à la maison, et que l'endroit où je préfère manger dans le monde entier c'est Chuck E. Cheese parce qu'il y a plein de jeux et de musique.

Emily avait envie de rire, mais elle se retint. À ce moment-là, elle avait déjà décidé que sa relation avec Rodney n'irait pas plus loin, mais apparemment, sa fille l'avait aidée à rompre.

— Ann Elizabeth. Tu sais très bien que c'est mal.

Annie fit la moue en regardant fixement le sol. Elle ajouta dans un murmure :

— Je voulais pas que tu l'aimes plus que moi et que tu me chasses.

Cette fois, le rire qui avait titillé Emily disparut instantanément. Parfois, elle oubliait qu'Annie n'avait que six ans. Elle posa les doigts sous le menton de sa fille et lui inclina le visage pour la regarder dans les yeux.

— Je ne te chasserai *jamais*. Quoi qu'il arrive. Je t'aime, bébé. Tu es la plus belle chose qui me soit jamais arrivée. Aucun homme ne se mettra jamais entre nous. Jamais.

Annie renifla et se frotta le nez du revers de la main.

— Promis ?

— Juré craché.

Emily tendit la main et sourit lorsque l'auriculaire d'Annie se referma autour du sien pour sceller le pacte.

— Bon, revenons à aujourd'hui. J'aime bien Fletch et

je crois vraiment qu'il m'aime aussi. Parfois, il arrive que les adultes s'aiment bien, mais quand ils sortent ensemble depuis un moment, ils décident qu'ils ne s'aiment plus autant.

— Comme les parents de Tommy. Ils n'habitent plus dans la même maison. Les jours d'école il est avec sa maman et le week-end avec son papa.

— Oui, en quelque sorte, acquiesça Emily.

— Mais tu as eu quatre rendez-vous avec Fletch. Je crois qu'il t'aime bien.

— Je veux que tu t'amuses aujourd'hui, répondit sa mère en souriant. Mais tu dois aussi savoir que nous n'allons peut-être pas nous marier. Je ne voudrais surtout pas que tu sois déçue si ça n'arrive pas. D'accord ?

— D'accord. Mais maman ?

— Oui, bébé.

Annie se pencha vers sa mère et murmura :

— Je le sens bien pour Fletch.

Emily éclata de rire en secouant la tête. Elle aurait essayé. Elle se leva et fit la grimace lorsque ses genoux craquèrent.

— Qu'as-tu le plus hâte de faire aujourd'hui ?

Ils iraient au grand complexe Millennium pour les jeunes, dans l'est de la ville d'Austin. C'était un immense bâtiment avec cinéma, bowling, piste de roller, restaurants et salle d'arcade. Emily savait que la journée serait épuisante pour Annie et elle, mais quand Fletch l'avait proposée, il semblait si enthousiasmé par son idée qu'elle n'avait pas eu le cœur de refuser. Cet homme n'avait pas idée de ce qui l'attendait. Aucune. D'abord, il avait suggéré un laser-game, mais Emily s'y était opposée. Elle avait beau savoir qu'Annie adorerait cela, sa fille était encore un peu jeune pour courir partout en essayant de tirer sur les gens.

— Le roller. J'en ai jamais fait, répondit Annie.

— Tu crois pouvoir rester debout sans tomber ?

Annie haussa les épaules et se tourna vers le miroir. Elle s'empara de sa brosse et entreprit de la passer dans ses chèveux.

— Je sais pas, mais Fletch sera là pour m'aider.

Emily ne trouvait rien à redire.

— Et le bowling ? Tu aimes le bowling.

— Oui. Fletch et moi, on a un pari.

— Quoi ? Quel genre de pari ? demanda Emily.

Décidément, elle devrait avoir une petite conversation avec lui sur quelques points.

— Je crois que c'était pas vraiment un pari parce que tu lui as interdit de faire des paris dans toute sa vie. Mais il a dit que toi et moi ensemble, on pourrait même pas le battre lui tout seul.

— Ah, il a dit ça ? fit Emily en se penchant pour serrer sa fille dans ses bras.

Elle approcha son visage de celui de sa fille et elles se regardèrent l'une l'autre dans le miroir.

— Tu ne lui as pas dit que je t'emmenais à toutes les soirées bowling gratuites pour les familles depuis que tu as trois ans, n'est-ce pas ?

— Non.

Elles se sourirent.

— Il est fichu, lui dit Emily.

— Oui.

La mère et la fille échangèrent un rire complice. Elles allaient bien s'amuser.

Emily regardait Fletch « apprendre » à Annie à jouer au bowling. Ils étaient arrivés au complexe de jeux et avaient mangé un morceau. Le trajet jusqu'à Austin n'était pas long, mais bien sûr, Annie était affamée. Depuis que Fletch s'était rendu compte qu'elles se contentaient souvent de peu, en matière de nourriture, il s'était senti investi d'une mission, les faire manger sainement et cuisiner tous leurs repas. Il avait juré qu'elles n'auraient plus jamais faim.

Après avoir expédié ses nachos, Annie avait déclaré qu'elle voulait d'abord jouer au bowling. Emily savait que la fillette risquait d'exploser si elle ne « piégeait » pas Fletch le plus tôt possible.

Ils avaient changé de chaussures et trouvé une piste disponible. Fletch était debout derrière Annie et il lui montrait les trous dans la boule avant de désigner les quilles, tout au fond. Emily essaya de dissimuler son sourire derrière sa main. Au même moment, Fletch se tourna vers elle.

— Quoi ?

— Quoi, *quoi* ? demanda-t-elle d'un air innocent.

— Pourquoi souris-tu ?

Emily répondit du tac au tac :

— J'aime te voir avec Annie.

Fletch se pencha vers la fillette et lui dit quelque chose. Annie sourit en acquiesçant.

Il revint alors vers Emily, la mine déterminée et indéchiffrable. Il s'approcha d'elle et posa les deux mains sur sa taille. Puis il s'avança et dit à mi-voix :

— Tu as élevé une fille formidable, Em. Elle est drôle, vive et sensible à ceux qui l'entourent.

Emily rayonnait. Rien ne lui faisait plus plaisir que d'entendre quelqu'un complimenter sa fille.

— Mais elle est aussi coquine, maline et trompeuse. Exactement comme sa mère.

Consciente qu'il avait raison, Emily s'efforça de garder son sérieux et de rester désinvolte. Elle feignit d'être vexée.

— Qu'est-ce que tu veux dire ?

— Ne me regarde pas comme un chien battu. Tu sais très bien ce que je veux dire.

Fletch la retourna et se plaça dans son dos. Ils regardaient Annie devant sa piste de bowling. Une main sur le ventre d'Emily et l'autre sur sa hanche, il l'attira à lui. Elle se blottit contre son corps.

— Allez, Annie, montre-nous ce que tu sais faire, lança-t-il à la fillette qui trépignait, impatiente de lancer la boule soi-disant pour la première fois.

Ensemble, ils regardèrent Annie s'avancer d'un pas assuré, la boule dans la main, plier les genoux et la lancer dans un alignement parfait.

— Ce n'est pas la première fois, commenta Fletch alors que la boule remontait l'allée, lentement mais sûrement, abattant sept quilles d'un seul coup. Je vais perdre, pas vrai ?

Ils virent Annie se retourner vers eux avec un immense sourire.

— Sept, c'est bien, Fletch ?

— Oh, misère. Je suis fichu.

Cette fois, ce n'était plus une question.

Emily se retourna dans les bras de Fletch et l'embrassa délicatement sur les lèvres. Elle adorait qu'il soit à l'aise avec les démonstrations d'affection en public. Chaque fois qu'elle l'embrassait ou lui prenait la main, les yeux de Fletch luisaient de désir.

— Oui, tu es foutu, Cormac.

Une heure et demie plus tard, Fletch s'effondra sur la banquette, vaincu.

— Vous avez gagné, les filles. D'ailleurs, j'avais déjà perdu au premier spare d'Annie.

La fillette entama une danse de la victoire et Fletch fut incapable de retenir un grand éclat de rire. Il se pencha et souleva Annie, la retournant sur ses genoux pour la chatouiller. Les gloussements de la petite fille retentirent dans la salle bondée tandis qu'elle se tortillait en hurlant pour échapper aux doigts agiles de Fletch.

Enfin, il la redressa et l'assit en travers de ses genoux avant de se tourner vers Emily.

En voyant ses yeux humides, son comportement changea du tout au tout.

— Quoi ? Qu'y a-t-il ?

— Rien, dit aussitôt Emily pour le rassurer en s'essuyant les joues.

— Em, quoi ?

— Rien, je suis... heureuse, Fletch. Ce sont des larmes de joie.

En comprenant ce qu'elle ne disait pas, Fletch se pencha, Annie toujours sur ses genoux, et posa sa main libre derrière son cou pour l'attirer à lui. Il l'embrassa avec fougue. Ce n'était sans doute pas un baiser approprié à l'endroit où ils se trouvaient, d'autant moins qu'Annie les dévisageait attentivement, mais Emily s'en fichait éperdument.

Il posa son front contre celui d'Emily et murmura :

— Tant que ce sont des larmes de joie, je les accepte. Ce sont les autres que je ne supporte pas.

— Viens, Fletch. Tu as dit que quand je t'aurai battu tu me montreras comment faire du roller, supplia Annie en quittant ses genoux.

Fletch recula et passa le pouce sous l'œil humide d'Emily. Sans détourner le regard, il répondit à Annie :

— Exact, petit lutin. Tu peux rapporter nos chaussures ? Ensuite, nous irons faire du roller.

— Youpi ! s'exclama Annie, enthousiaste.

Emily sourit à sa fille lorsqu'elle se laissa tomber au sol en arrachant les chaussures de location. Elle attendit impatiemment que sa mère et Fletch se déchaussent à leur tour.

— On arrive tout de suite. Ne va pas plus loin que le comptoir, l'avertit Fletch. Je ne veux pas te perdre de vue une seule seconde.

— Promis ! le rassura Annie.

Fletch et Emily regardèrent la fillette courir jusqu'au comptoir et prendre sa place dans la file d'attente.

— Merci, Fletch, dit Emily à mi-voix. Elle s'éclate comme jamais.

— J'ai l'impression que c'est moi qui devrais te remercier, dit Fletch avec sérieux. Je n'ai jamais vraiment pensé avoir des enfants. À cause de mon métier. Je me disais que c'était un rêve un peu fou, ou en tout cas, qu'il me faudrait attendre de très nombreuses années avant d'en avoir. Cette journée était formidable. Bien sûr, je savais qu'Annie était super, mais en la voyant comme ça, aussi insouciante, je...

Sa voix se brisa et il dut se racler la gorge avant de poursuivre :

— Ça compte plus que tout. J'ai l'impression que tout ce que je fais a un sens. En la voyant heureuse et libre, je comprends une chose que je n'avais encore jamais comprise. Chaque mission a un objectif.

Emily posa une main sur l'avant-bras tatoué de Fletch. Il avait les yeux rivés sur Annie qui progressait dans la file d'attente. Elle se pencha et déposa un baiser sur son menton, puis sa tempe, et elle s'avança pour chuchoter à son oreille :

— Toi, ce soir, tu auras beaucoup de chance.

Fletch tourna la tête si rapidement qu'Emily eut à peine le temps d'inspirer avant que ses lèvres rencontrent les siennes. Sa langue plongea dans sa bouche et, une fois de plus, il posa la main sur sa nuque. Cette fois, ce n'était pas une caresse tendre. Il voulait la maintenir en place tandis qu'il montait sensuellement à l'assaut de sa bouche.

Ce ne fut pas très long, en revanche, car Fletch semblait parfaitement conscient qu'ils se trouvaient dans une salle de bowling, entourés de familles. Il tourna la tête vers Annie et murmura sans regarder Emily :

— Bon sang, tu me mets dans tous mes états, ma belle. Je suis à toi.

Emily gloussa tandis que son pouce lui caressait le

cou, lui donnant la chair de poule sur les bras. Il n'avait toujours pas retiré sa main quand elle posa la tête sur son épaule.

Ils restèrent assis pendant un moment, à regarder Annie rendre leurs chaussures de bowling et revenir en courant vers eux, leurs autres paires sur les bras.

— Voilà ! Dépêchez-vous ! Je veux faire du roller !

Le moment de tendresse était passé. Fletch se redressa *lentement* et tendit le bras pour récupérer ses rangers. Il les enfila en prenant tout son temps, comme pour torturer la petite fille. Emily suivit le mouvement. Bientôt, Annie dansait presque autour d'eux en les suppliant d'accélérer.

Fletch se leva et tendit la main vers Emily. Sa paume chaude contre la sienne fit bondir son cœur, mais ce fut la petite main d'Annie dans l'autre qui acheva de le faire fondre. La fillette était affectueuse, mais elle ne lui avait encore jamais tenu la main.

Il n'était pas fleur bleue, et pourtant en cet instant, il savait qu'il ferait tout ce qui était en son pouvoir pour garder Emily et Annie dans sa vie.

Emily regardait Fletch et Annie décrire lentement des cercles sur la piste de roller. Annie avait lâché Fletch juste assez longtemps pour qu'ils puissent attacher leurs patins. Dès qu'ils furent bien lacés à leurs pieds, elle lui avait repris la main. Le duo progressait sur la piste avec une foule d'autres enfants et adultes.

Accoudée sur la rambarde en bois, Emily vit Fletch

écarter Annie de sa trajectoire pour éviter un groupe d'enfants qui venait de tomber. Puis il se plaça entre la fillette et un autre gamin qui filait à toute allure sur la piste sans prêter attention aux autres. Quand Fletch rejeta la tête en arrière pour rire à ce qu'avait dit Annie, elle soupira.

Fletch était formidable. Bien sûr, elle n'était encore jamais sortie avec un homme et sa fille en même temps, mais elle sentait que leur connexion n'était pas classique. Annie était fatigante, elle le reconnaissait volontiers. Emily adorait sa fille, mais ses questions incessantes, son énergie inépuisable, son enthousiasme pour la vie et son obstination ne favorisaient en aucun cas la détente.

Pourtant, en voyant Fletch avec elle, Emily n'aurait jamais deviné qu'il s'était levé à quatre heures et demie du matin pour faire du sport alors qu'ils s'étaient endormis à deux heures après avoir fait l'amour. Cet homme était un robot. Il parvenait à tout mener de front. Et Emily était en train de tomber amoureuse de lui.

Non. Elle était *déjà* amoureuse de lui.

Cette pensée aurait dû lui faire peur, mais curieusement, elle était sereine. On disait toujours que lorsqu'on rencontrait son âme sœur, on le savait. Et Emily savait.

— Maman ! Regarde-moi ! lança Annie alors qu'ils passaient à bonne vitesse.

— Tu te débrouilles très bien, bébé ! répondit consciencieusement Emily en agitant la main.

Fletch lui adressa un petit sourire sans rien dire.

— Ils sont très mignons, commenta alors une femme à côté d'Emily.

— Oh, merci. Oui.

— On dirait qu'elle mène son papa au doigt et à l'œil.

Emily ouvrit la bouche pour expliquer que Fletch n'était pas son père, mais elle se ravisa et hocha la tête.

— Oui, on peut le dire.

— Quelle chance, répondit la femme avant de s'éloigner. Amusez-vous bien.

Elle n'avait pas rectifié l'erreur de l'inconnue, d'abord parce que ce serait trop compliqué à expliquer, mais aussi parce que c'était agréable que quelqu'un pense que Fletch était tout à elle. C'était peut-être puéril et un peu bête, mais c'était la vérité.

Après ce qui lui sembla durer au moins cinquante tours, Annie déclara enfin forfait. Fletch et la fillette rejoignirent Emily, qui les attendait. Il l'aida à enjamber le bord de la piste. Pendant tout ce temps, Annie parlait sans arrêt.

— Tu m'as vue, maman ? C'était trop bien ! Au début j'y arrivais pas, mais Fletch m'a aidée à garder l'équilibre. Tu as vu qu'il sait en faire *à l'envers* ? J'aimerais savoir, mais Fletch dit que si je m'entraîne j'y arriverai aussi. Après, il m'a lâchée, mais il est resté juste derrière. Tu as vu ça ? J'ai réussi toute seule ! C'est comme quand tu m'as appris à faire du vélo. J'avais peur, mais tu me tenais tant que j'y arrivais pas. On pourra revenir ?

Laissant Annie continuer sur sa lancée, Emily regarda Fletch. L'amour qu'elle ressentait redoubla lorsqu'il articula :

— Merci.

Il affichait le plus grand sourire qu'elle ait encore jamais vu sur son visage.

À son tour, elle sourit et articula sans un bruit, se désignant du doigt :

— Attends ce soir !

Elle ne l'aurait jamais cru possible, et pourtant son sourire devint encore plus radieux.

***

Le silence était retombé dans l'habitacle obscur du pick-up. Ils rentraient à la maison après un dîner au restaurant. Fletch ne se sentait pas le courage de manger à Chuck E. Cheese, le célèbre restaurant pour enfants, mais il avait réussi à convaincre Annie en lui disant que tous les bons soldats devaient veiller à leur apport en protéines et manger au moins un beau gros steak par semaine.

Emily s'amusait de la facilité avec laquelle Fletch manipulait Annie pour la pousser à faire les bons choix. C'était agréable de partager la responsabilité de l'éducation de sa fille pour une fois. Très agréable.

— Maman a dit que je pourrai porter des rangers de combat quand vous serez mariés, annonça Annie alors qu'ils roulaient sur l'I-35 qui les conduisait chez eux.

Emily faillit s'étrangler. Juste ciel ! Elle ouvrit la bouche pour répondre – quoi, elle n'en savait trop rien –, mais Fletch la coiffa au poteau :

— Je suis d'accord.

— Fletch, souffla Emily. Ne l'encourage pas.

Il jeta un œil vers elle et répondit avec sérieux :

— Pourquoi pas ?

— Tu veux regarder ton film ? demanda Emily à sa fille, sans prêter attention à Fletch et à la conversation.

— *Small Soldiers* ! s'écria Annie, ravie qu'on lui propose son film préféré.

Elle en connaissait tous les dialogues par cœur et pouvait les réciter n'importe où, n'importe quand.

Emily lança la vidéo et tendit à sa fille la tablette et les écouteurs de Fletch. Dix minutes plus tard, la fillette s'était endormie.

— Je crois qu'elle a passé une excellente journée, dit Emily en jetant un œil vers la banquette arrière, où Annie dormait du sommeil du juste sur son siège rehausseur.

La tablette dans ses mains projetait une lueur saccadée sur ses joues.

— Moi aussi, répondit Fletch d'une voix douce. Merci de m'avoir permis de sortir avec vous.

— On s'est bien amusés. Mais tu sais, reprit Emily avec une hésitation. Tu ne devrais pas l'encourager.

— Comment ça ?

— Cette histoire de mariage. Elle en est à un âge où elle s'accroche aux choses. Je ne voudrais pas qu'elle soit déçue.

— Et si ce n'était pas mon intention ?

— Quoi donc ?

— De la décevoir, répondit Fletch d'un ton grave et vibrant. Je t'apprécie, Emily. Beaucoup. Je ne sors pas uniquement avec toi pour le sexe. J'ai bien l'intention de faire durer cette relation. Jusqu'au bout.

— Fletch...

— Je sais, c'est encore tôt. Mais sache que je ne joue pas avec vous deux. D'accord ?

— D'accord.

Emily avait envie d'ajouter quelque chose, mais elle ne pouvait se résoudre à l'évoquer.

Fletch posa une main sur sa cuisse tandis qu'ils terminaient le trajet dans un silence agréable.

Lorsqu'ils se garèrent devant la maison, Annie dormait toujours à poings fermés. Fletch se tourna vers Emily.

— Je peux t'aider à la mettre au lit ?

— Bien sûr.

— Ensuite, je pourrai t'aider à te mettre au lit ?

Emily sourit et se pencha vers Fletch, effleurant ses lèvres.

— Je t'ai dit que tu aurais beaucoup de chance ce soir, pas vrai ?

— Oui, confirma-t-il en souriant, les mains toujours sur le volant.

— Alors, tu pourras me mettre au lit ensuite.

En voyant le désir dans son regard, Emily se trémoussa sur son siège. Comme elle désirait cet homme ! Ses tétons durcirent sous son t-shirt et elle n'avait qu'une seule envie, lui sauter dessus dans son pick-up et faire des folies de son corps.

— On est arrivés ? fit alors la petite voix d'Annie sur la banquette arrière.

— Oui, lutin. On est à la *maison*, répondit Fletch en insistant sur le dernier mot sans quitter Emily des yeux.

— Tant mieux. J'ai faim.

Emily éclata de rire devant l'air surpris de Fletch.

Elle avait beau avoir envie de filer tout de suite au lit, maintenant qu'Annie était réveillée et qu'elle semblait avoir faim, ils allaient devoir attendre plus longtemps.

— Bientôt, dit Emily à Fletch en détachant sa ceinture.

— Bientôt, acquiesça-t-il en descendant du pick-up.

Quelques heures plus tard, Emily était allongée dans les bras de Fletch, satisfaite et heureuse.

— C'est la meilleure journée de ma vie, déclara-t-elle avec assurance.

— Je confirme.

Il serra le corps nu d'Emily contre le sien.

— Mais j'espère bien que chaque jour à partir de maintenant sera meilleur que le précédent.

— Fais-toi plaisir, soldat, répondit Emily sur le ton de la plaisanterie. Ce n'est pas moi qui t'en empêcherai.

Fletch déposa un tendre baiser sur le front d'Emily avant de se laisser retomber sur le matelas.

— Tu ne connaîtras plus jamais la faim. Annie et toi, vous êtes en sécurité avec moi. Je ferai tout ce qui est en mon pouvoir pour m'assurer que Jacks ne s'approche jamais de vous.

Sa remarque arrivait comme un cheveu sur la soupe, mais elle comprenait. Elle commençait à s'habituer au mode de pensée de Fletch.

— Ce n'était pas ta faute, dit-elle.

— Un peu. Nous en avons parlé, répondit Fletch. Il est venu te voir une fois. Il est toujours en liberté. Je ne le laisserai plus s'approcher de toi.

— Tu n'es pas Dieu, Fletch. Tu ne sais pas ce qui va se passer dans l'avenir.

— Bien sûr, mais je te promets qu'Annie et toi, vous ne craignez rien.

— D'accord.

Au fond, elle savait qu'il ne pouvait par garantir leur sécurité à cent pour cent. Après tout, la fusillade à l'école d'Annie en était la preuve. Les gens étaient responsables de leurs actes et à moins que Fletch reste avec elles vingt-quatre heures sur vingt-quatre et sept jours sur sept, il ne pouvait rien promettre.

— D'accord, répéta Fletch. Maintenant, dors, Em.

— Bonne nuit. Merci pour cette merveilleuse journée. Pour moi et pour Annie.

— Il n'y a pas de quoi. Nous pourrons le refaire un de ces quatre.

— Youpi !

Fletch sourit contre les cheveux d'Emily tandis qu'elle s'endormait dans ses bras. Il la serra contre son cœur.

Elles étaient à lui. Annie et elle.

À son tour, il sombra dans le sommeil, heureux de savoir que les deux filles les plus importantes de sa vie étaient en sécurité sous son toit.

18

Emily souriait à Annie qui lui parlait depuis le siège arrière. Elles rentraient de l'école. Le mois qui venait de s'écouler avait été fabuleux. Non seulement Fletch et elle s'entendaient de mieux en mieux – et plus que cela, pour être honnête –, mais Annie s'épanouissait sous l'attention de Fletch et de ses coéquipiers.

Ils devaient faire preuve d'imagination pour passer du temps tous les deux. Emily n'était toujours pas entièrement à l'aise de faire l'amour alors qu'Annie était dans la maison, mais étant donné que sa fille avait le sommeil lourd, elle se détendait un peu plus chaque jour.

Emily était tombée amoureuse de Fletch en un rien de temps. Il semblait aussi satisfait de rester sagement au lit avec elle que de faire l'amour. Il n'insistait pas quand elle hésitait, mais chaque fois qu'ils le faisaient, c'était une expérience inoubliable.

Une nuit, Emily s'était réveillée sans trop savoir pourquoi. Elle n'avait pas pu résister à l'envie de réveiller Fletch en le suçant. Quelques minutes plus tard, il la prenait par-derrière, ses cris étouffés par l'oreiller. Il était créatif et généreux, et Emily était enchantée de l'évolution de leur relation, à la fois sur un plan physique et général.

Annie et elle étaient rarement seules à la maison. Si Fletch était absent pour une quelconque raison, il envoyait l'un de ses coéquipiers leur tenir compagnie. Les autres avaient tous passé du temps à écouter Annie raconter ce qu'elle apprenait à l'école ou à lui faire la lecture. La fillette adorait que ces grands gaillards lui lisent des livres. Emily aurait pu être jalouse, mais elle devait admettre qu'elle aimait bien entendre leurs voix graves interpréter les scènes des différentes histoires.

Après chaque chapitre d'Alice Roy, Annie aimait en discuter. Les garçons s'étaient toujours montrés patients. Ils écoutaient attentivement ce qu'Alice avait fait et ce qu'elle aurait dû faire, selon Annie, pour éviter de s'attirer des ennuis. Tout ce qui avait trait à l'espionnage et à l'auto-défense semblait fasciner la fillette. Emily s'en serait inquiétée, mais les gars veillaient à ne rien lui apprendre qui ne corresponde pas à sa tranche d'âge.

Tout cela était très émouvant pour Emily, car Annie n'avait jamais connu d'interaction positive sur le long terme avec aucun homme dans sa vie. Elles avaient croisé trop de connards comme Jacks et leur ancien propriétaire.

Un soir qu'elle montait voir sa fille, elle l'avait retrouvée assise sur son petit lit avec Truck, et son cœur s'était serré. Truck était bien trop grand pour le lit de la fillette, mais il ne semblait pas s'en formaliser. Annie était étendue à côté de lui et elle regardait le livre qu'il lisait, mais elle avait posé son bras sur son large torse, sa main sur sa joue. Inconsciemment, elle caressait sa cicatrice sous son petit pouce, comme pour tenter de l'apaiser. Emily s'était retirée discrètement pour les laisser seuls tous les deux, de peur d'éclater en sanglots et de se couvrir de honte devant le pauvre Truck.

Rayne aussi était une belle surprise. Chaque fois que Ghost venait à la maison, Rayne l'accompagnait. C'était une fille simple et drôle. Emily savait qu'elles deviendraient des amies très proches dans l'avenir... du moins, elle l'espérait. Elle n'avait pas revu Mary depuis la fois où elle était venue avec Rayne jouer les baby-sitters, mais cette dernière lui avait promis d'organiser quelque chose sous peu.

Dans l'ensemble, Emily était très heureuse. Elle n'avait pas prévu de vivre chez Fletch indéfiniment, mais elle se sentait en sécurité et comblée dans cette maison – et surtout dans son lit.

Elles étaient presque arrivées et Emily avait hâte de voir ce que Fletch pensait du dessin qu'Annie lui avait fait. La fillette le lui avait montré dès qu'elle était montée dans la voiture. Les traits enfantins représentaient un homme en planque dans la brousse. En dessous, Annie avait écrit : « Papa Fletch ». Emily savait qu'il l'adorerait. Il lui avait dit qu'il comptait sortir tôt du travail et qu'il rentrerait à peu près à la même heure qu'elles.

— ... ensuite Madame O a dit que c'était le moment de faire des maths et Crissy a pleuré. En fait, elle a pleuré parce qu'elle aime pas les maths ! Je lui ai dit que je pouvais l'aider, mais...

Les paroles d'Annie furent brusquement interrompues lorsqu'une voiture surgit de nulle part et les emboutit par-derrière.

Emily se sentit projetée en avant. Son crâne produisit un bruit sinistre en heurtant le volant lorsque l'autre voiture entra en collision avec son pare-chocs. La ceinture de sécurité remplit son office, mais ce ne fut pas assez rapide pour lui éviter de cogner le volant.

Après avoir repris ses esprits, Emily songea immédiatement à Annie. La petite fille avait crié au moment de l'impact, mais à présent, elle était silencieuse.

Une vitre se brisa et Emily se retourna sur son siège pour s'assurer qu'Annie allait bien. Ce qu'elle découvrit la laissa sans voix.

Un homme qu'elle n'avait encore jamais vu, dans une tenue camouflage de la tête aux pieds, avait passé la main par la vitre qu'il venait de briser en direction d'Annie. Il appliqua un tissu blanc sur sa bouche et sur son nez. De l'autre main, il détacha sa ceinture de sécurité avec l'intention manifeste de la soulever de son siège.

Les yeux exorbités, Annie essayait d'éloigner la main de l'homme, mais en vain.

Emily envisagea d'écraser la pédale d'accélération, mais elle chassa rapidement cette idée de peur que l'homme ne fasse tomber Annie au sol lorsque la voiture démarrerait. Elle triturait sa propre ceinture pour tenter de la détacher et elle ouvrait déjà la bouche pour appeler au secours quand une main jaillit sur sa gauche et couvrit son nez d'un chiffon.

Elle se débattit sous la poigne ferme. Lorsqu'elle leva les yeux, ce fut pour découvrir Jacks en tenue de camouflage, debout à sa portière.

— Reste tranquille, salope.

Ses mots semblaient déjà lointains. Emily n'obéit pas. Hors de question qu'elle reste tranquille. Elle se débattit, mais ses mouvements étaient lents. La substance dont le tissu était imprégné agissait déjà et sa conscience perdait le combat. Sa dernière pensée fut pour sa fille.

Fletch déposa quelques quartiers de pomme sur une assiette pour Annie, comme chaque fois qu'il arrivait à la maison plus tôt que les deux filles. Malheureusement, c'était plus souvent l'inverse. Elles rentraient vers quinze heures, et la majeure partie du temps, il ne terminait pas avant dix-sept heures trente à la base. Pourtant aujourd'-hui, après que Ghost eut échangé avec le colonel à propos de Jacks et de son escouade d'infanterie, le colonel leur avait donné le reste de la journée.

À l'évidence, même si Jacks était en cours de licencie-ment pour sa manigance d'extorsion ridicule, il refusait de lâcher l'affaire. Il continuait ses intimidations de collé-gien, avec de vagues menaces envers Fletch et son équipe. De temps à autre, il suivait l'un d'entre eux jusque chez lui. Il ne faisait rien d'illégal en soi, mais Ghost tenait à ce que chacun signale le moindre incident.

Ils ne pouvaient pas prouver que Jacks travaillait avec d'autres soldats de son escouade, mais c'était fort probable. Il les avait sans doute convaincus qu'il s'agissait d'une sorte de jeu et qu'ils s'en tireraient tous sans consé-quence tant qu'il n'y avait rien de concret.

Le colonel commençait à en avoir assez de ces enfantillages et il avait signalé ce comportement au général responsable de la base. Dans le meilleur des cas, tous les militaires impliqués dans cette sale histoire de jalousie, qu'ils agissent par méchanceté ou simple humour de mauvais goût, seraient mutés. Le pire qui puisse leur arriver serait de recevoir une note sur leur évaluation, de la part de leur officier ou sous-officier, stipulant qu'ils se comportaient mal avec les autres, ce qui risquait d'entraver leurs promotions pendant quelque temps.

Pour Fletch, ce n'était pas suffisant. Jacks avait épouvanté Emily. Bon Dieu, à cause de lui, elle avait cessé de s'alimenter parce qu'elle n'avait pas assez d'argent pour s'acheter de quoi manger. Il avait menacé d'arracher la fillette de six ans à sa mère. Le pire dans cette sombre histoire, c'était que Jacks et ses amis avaient fait perdre à Fletch des mois précieux avec Emily. Dire qu'il aurait pu avoir la mère dans son lit et la fille dans sa propre chambre au bout du couloir pendant tout ce temps ! Ça le rendait fou de rage.

Fletch était toujours contrarié d'avoir cru que Jacks était son petit ami alors qu'en réalité, ce type terrorisait Emily juste sous son nez. C'était sa faute. Il ne présumerait plus de rien à l'avenir. Il l'interrogerait sans perdre de temps.

Consultant sa montre, Fletch se rendit compte pour la première fois qu'Emily était en retard. D'habitude, elle était ponctuelle comme une horloge. Il se demanda si quelque chose l'avait retenue au travail ou à l'école d'Annie. Son téléphone sonna alors qu'il venait de refermer le réfrigérateur après y avoir rangé les pommes.

— Ici Fletch.

— Est-ce qu'Emily va bien ? demanda Coach d'une voix insistante.

— Qu'est-ce que tu veux dire ? répondit Fletch.

— Je suis devant ton allée et la voiture d'Emily est là, dans le fossé de l'autre côté de l'accotement, la portière ouverte et l'arrière défoncé.

Fletch s'était élancé avant que Coach ait terminé de parler. Il ignorait pourquoi son coéquipier se trouvait dans la rue, mais c'était sans importance.

— Em n'est pas là ? demanda-t-il. Et Annie ?

— Non, vieux. Il n'y a personne. J'ai regardé sous les arbres, mais je n'ai rien vu.

— J'arrive tout de suite.

Fletch raccrocha et se rua vers la porte d'entrée sans se soucier de programmer son alarme. Il courut à toutes jambes, passant devant l'appartement du garage en direction de la rue. Au bout de l'allée, il marqua une pause pour savoir où aller avant de tourner à droite en apercevant la vieille Honda d'Emily à côté du pick-up de Coach.

Fletch essaya d'évaluer la scène tout en courant. La portière du côté conducteur était ouverte. Il jeta un œil à l'intérieur sans y toucher. Le sac à main d'Emily se trouvait par terre, au pied du siège passager, comme s'il y avait été projeté par l'impact. Il baissa les yeux et remarqua des empreintes de pas dans la terre. La voiture avait été poussée hors de la route, sur le bas-côté. Les empreintes s'arrêtaient à la portière et repartaient dans l'autre sens. Une seule paire. Fletch serra les dents en comprenant ce que cela signifiait.

Il contourna le capot pour rejoindre l'autre côté. La portière arrière était toujours fermée, mais la vitre avait

volé en éclats. La ceinture de sécurité d'Annie était détachée et du verre jonchait la banquette ainsi que le sol à
l'extérieur. Une fois de plus, il n'y avait que deux
empreintes de pas, qui arrivaient à la voiture et s'en éloi-
gnaient en sens inverse.

Sur le siège rehausseur d'Annie, il découvrit un bout
de papier plié.

— Des gants.

Fletch accorda à peine un coup d'œil à son ami en
récupérant les gants en cuir noir que lui tendait Coach. Il
les enfila à la hâte et ramassa le morceau de papier.

Revanche.
Notre ville.
Route Old Home.
21 h.
Mission : sauver les otages.

Fletch avait envie de tuer ces fils de putes.

Le scénario le plus probable était que Jacks avait
drogué Em et Annie afin de s'en servir comme appâts
dans son jeu malsain. C'était la seule raison qui expli-
quait leur disparition ainsi que les empreintes menant à
leur voiture. Elles ne s'étaient tout de même pas vola-
tilisées.

Il n'en revenait pas que Jacks et ses amis aient poussé
le vice aussi loin. Mais ils avaient commis une grosse
erreur. Fletch ne savait pas ce que signifiait « notre ville »,

mais cela n'avait aucune importance. L'équipe avait six heures pour établir un plan d'action.

En attendant, il espérait que ces connards ne feraient aucun mal à Emily et Annie.

Malheureusement, Fletch savait qu'il devait en parler au colonel. Cette situation le dépassait, à présent. L'armée ne pouvait pas se permettre d'avoir des soldats dissidents dans ses rangs. Et il avait besoin de la légitimité que le commandant ne manquerait pas de donner à la mission.

Car le doute n'était plus permis. Il s'agissait bel et bien d'une mission.

Sauver les otages.

S'il avait abîmé un cheveu de la tête d'Emily ou d'Annie, Jacks était un homme mort.

Voilà pourquoi ils avaient besoin du colonel. Fletch savait que Jacks voulait ruiner sa carrière, mais l'armée ne serait pas clémente maintenant qu'un enlèvement venait s'ajouter au chantage. Les Delta avaient la force de l'armée américaine derrière eux, et Fletch le savait.

Il leva les yeux vers Coach. Leurs regards se rencontrèrent et l'autre homme hocha la tête. Ils savaient que cela signerait la fin de carrière des soldats impliqués, mais c'était bien le dernier de leurs soucis. Personne ne s'en prenait impunément aux membres de la Delta Force... ou à leurs proches.

— Je dois me changer, annonça Fletch à son ami d'une voix étonnamment calme.

— Je te retrouve chez toi, lui dit Coach. Je vais d'abord prendre quelques photos. J'arrive tout de suite.

Il avait déjà sorti son téléphone pour recueillir toutes les preuves nécessaires.

Fletch ne prit même pas la peine de hocher la tête. Il tourna les talons et rebroussa chemin au pas de course. Son esprit tournait à cent à l'heure tandis qu'il passait en revue tout ce qu'il devait faire.

Le visage d'Annie quand elle était partie le matin même lui revint à l'esprit. Il s'était agenouillé comme tous les jours pour la serrer dans ses bras avant son départ et elle avait posé ses petites mains sur son visage avant de se laisser étreindre.

— Je t'aime, Fletch, avait-elle murmuré.

Elle avait paru effrayée par ses propres paroles. C'était typique de la fillette. Comme sa mère, elle ne gardait pas les choses pour elle, même si elle en avait peur.

— Moi aussi, Annie. Je t'aime très fort.

Le sourire qu'elle lui avait donné faisait rayonner son petit visage et lui avait réchauffé le cœur.

— On se voit tout à l'heure, quand tu rentreras, petit lutin.

— D'accord, Fletch. Passe une bonne journée !

Il avait souri à la fille et elle était partie. Lorsqu'il s'était relevé, Emily était là. Les larmes qui brillaient dans ses yeux en disaient plus que les mots ne le pouvaient. Il avait fait trois pas vers elle et l'avait prise dans ses bras. Ce qu'il lui avait dit alors venait du plus profond de son âme :

— Ma vie entière je n'ai pensé qu'à servir mon pays et être là pour mes coéquipiers. Je n'aurais jamais cru que le véritable sens de mon existence arriverait un jour sur le pas de ma porte, il y a quelques mois. Merci de m'avoir confié Annie. Merci de me donner une chance. Merci de *me* faire confiance.

Emily s'était dégagée de son étreinte pour le regarder.

— Je crois toujours que c'est à nous de te remercier.

À présent, c'était une plaisanterie entre eux. À savoir qui devait remercier qui.

— Impossible. Si je ne vous avais pas trouvées, toutes les deux, un autre gars l'aurait fait à ma place et je n'aurais jamais connu cette intense satisfaction de vous avoir pour moi tout seul.

Emily avait secoué la tête, exaspérée, sans comprendre qu'il avait raison à cent pour cent.

— Tu es la meilleure chose qui soit arrivée à Annie.

— Et à toi ?

— Et à moi. Je t'aime, Cormac. On se voit ce soir après le travail et l'école.

Fletch chassa de ses pensées les souvenirs de la matinée et s'efforça de se concentrer sur ce qui les attendait. Il ouvrit la porte de la maison et se dirigea vers sa chambre pour récupérer sa tenue de combat. Or il avait beau vouloir la faire taire, sa mémoire refusait d'obtempérer. Il songea au baiser qu'il avait donné à Emily quand elle était partie le matin même. Il était censé être bref et tendre, mais ses mots d'amour résonnaient encore dans sa tête et ils s'étaient presque frottés l'un contre l'autre devant sa porte. Il avait fallu qu'Annie appuie sur le klaxon avec impatience pour les séparer.

— Sois prudente sur la route. Je rentre le plus tôt possible ce soir. Avec un peu de chance, ce sera une journée tranquille et je pourrai me libérer plus tôt.

— Super.

— Allez, tu sais qu'Annie a horreur d'être en retard.

— La faute à qui ? avait-elle répondu en s'éloignant vers sa voiture.

— Je t'aime.

— Moi aussi, avait-elle dit, le visage rayonnant.

Tout en enfilant un treillis et un t-shirt noirs, il pinça furieusement les lèvres. Emily et Annie devaient être mortes de peur. Jacks et ses sbires allaient le payer cher.

Personne ne s'en prenait à sa famille. *Personne.*

19

———————

— J'ai peur, maman, fit Annie d'une voix chevrotante.

— Je sais, bébé. Moi aussi. Mais tu sais quoi ?

— Quoi ?

— Fletch va nous retrouver.

Dès qu'Emily eut prononcé ces mots, elle se sentit mieux. Elle ne doutait pas un instant que Fletch et ses coéquipiers les retrouveraient.

Elle ignorait combien de temps s'était écoulé depuis qu'elles avaient été enlevées dans leur voiture, car on lui avait retiré sa montre, mais c'était sans importance. Dès que Fletch apprendrait sa disparition, il se lancerait sur le sentier de la guerre pour la retrouver.

Jacks. Elle l'avait reconnu quand il s'était penché vers elle. Fletch avait abordé le sujet un soir, après le coucher d'Annie, et lui avait exposé toute la situation.

La somme qu'il exigeait d'elle chaque semaine n'était que la partie émergée de l'iceberg dans la campagne de harcèlement que Jacks avait entamée contre Fletch. Son éviction de l'armée n'avait pas suffi à le calmer. Il voulait se venger contre Fletch et son équipe pour avoir été humilié et, à l'évidence, il ne reculerait devant rien pour arriver à ses fins.

Annie se blottit dans les bras de sa mère et Emily jeta un regard circulaire. Elle était incapable de deviner où elles étaient, mais on aurait dit l'intérieur d'une boîte en métal. Elles s'étaient réveillées seules. Une lanterne dans un coin éclairait l'espace environnant. Il n'y avait aucun meuble à l'exception de la petite lampe.

Cela ressemblait trop à cercueil pour lui permettre de se détendre, mais elles ne pouvaient pas rester assises à pleurer éternellement.

— Allez, Annie. Si on explorait un peu ?

— Explorer ?

— Oui. Ça fait un moment qu'on lit les aventures d'Alice Roy et de GI Joe maintenant. Nous devons trouver des informations.

Annie s'anima sur les genoux de sa mère.

— Oui, bonne idée. Truck m'a raconté une histoire l'autre soir.

— Ah oui ?

— Oui.

— Ça parlait de quoi ?

— Il m'a dit qu'une fois, avec son équipe, ils avaient été capturés par les ennemis. Ils étaient coincés, mais Fletch a trouvé un moyen de sortir. Ils devaient tous passer par un petit trou. Truck a failli rester coincé parce qu'il est trop grand, mais il a fini par se tortiller et il a réussi à s'échapper. Et tu sais quoi ?

— Quoi, bébé ?

— Tous ses amis l'ont attendu. Ils ne se sont pas

enfuis alors qu'ils auraient pu le faire. Ils ont attendu que Truck sorte aussi. Il m'a dit que les amis faisaient toujours ça.

Emily avait le cœur gros. Elle savait que l'histoire était sans doute plus sordide que Truck n'avait bien voulu le raconter à sa fille, mais elle appréciait qu'Annie se change ainsi les idées.

— Alors, s'ils ont pu le faire, on peut le faire aussi.

Emily n'était pas certaine que ce soit vrai, mais cela occuperait Annie et l'empêcherait de se concentrer sur sa peur. Elle aida sa fille à se lever, puis elle se redressa à son tour. Emily tendit la lanterne à bout de bras, prenant la main d'Annie dans la sienne.

— Allez, Mademoiselle Annie Roy. Découvrons ce qui se passe ici.

Le gloussement qui sortit de la bouche de sa fille était adorable, mais pas suffisant pour desserrer le nœud d'appréhension qui s'était installé dans le ventre d'Emily. Elles étaient dans de beaux draps. Si seulement Fletch et les autres les retrouvaient avant qu'il soit trop tard. Elle ignorait le sort que Jacks réservait à ses captives et elle était terrifiée à la perspective de le découvrir.

Fletch jeta un œil à sa montre. Dix-neuf heures vingt-deux. Le temps passait trop vite. Ils n'avaient toujours pas trouvé les informations dont ils avaient besoin. Au comble de la frustration, il avait l'impression de devenir fou.

— Et merde ! Appelez Tex, ordonna-t-il. On ne peut

pas utiliser Google Maps pour repérer la route Old Home. Les données sont trop anciennes. Il nous faut des données satellite pour savoir où ces ordures se sont installées. Je refuse de partir à l'aveuglette.

Ghost hocha la tête pour marquer son approbation, mais il ne bougea pas d'un cil.

— Je l'ai déjà contacté avant de partir. Il ne devrait pas tarder à nous appeler maintenant.

Fletch acquiesça en faisant les cent pas dans la pièce. Il avait essayé de se concentrer sur la mission à venir, mais il ne pouvait s'empêcher de se demander ce qu'Emily et Annie ressentaient en ce moment. Elles devaient être effrayées, inquiètes, et il espérait que Jacks ne soit pas fou au point de leur faire du mal.

Soudain, il ne cherchait même plus à savoir s'il les avait physiquement blessées. Sans doute les avait-il droguées. Terrorisées. C'était suffisant. Jacks allait mourir.

Comme s'il lisait dans les pensées de Fletch, le colonel gronda :

— Je sais que vous êtes tous hors de vous. Je ne peux pas vous le reprocher, je suis tout aussi furieux. Mais en *aucune* circonstance je n'autoriserai le moindre dérapage. Nous n'utiliserons que des munitions non létales.

— Fait chier ! s'exclama Hollywood avant même que Fletch ouvre la bouche. Ces types sont dangereux, hors de question de ne pas utiliser de balles réelles sur place. Vous savez bien qu'ils auront forcément de vraies munitions.

— Je vous interdis de tirer à balles réelles, rétorqua immédiatement le colonel. Écoutez, nous savons tous que vous allez leur mettre une branlée. C'est couru d'avance. Je me demande bien à quoi pensaient ces débiles. On devait leur décerner des trophées chaque fois qu'ils perdaient un match de football, ma parole. Il faut croire qu'ils se prennent pour des champions olympiques. Mais nous savons qu'ils vont perdre. J'aimerais éviter au président des États-Unis de devoir expliquer comment une équipe de soldats américains a tué une autre équipe de soldats américains, alors voilà comment ça va se passer.

Le colonel ne prêtait pas attention aux sept paires d'yeux braquées sur lui. Il connaissait ses hommes depuis bien assez longtemps pour savoir ce qu'ils pensaient. Ils étaient en colère, mécontents de sa décision, mais ils ne perdraient jamais le contrôle. Jamais. C'était pour cette raison qu'ils étaient aussi talentueux au sein des forces spéciales. Les meilleurs des meilleurs. Le genre d'hommes par qui il aimerait être secouru s'il était lui-même enlevé un jour.

Il poursuivit comme s'il n'avait pas été interrompu :

— Je sais que vous êtes en rogne et je ne vous en veux pas, mais j'ai parlé au capitaine responsable de l'escouade de Jacks. Il m'a dit que les hommes avec lesquels il travaille sont tous de bons gars. Il affirme qu'ils ne pourraient jamais faire de mal volontairement à une femme ou un enfant, ni même à des collègues. D'après lui, et je suis de son avis, Jacks leur a menti pour les pousser à suivre son plan. Vous savez aussi bien que moi que les balles en caoutchouc peuvent être tout aussi efficaces que des vraies. Bon sang, les gars, même vos mains seraient aussi efficaces que des balles.

— Je ne veux pas risquer la vie d'Emily ou d'Annie sur un coup de tête, insista Fletch d'une voix grave et rauque. Que les fantassins ignorent qu'il y a des civils impliqués dans cette merde, c'est peut-être discutable. Mais il se trouve que c'est le cas et je refuse qu'elles prennent le moindre risque à cause de Jacks et de sa soif maladive de vengeance contre moi et mon équipe.

Le téléphone de Ghost se mit à vibrer et tout le monde se tourna vers lui lorsqu'il décrocha.

— Ici Ghost. Un instant, je vous mets sur haut-parleur.

Ghost appuya sur un bouton et posa le téléphone sur la table dans la salle de conférence.

— C'est bon, allez-y.

La voix qui se fit entendre n'était pas la voix masculine au fort accent du sud à laquelle tout le monde s'attendait. C'était une femme, qui entra dans le vif du sujet sans perdre de temps en banalités.

— Alors, j'ai vérifié l'adresse que vous avez donnée à Tex et apparemment, il s'y passe beaucoup de choses depuis un mois.

— Qui êtes-vous ? intervint Fletch sans la laisser continuer.

Tout le monde entendit la femme soupirer, puis elle répondit dans un grognement :

— Je m'appelle Beth. Et avant de râler parce que je ne suis pas Tex, sachez qu'il m'a mise sur le coup parce que sa femme est tombée dans les escaliers. Elle va bien, mais il l'a emmenée aux urgences pour s'en assurer. Bon, si vous voulez bien me laisser continuer, je vais vous dire ce que vous devez savoir pour tirer Emily et sa fille de là.

— Putain, pesta Fletch tout haut. Excusez-moi d'insister, mais je ne vous connais pas. Je connais *Tex*. J'ai besoin de son expertise. Nous n'avons qu'une heure et demie et ça ne nous laisse pas beaucoup de temps.

— Oui, eh bien, vous savez quoi, Castor Junior ? s'exclama la femme au téléphone, sur le même ton que Fletch. C'est *moi* que vous avez. Tex sait que c'est très important pour vous, c'est pour ça qu'il m'a appelée sur le chemin de l'hôpital où il emmenait la femme de sa vie. Il m'a suppliée de régler ça pour lui. Si vous voulez bien fermer votre clapet pendant une seconde, je vous donnerai les informations dont vous avez besoin pour retrouver Jacks et ses foutus copains, extraire cette femme et son enfant de cet imbroglio monstrueux et les ramener chez elles.

Un silence s'ensuivit dans la salle pendant une fraction de seconde et Coach ricana.

— Elle t'a mouché, fit-il avec un sourire narquois.

— Allez-y, demanda Fletch sans présenter ses excuses.

— Merci bien, votre majesté, lâcha la femme avant de poursuivre comme si on ne venait pas de faire insulte à ses compétences. Comme je le disais, on dirait que ces connards se sont construit toute une ville en containers de marchandises. Vous savez, ceux qu'on entasse sur les bateaux...

— Ça va, on sait ce que c'est ! aboya Fletch, conscient qu'il passait pour un enfoiré, mais c'était plus fort que lui.

— Vous avez des photos ? demanda Beatle avec impatience.

— Si j'ai des photos ? répéta Beth en guise de réponse.

Leurs téléphones vibrèrent un par un, comme par enchantement.

— Vous venez de recevoir les photos que j'ai prises par satellite. Je me demande comment ils ont pu dégoter autant de containers, mais on s'en fiche. Ils ont dressé un sacré poste de défense, et pourtant on remarque quelques brèches. Ils n'ont sans doute pas réussi à recruter assez de complices pour couvrir tout le terrain. Bande de veinards.

Elle reprit :

— Apparemment, ils vous attendent au nord-ouest et au sud-est. Ils vous ont laissé un passage exprès, comme pour vous prendre en embuscade. Le long de la bordure nord, ils ont tendu des fils barbelés en pensant sans doute vous contraindre à entrer dans la ville là où ils le souhaitent. Mais ce sont de vrais abrutis, forcément ils n'ont pas vu plus loin que le bout de leurs nez.

Fletch éprouvait un profond respect pour cette femme au bout de la ligne tandis qu'il examinait les images qu'elle leur envoyait tout en leur expliquant comment pénétrer dans la ville que Jacks et ses amis avaient bâtie. Elle avait raison sur chaque point. Bien sûr, les soldats de la Delta Force n'avaient pas besoin qu'on leur fasse un topo, mais personne ne l'interrompit. Chacun se concentrait sur ses propres plans.

— Bon, je ne suis pas sûre à cent pour cent de l'endroit où Emily et Annie sont détenues dans ce scénario malsain. Le satellite n'a pas enregistré l'arrivée de Jacks, mais je pense qu'elles sont pile au milieu. Vous voyez ces trois containers empilés ? Je parie qu'ils se disent que si vous atteignez le centre de leur ville, ils auront plus de chances en essayant de vous attaquer par-derrière. À ce que je vois, ils ne comptent pas jouer à la loyale.

— Nous n'attendions rien de moins de leur part, intervint le colonel.

— Naturellement. En tout cas, je ne pense pas vous apprendre grand-chose. Mais ils ne doivent surtout pas avoir l'occasion d'utiliser les filles comme protection.

Fletch y avait déjà pensé, mais maintenant qu'elle le formulait à haute voix, son sang ne faisait qu'un tour. À l'idée qu'Emily ou Annie soient employées comme boucliers humains, il était à deux doigts de perdre son sang-froid.

— Merci, Beth. Je ne sais pas trop qui vous êtes ni comment vous connaissez Tex...

— Je travaille pour lui. Il a piraté mon ordinateur pour me recruter. Je suis une amie de Penelope Turner.

Ghost ne s'attendait pas à des explications, et elles étaient plutôt succinctes, mais c'était cohérent quand on connaissait Tex.

— Dis-lui que nous souhaitons un bon rétablissement à Melody. Et saluez Tiger de notre part. Merci pour les infos.

— Ça marche. Merci de ne pas l'avoir appelée « princesse de l'armée ». Elle a horreur de ce surnom. De rien, allez cueillir ces fils de putes. C'est bien triste quand l'armée ne peut plus faire confiance à ses propres soldats.

— Vous pouvez *nous* faire confiance, lui répondit Fletch avec sérieux. Ces minables ne méritent même pas le titre de soldats.

— Amen ! Maintenant, en avant. Soyez à la hauteur de votre réputation de discrétion et de rigueur.

Le silence retomba dans la salle avant que Ghost lâche un petit rire, amusé d'avoir entendu le slogan non officiel de la Delta Force dans la bouche de Beth.

— Marrant qu'elle sache que nous sommes des Delta alors que personne n'est au courant dans cette base. Décidément, Tex fait toujours d'excellents choix.

Aussitôt, il retrouva tout son professionnalisme.

— Bon, nous avons tout ce qu'il nous faut. Le colonel nous interdit de tuer ces sacs à merde, alors maintenant, nous avons besoin d'un plan.

Les sept coéquipiers, assistés par le colonel, s'assirent autour de la table, photos à la main, des papiers devant eux, prêts à trouver un moyen non seulement de sauver Emily et Annie, mais également de calmer Jacks et son équipe une bonne fois pour toutes.

* * *

— Maman, regarde. Le fer est un peu abîmé dans ce coin.

Annie murmurait avec excitation. Elle prenait son rôle très au sérieux, examinant chaque recoin du container dont elles étaient prisonnières.

Emily s'avança derrière sa fille et s'agenouilla. Elle tendit la main pour effleurer le métal rouillé. Annie avait raison.

— Recule un peu, bébé.

Annie lui obéit, laissant le champ libre à sa mère.

Emily tira vivement sur un morceau de métal écaillé. Elle poussa un grognement lorsqu'elle tomba à la renverse sur les fesses. Elle avait réussi à arracher un bout de paroi.

— Éteins la lumière ! dit-elle aussitôt.

Lorsqu'Annie s'exécuta, Emily s'autorisa un soupir de soulagement.

— Tu as réussi, Annie ! dit Emily à sa fille. Le métal est un peu faible par ici. Si nous arrivons à en arracher suffisamment, nous pourrons peut-être nous échapper. Mais il faut éteindre la lumière. Si quelqu'un nous voit, on risquerait de trahir notre plan. Il fait noir dehors. Ça fait un moment que nous sommes là.

Prouvant une fois de plus son incroyable maturité, Annie demanda :

— Assez longtemps pour que Fletch nous retrouve ?

Emily cessa de tirer sur la paroi rouillée et prit sa fille dans ses bras. Encadrant le visage d'Annie entre ses mains, comme la fillette l'avait fait le matin même avec Fletch, elle dit :

— Oui. Assez longtemps pour que Fletch, Ghost, Coach et les autres nous retrouvent.

Puis elle posa une main sur le cœur de la fillette et poursuivit.

— Et je sais ici, de tout mon cœur, dit-elle en tapotant la poitrine d'Annie, que Fletch fait son possible pour nous retrouver.

Emily entendit sa fille renifler.

— Je l'aime beaucoup, maman. J'essaie d'être un bon soldat, mais j'ai peur.

— Tu as le droit, ma chérie. Tu sais ce que j'ai appris un jour ?

— Quoi ?

— Qu'on a toujours peur quand on s'apprête à faire quelque chose de très, très courageux.

— Je suis courageuse.

— Je le sais, bébé. Je suis tellement fière de toi.

Emily retenait ses larmes de toutes ses forces. Elle n'avait pas peur pour elle-même. Elle était prête à tout endurer pour protéger Annie. Viol, viol en réunion, violence, coups de couteau, balles... peu importe. Quel qu'en soit le prix, elle défendrait sa fille.

En cet instant, Emily eut une révélation. Elle comprenait soudain ce que Fletch devait ressentir au sujet de son métier... et pour *elle*. Sans l'ombre d'un doute, elle savait qu'il s'interposerait et protégerait Annie et elle contre tout ce que la vie mettrait sur leur route. Jacks, des brutes, des balles de fusil. Quand il partait en opération, c'était exactement ce qu'il faisait. Une fois qu'il se lançait dans une mission, il s'y consacrait corps et âme.

Soudain, elle avait de la peine pour lui... il devait paniquer à se demander où elles étaient passées. Cette idée lui faisait mal au cœur. Dans cette situation, elle n'avait pas le pire rôle. Certes, on les avait enlevées brutalement et elle était morte de trouille, mais elle ne se remémorait que ce bref instant, dans la voiture, grâce à la substance dont le chiffon était imprégné. Annie et elle s'étaient réveillées, seules et indemnes.

En imaginant ce que Fletch avait enduré, Emily en était toute retournée. Elle jura de faire tout ce qui était en son pouvoir pour l'aider. Non seulement elle voulait avoir un avenir avec cet homme, mais elle avait désespérément envie d'apaiser les tourments qui devaient le secouer en cet instant.

— Viens, aide-moi, Annie, mais sois prudente. Ne te taille pas. Ce métal est tranchant.

En occupant sa fille, elle détournait son attention de la gravité de la situation.

Enfin, après plusieurs minutes passées à tirer sur le métal rouillé, Emily s'accroupit, découragée. Elles avaient pratiqué un trou, mais ce n'était pas suffisant pour qu'elles s'y faufilent, ni l'une ni l'autre. Elle se pencha et jeta un œil à l'extérieur.

L'air frais était divin, même s'il était plutôt chaud comme à cette période de l'année au Texas. La demi-lune brillait suffisamment pour éclairer les environs, mais Emily distinguait seulement d'autres containers tout autour. Il n'y avait aucun bruit à l'exception des grillons et des cigales, actives à cette heure de la nuit.

Emily recula et se tourna vers Annie.

— Je crois que nous allons devoir attendre.

— Je peux passer.

Emily caressa affectueusement la tête de sa fille.

— Je sais que tu en as envie, mais nous n'avons pas le choix.

— Maman, reprit Annie, très sérieuse. Je peux passer. Je le sais. Si Truck a pu passer dans le trou, la fois où ils avaient des ennuis, je peux y arriver moi aussi.

Au même moment, elles entendirent des bruits au-dessus de leurs têtes. Des pas.

Emily attrapa Annie et la serra sur sa poitrine avant de se plaquer contre la paroi. Elles retinrent leur souffle tandis que les pas allaient et venaient sur le toit du container. Ils semblaient lointains et étouffés, comme s'il y avait une autre caisse au-dessus de la leur.

À l'idée que Jacks ou l'un de ses amis puisse faire du mal à Annie s'ils souhaitaient leur causer du tort, elle prit sa décision. Si quelqu'un entrait dans cette prison de métal, sa fille et elle étaient faites comme des rats. L'extérieur était sans doute dangereux, mais ce serait peut-être la meilleure option. Ainsi, Annie aurait une chance de s'enfuir.

— D'accord, bébé. Voyons si tu peux passer.

* * *

Les sept hommes de la Delta Force se regroupèrent non loin de la ville de fortune que Jacks et ses soldats avaient bâtie. On aurait dit celle que l'armée avait élaborée à Fort Hood, dans laquelle ils avaient passé quelque temps à s'entraîner, là où cette vendetta insensée avait commencé.

Il y avait une trentaine de containers, disposés de manière stratégique sur le terrain vague. Tout le monde se doutait que l'installation comportait un certain nombre de pièges. À présent qu'il s'y trouvait en personne, Fletch était du même avis que Beth. Il se demandait bien comment Jacks avait trouvé l'argent et les ressources nécessaires pour tout mettre en place. Mais pour l'instant, cette question n'avait aucune importance. Tout ce qu'il voulait, c'était retrouver Emily et Annie et s'assurer que Jacks ne leur fasse plus aucun mal. Il n'aurait jamais dû les approcher, et pourtant il l'avait fait. Ce soir, Fletch allait mettre un terme à tout cela.

La voix de Ghost était monocorde et basse. Il veillait à ne pas se faire repérer dans le silence de la nuit.

— Tout le monde sait ce qu'il doit faire... n'oubliez

pas, Jacks est peut-être armé. Je suppose qu'il sera placé en hauteur. Cette opération doit se faire sans un bruit. Le but est d'arrêter l'ennemi, un homme à la fois... au corps à corps. Assommez-les, laissez-les sur place. Nous les cueillerons une fois qu'Em et Annie seront saines et sauves. Des questions ?

— Combien de temps nous accorde le colonel ? demanda Blade.

— Vingt minutes. C'est tout ce qu'il a pu obtenir du général. Il en a assez de cette histoire de jalousie entre soldats et il nous laisse juste assez de temps pour régler ça vite fait bien fait sans impliquer qui que ce soit. Je suis déjà étonné qu'il nous l'accorde, mais il sait que nous sommes doués et il préfère éviter que l'affaire s'ébruite. En fait, les troupes en attente pensent qu'il s'agit d'une simple mission d'entraînement. Si nous ne terminons pas le boulot en vingt minutes, le général informera les sergents de sections de la réalité de la situation et ils interviendront.

— Une histoire de jalousie entre soldats ? répéta Fletch, furieux.

Ghost leva la main.

— Ce n'est pas le moment. Qu'on en finisse. Tu es calmé, c'est bon ?

— Oui.

Il était évident que Fletch n'avait rien de calme, mais tout le monde savait qu'il ferait ce qu'il fallait faire.

— Pour ces connards, tous les coups sont permis, alors progressez lentement, mais sûrement, et assurez-vous de ne pas vous faire piéger dans l'une de ces fichues caisses. Compris ? demanda Ghost en regardant chacun des membres de son équipe.

Ils avaient déduit que c'était probablement le plan de leurs adversaires... les isoler et les enfermer comme des bleus.

Une fois que chacun eut acquiescé, Ghost donna le signal de départ. Il laissa sa main sur le bras de Fletch tandis que les autres se dispersaient dans la nature.

— Sérieusement, Fletch, tu dois te ressaisir. Emily et Annie ont besoin de toi, le sermonna Ghost.

— Tu te rappelles ce que tu as ressenti quand tu as compris que Rayne se trouvait dans ce bâtiment en Égypte ? demanda Fletch d'une voix mesurée.

— Oui.

— Alors, tu sais à peu près ce que je ressens en ce moment. Je suis fou de rage qu'on nous ait refusé de tuer ces connards. Tu as pu t'en remettre en sachant que tu avais abattu ce fils de pute qui voulait violer Rayne. Moi, je ne sais pas si Em et Annie sont ici. Je ne sais pas ce qu'ils leur ont fait. Je ne sais même pas si elles sont ensemble. Alors excuse-moi si je suis un peu sur les nerfs.

— Je sais ce que tu ressens, mais tu sais aussi bien que moi que nous ne pouvons pas jouer les rebelles. Jacks partira en prison fédérale une fois que tout sera terminé.

Cet argument ne lui faisait aucun effet.

— Il a embouti sa voiture. Il les a droguées. Il joue un jeu de taré avec nous... il mérite de mourir !

— Ton unique objectif est de retrouver et de sauver Emily et Annie. C'est tout. Point à la ligne. Tu sais qu'on surveille nos arrières. Ces connards ne s'en tireront pas.

Nous n'avons peut-être pas le droit de les tuer... mais c'est la seule chose que nous avons promise au colonel.

À ces mots, Fletch se tourna vers son ami.

— J'ai beau vouloir leur faire du mal, je te demande de ne pas jouer ta carrière sur ce coup, Ghost.

Ce dernier posa une main dans le dos de Fletch.

— Personne n'emmerde les Delta. Tout comme Rayne fait partie du clan, Emily et Annie aussi. Une fois que nous les aurons retrouvées, occupe Jacks à ta façon. Embrouille-le, provoque-le, tout ce que tu voudras. On te soutient et il ne leur fera aucun mal. Tu me fais confiance ?

— Je te confie leurs vies, répondit Fletch sans hésiter.

— Tant mieux. Ce soir, nous enverrons un message... haut et fort... sans retour de feu, promit Ghost à son coéquipier.

Les deux hommes se dévisagèrent, sur la même longueur d'onde.

— Le plan de renfort est enclenché, juste au cas où, l'avertit Ghost.

— Pas de retour de feu ?

— Absolument aucun, confirma Ghost. Si ça tourne mal, si ce connard se replie et qu'on ne peut pas l'atteindre, ils lui régleront son compte.

Fletch sentit ses épaules se détendre. Il n'était toujours pas satisfait, mais Ghost l'avait rassuré et il appréhendait plus sereinement la situation. Il ne savait pas exactement ce que son chef avait en tête, mais il confierait sa vie à Ghost.

Et celles d'Emily et d'Annie.

Il était temps de passer à l'action.

— Allez, qu'on en finisse. Allons retrouver ta fille et sa mère, s'écria Ghost.

Ces paroles frappèrent Fletch de plein fouet. Sa fille.

Oui, Annie était sienne. Tout comme Emily.

Il concentra toute son attention sur la mission qui l'attendait. Rien ne toucherait sa famille tant qu'il serait en vie pour l'empêcher.

20

―――――

— Une fois que tu seras dehors, tu dois faire semblant d'être comme tes figurines militaires, expliqua Emily à Annie. Avance lentement et sans un bruit. Regarde autour de toi et ne fais aucun mouvement brusque. N'oublie pas, les soldats sont peut-être au-dessus.

— Compris.

Annie se prêtait sérieusement au jeu. Elle hocha la tête.

— Fletch est quelque part par là, je le sais. Ta mission, c'est de retrouver Fletch ou l'un de ses coéquipiers, d'accord ? Si tu vois un méchant – l'un de ceux qui nous ont enlevées dans la voiture portait des tenues camouflage –, tu dois te cacher en attendant qu'ils soient passés.

— Comment je fais la différence ?

C'était une bonne question. Malheureusement, Emily ne connaissait pas la réponse. Elle tapota sur la tête de sa fille.

— Tu vas devoir utiliser ton ciboulot.

282

C'était une réponse en demi-teinte, mais Emily reprit :

— Fletch et ses amis aiment porter du noir. De la tête aux pieds. Tu as déjà vu les vêtements de Fletch, n'est-ce pas ?

Annie hocha la tête.

— Bon, alors si tu vois quelqu'un, attends et observe. Ne cours pas vers eux avant d'être certaine que ce sont nos amis. Pas même si tu crois que c'est Truck ou les autres. Il se peut que des méchants aussi portent du noir, même si j'espère qu'ils sont tous en camouflage. Compte jusqu'à dix dans ta tête avant de prendre une décision. S'ils semblent approcher au lieu de surveiller l'extérieur, alors c'est *certainement* sans danger.

— Je comprends, maman.

— J'ai dit certainement, l'avertit Emily.

Cette situation lui déplaisait au plus haut point et elle essayait inconsciemment de gagner du temps.

— En un mot, si tu n'es pas sûre à cent pour cent que c'est Fletch ou l'un des gentils, ne te montre *pas*. Reste cachée. C'est important, bébé.

Une fois de plus, Annie hocha la tête.

— Je suis fière de toi, Annie. Tu es un excellent soldat. Ça fait longtemps que tu t'entraînes, pas vrai ?

Emily essayait de renforcer l'assurance de sa fille. Elle sentait bien qu'elle prenait un grand risque en envoyant sa fillette de six ans dans l'inconnu, mais les alternatives semblaient toutes encore plus effrayantes. Presque. Elle se rappelait le regard que Jacks avait posé sur la petite fille. Cet homme était malade et elle devait absolument éviter qu'il pose ses mains sur elle.

Emily embrassa Annie sur le front et l'attira dans ses bras. Elle ne voulait pas la laisser partir.

Enfin, Emily recula et regarda sa fille droit dans les yeux.

— Je t'aime, mon bébé. Sois prudente. Sois maline.

— D'accord. Moi aussi, je t'aime. Je vais trouver Fletch et il viendra te sauver.

Emily sourit à sa fille à travers ses larmes. Soudain, elle hésitait. Jusqu'à présent, on ne les avait pas ennuyées, elles pouvaient encore attendre.

Mais Annie était déjà à plat ventre, la tête dans la fissure qu'elles venaient de pratiquer.

Elles avaient attendu que les pas de l'homme au-dessus de leur tête se soient éloignés de l'autre côté du container. C'était le moment idéal pour l'évasion d'Annie. La fillette se fraya un passage dans le trou, jusqu'à ce que ses hanches le franchissent. C'était étroit, mais Annie passait. Il le fallait. La petite fille ramena ses jambes sous son corps, et l'instant d'après, elle disparut.

Emily se pencha pour regarder à l'extérieur, mais elle ne voyait plus Annie. On aurait dit que la fillette s'était évanouie dans les airs.

D'un côté, Emily était contente, mais de l'autre, elle sentait la panique la gagner.

Qu'avait-elle fait ? Elle venait d'envoyer sa fille de six ans dans le noir, au milieu d'une sorte de règlement de comptes entre deux gangs.

Emily tomba à la renverse sur les fesses et recula jusqu'à ce que son dos heurte la paroi du container. Ramenant ses genoux contre sa poitrine, elle y posa la tête en priant pour que Fletch ou l'un de ses acolytes retrouvent Annie au plus vite. Elle frissonna rien qu'en pensant à ce qui risquerait de lui arriver si Jacks ou l'un de ses amis tout aussi dérangés posaient leurs sales pattes sur sa fille.

Ce qui était fait était fait, mais Emily ne pouvait retenir les larmes qui dévalaient sur ses joues.

— Retrouve-la, Fletch. Je t'en prie.

Elle avait murmuré dans l'air vicié du container, mais elle espérait que là-haut, quelqu'un l'écoute.

* * *

Fletch consulta sa montre. Sept minutes s'étaient écoulées depuis que l'équipe s'était déployée en silence dans la nuit. Il restait treize minutes avant que le colonel et le général fassent intervenir les renforts. Vingt minutes, c'était suffisant pour les Delta, mais ils auraient largement préféré en avoir quarante-cinq. Dès que Jacks comprendrait qu'il avait perdu – une fois de plus –, impossible de prévoir sa réaction.

Fletch avait renoncé aux lunettes de vision nocturne, conscient qu'il suffirait d'un simple éclat lumineux pour l'aveugler et lui faire perdre de précieuses secondes. La lune partielle diffusait bien assez de lumière pour lui permettre de voir où il mettait les pieds. Fletch n'avait croisé qu'un seul soldat de Jacks, qu'il avait assommé sans lui laisser le temps de se rendre compte de sa présence derrière lui. Ce n'était qu'une bande d'amateurs en comparaison avec les Delta. Fletch aurait dû se réjouir que l'homme de son secteur ait été aussi facile à neutraliser, mais il était d'humeur à se battre et l'inexpérience de l'équipe adverse ne lui autoriserait même pas ce petit plaisir.

Progressant en silence vers le centre de la ville, où Beth avait suggéré, approuvée par l'équipe, qu'Emily et Annie étaient détenues, Fletch s'arrêta au bord d'un container. Il s'allongea à plat ventre sans bouger un muscle, essayant de discerner à nouveau le son qu'il venait d'entendre.

Des bruits de pas arrivaient dans sa direction, à l'angle derrière lequel il était étendu. Quelqu'un essayait d'être discret, mais c'était un fiasco. On aurait dit que le soldat n'avait jamais bénéficié du moindre entraînement en matière de déplacement furtif. Pathétique.

Employant la tactique qu'il avait apprise au cours de ses deux semaines de formation de tireur d'élite, Fletch s'approcha lentement – si lentement qu'il aurait fallu le regarder attentivement pour le voir bouger. Il rampait au sol, se rapprochant juste assez du bord pour jeter un œil en direction des bruits.

Il fallut un moment au cerveau de Fletch pour comprendre ce qu'il voyait.

Il s'attendait à découvrir l'un des hommes de Jacks. Mais ce n'était pas le cas. Il s'agissait d'*Annie*. Aplatie contre le container, elle progressait lentement comme si elle essayait de se fondre avec le métal.

Le ventre de Fletch se noua à la vue de la fillette, apparemment saine et sauve. D'abord, il ne fit rien pour attirer son attention. Il leva les yeux derrière elle, puis autour, mais il ne vit personne d'autre. D'un côté, il était soulagé, mais de l'autre, il n'aimait pas savoir Emily séparée de sa fille. Pourquoi avaient-elles été séparées ?

Était-il arrivé malheur à Emily ? Jacks se servait-il de la fillette comme appât pour une quelconque raison ?

Conscient qu'il n'obtiendrait jamais les réponses dont il avait besoin sans parler avec la fillette, il pesa le pour et le contre. Enfin, il décida qu'emporter Annie dans ses bras et l'emmener loin de sa position trop vulnérable était encore la meilleure chose à faire. Elle essayait d'être discrète, mais malheureusement, entre ses cheveux blonds, le frottement de ses habits contre le métal et sa posture droite, c'était une cible toute désignée. Autant courir en hurlant dans tout le village factice.

Il ne savait pas comment la fillette réagirait en le voyant surgir au milieu de l'obscurité. Comme il ne voulait pas trahir sa position, Fletch passa rapidement à l'action. Dès qu'Annie détourna le regard, il s'élança et la rejoignit en quelques enjambées. Il la souleva dans ses bras, plaqua une main sur sa bouche pour étouffer son cri de stupeur et s'empressa de rebrousser chemin jusqu'à son abri derrière le container.

Il revint à la hâte sur ses pas, impatient de rassurer Annie le plus vite possible lorsqu'ils seraient à bonne distance de l'ennemi.

Jetant un regard circulaire, Fletch constata que la voie était libre. Enfin, il s'agenouilla sans lâcher Annie, qu'il maintenait de dos contre son torse. Elle se débattait aussi fort que ses muscles de six ans le lui permettaient. Il approcha la bouche de son oreille et murmura :

— C'est moi, petit lutin. Fletch.

Elle s'immobilisa comme s'il venait de la débrancher. Pour s'assurer qu'elle avait bien compris, il insista :

— C'est bon, Annie. Tu es en sécurité.

Une fois qu'il fut certain qu'elle l'avait bien entendu et compris, Fletch la retourna. Il faillit tomber à la renverse lorsqu'elle se jeta dans ses bras, mais elle semblait avoir compris qu'il ne fallait faire aucun bruit, car elle chuchota :

— Je savais que je te retrouverais.

— Tu as réussi. Bravo.

Fletch l'écarta de lui et l'agrippa aux épaules pour la regarder dans les yeux. Il voulait passer plus de temps à la rassurer et à la féliciter d'avoir été aussi discrète que possible, mais il devait l'interroger sur Emily.

— Où est ta mère ?

— Je sais pas.

La réponse d'Annie était brève et directe.

— On s'est réveillées dans une boîte. Le coin était brouillé alors on a soulevé un peu le fer, mais j'étais la seule à pouvoir passer.

— Rouillé ?

— Oui, c'est ce que j'ai dit.

— Dans quelle direction ?

Fletch savait que ses questions étaient trop brutales, mais c'était plus fort que lui. Qu'Emily soit désespérée au point d'envoyer Annie toute seule dans la nuit sans elle, voilà qui en disait long sur la gravité de la situation.

Annie tendit le doigt vers l'endroit d'où ils venaient. Apparemment, Beth avait vu juste. Fletch était presque arrivé au centre de la ville lorsqu'il avait rencontré Annie. Il jeta un œil à sa montre. Il ne lui restait plus que dix minutes pour régler les choses à *sa* façon. Il ne voulait pas abandonner la petite fille, mais pour le moment, elle était en sécurité. Pas Emily.

— Tu as fait un super boulot en me retrouvant, Annie, mais je dois aller chercher ta maman.

Elle hocha la tête avec sérieux. Annie était unique en son genre. Elle devrait être paniquée, en larmes, *n'importe quoi*... mais pas du tout. Elle se contentait de le regarder dans les yeux en attendant ses ordres.

— Tu sais que je t'aime, n'est-ce pas ? lui demanda Fletch.

Une fois de plus, elle acquiesça.

— Je voulais te dire que j'allais demander ta mère en mariage dès que le moment sera venu.

— C'est vrai ? fit Annie dans un souffle, les yeux écarquillés. Ça fait dix rendez-vous ?

Fletch n'avait pas compté, mais il répondit par l'affirmative.

— Ça veut dire que tu seras mon papa pour de vrai ? murmura Annie en penchant la tête d'un air interrogateur.

Fletch n'aurait jamais pensé être très émotif, mais devant l'espoir et l'émerveillement de la fillette, il faillit craquer.

— Si tu veux bien et ta mère aussi, alors oui. Je voudrais t'adopter et devenir officiellement ton papa.

Prouvant à nouveau sa vivacité d'esprit, Annie demanda en sautillant de joie :

— Alors je serai Fletch, moi aussi ?

Il comprit ce qu'elle voulait dire.

— Oui, lutin. Tu t'appelleras Annie Fletcher.

— Oh, c'est trop bien !

— Mais pour l'instant, ça doit rester entre nous...

d'accord ? Peux-tu garder le secret ? J'aimerais faire la surprise à ta maman.

— Oui. Je sais très bien garder les secrets.

Ce n'était pas vrai, mais pour l'instant, cela n'avait aucune importance. Fletch prit une grande inspiration. Bon, il avait encore du pain sur la planche. Il prit la parole dans son micro, donnant ses coordonnées au colonel qui écoutait, prêt à envoyer ses hommes en cas de besoin.

— Voilà le plan, petit soldat, dit-il à Annie d'une voix grave dès qu'on lui eut annoncé qu'un ranger était en chemin.

On aurait dit qu'il avait enclenché un interrupteur, car aussitôt la fillette perdit son sourire pour le regarder avec obéissance. Comme toujours, elle paraissait plus âgée que ses six ans.

— Je dois aller chercher ta maman, mais toi, tu dois retourner à la base.

Il tourna Annie dans la direction qu'il avait suivie en sens inverse en arrivant.

— Dans un moment, un ranger de l'armée sera ici et il te ramènera à la base. J'ai éliminé les méchants, mais vous devez quand même faire attention. Il reste peut-être quelqu'un. Écoute l'autre militaire et ne fais pas de bruit. Rappelle-toi ce que je t'ai appris avec Alice Roy. Tu peux le faire ?

Annie hocha solennellement la tête et se tourna vers lui. Pour la première fois, elle avait l'air inquiète.

— Tu vas ramener maman ? Elle ne voulait pas me laisser partir, mais je me suis faufilée avant qu'elle change d'avis.

— Je ramènerai ta maman.

Fletch n'eut pas besoin de le lui promettre. Apparemment, pour la fillette qu'il rêvait de faire sienne, sa parole était suffisante. Dès que les mots eurent quitté sa bouche, le ranger surgit des ténèbres pour accompagner Annie en lieu sûr.

— Bon, déclara la fillette d'un ton ferme. Mon soldat est là. Vas-y. Le temps presse.

Fletch sourit. Il se demandait bien comment elle connaissait cette expression. Il l'embrassa sur le front et la serra contre lui.

— Reçu cinq sur cinq. À tout à l'heure.

Il vit la fille se plaquer contre le container derrière elle et rejoindre le ranger qui l'attendait. Il les perdit de vue lorsqu'ils disparurent derrière un autre mur métallique.

Maintenant que la moitié de ses craintes était apaisée, il devait se concentrer sur Emily. Neuf minutes. Il revint sur ses pas en direction de l'endroit où il avait retrouvé Annie, tout en calculant combien d'hommes pouvaient se tenir entre lui et Emily. Il se fondit dans le noir, en route vers son destin.

21

———————

Emily tressaillit lorsque la porte du container fut brutalement ouverte. Une lumière l'éblouit. Elle leva la main pour se protéger, mais elle fut prise dans un étau de fer. On la força à se redresser avant de pouvoir détaler. Deux hommes avaient fait irruption dans sa prison. Manifestement, ils s'attendaient aussi à découvrir Annie, recroquevillée par la peur.

— Putain, où est la gosse ?

Emily savait que c'était Jacks qui venait de poser la question. Elle ne le voyait pas très bien, mais elle aurait reconnu sa voix entre mille. Elle essayait de dégager son coude de la poigne de l'autre homme, en vain.

— Disparue.

— Putain ! s'exclama Jacks avant de hausser les épaules. Bon, tant pis. Tu feras l'affaire. Viens.

Emily tenta de se redresser, mais ce n'était pas facile, car on la traînait sans ménagement sur le sol en direction de la porte.

— Autant laisser tomber, Jacks, vous savez que vous ne pouvez pas gagner.

Elle était consciente qu'il ne l'écouterait pas, mais elle éprouvait le besoin de le dire quand même.

— Ta gueule. On a déjà gagné. On t'a enlevée, toi et la petite peste, juste sous son nez. On aurait pu vous faire tout ce qu'on voulait. Ton copain et ses amis le savent. Ça ? C'est rien que la cerise sur le gâteau.

— Vous ne pouvez tout de même pas croire que vous allez vous en tirer comme si de rien n'était, s'exclama Emily.

Comme Jacks ne répondait pas, elle se tourna vers l'homme plus jeune qui la tenait si fermement qu'elle aurait certainement un hématome le lendemain matin.

— Qu'est-ce que ça vous rapporte ? Parce que votre carrière dans l'armée est terminée. Enlever et droguer une femme et un enfant, ça se plaide difficilement. Vous purgerez une peine à la prison fédérale, j'ai entendu dire que c'était encore pire que les prisons classiques.

La gifle lui fut décochée par Jacks. Emily ne l'attendait pas. Elle vacilla, mais l'autre homme la retenait par le bras, l'empêchant de tomber.

— Putain, mais ferme ta gueule, salope. Sinon je t'assomme.

— Euh, Jacks… Je ne suis pas sûr…

— Boucle-la, soldat ! lança-t-il au plus jeune, qui semblait un peu nerveux. Ça fait partie de l'entraînement. Elle n'est pas blessée. Il faut que tu t'endurcisses. Tu crois que les salopes en Irak ne vont pas te sortir le même baratin ? Dis-toi qu'ISIS utilise des femmes et des enfants comme boucliers au combat, et qu'ils sont tout aussi entraînés que les hommes. Ils jouent un rôle, espèce de débile. Ils font semblant, comme elle. Je t'aide à dépasser la compassion que tu pourrais éprouver lors d'une situation de vie ou de mort. Alors, porte tes couilles !

Emily pinça les lèvres. Elle savait que Jacks était sérieux quand il menaçait de l'assommer. Il se comportait comme un fou à lier et elle était encore plus épouvantée qu'auparavant... c'est dire ! Elle ouvrit la bouche pour expliquer à l'autre soldat qu'elle était ici contre son gré et qu'elle avait vraiment été enlevée, mais Jacks l'arracha des mains de l'autre et la força à franchir la porte.

Ils contournèrent son container et Jacks désigna une échelle.

— Grimpe.

— Quoi ? Là-haut ?

— Oui, là-haut ! répondit-il d'un ton moqueur.

Emily fut bousculée vers l'échelle branlante. Elle leva les yeux, apeurée.

— Et ne tente rien sinon je te frappe si fort que tu en auras le tournis.

Elle ne voulait surtout pas tomber de l'échelle. Comme elle n'avait pas le choix, Emily commença l'ascension. Jacks était juste derrière elle, une main sur son mollet, qu'il serrait douloureusement pendant toute la montée. Une fois en haut, elle s'empressa de s'éloigner du bord en haletant.

Il n'y avait pas deux containers empilés l'un sur l'autre comme elle l'avait cru, mais *trois*. À présent, ils étaient hauts au-dessus du sol, à environ dix mètres.

Emily savait que si elle tombait ou si elle était poussée à une telle hauteur, elle risquait la mort.

Jacks et l'autre homme arrivèrent à leur tour en haut du container. À sa plus grande horreur, il tira l'échelle derrière lui. Personne ne pouvait les rejoindre maintenant. Elle était prise au piège au sommet de cette ville insensée, coincée avec la toute dernière personne qu'elle aurait souhaité revoir.

Emily resta à quatre pattes, s'éloignant au maximum des deux hommes. Jacks ne semblait pas se soucier d'elle, certain qu'elle n'irait pas bien loin. Il avait raison.

Elle tressaillit quand la voix de Jacks retentit avec force dans la nuit silencieuse.

— J'ai ta pouffe, Fletch ! Tu la veux ? Viens la chercher !

Un silence suivit son annonce furieuse, mais Emily était convaincue que si Fletch et ses coéquipiers étaient là, ils l'avaient entendu. Jacks la rejoignit et s'accroupit à son niveau.

— Voilà ce qui va se passer. On savait qu'ils viendraient te chercher, on leur a même dit où tu étais. Mais ils se croient plus malins que nous. Ils se croient plus malins que tout le monde. J'ai recruté des agents de la base pour jouer le rôle des « méchants » dans cette ville. Ils ne se sont pas fait prier pour cette partie de paintball au milieu de nulle part sans aucune règle. Si la base envoie des hommes, ces types sont ici pour détourner leur attention de ce que je veux vraiment.

Il marqua une pause pour ménager son effet.

Emily n'avait pas envie d'entrer dans son jeu, mais elle ne put s'empêcher de demander :

— Et que voulez-vous vraiment ?

— La vengeance.

Elle ne comprenait même pas ce que cela signifiait, mais elle garda le silence. Apparemment, Jacks adorait s'écouter parler.

— Ils ont triché quand nous avons joué à ce jeu la première fois. On n'était pas prêts et ils nous ont battus avant qu'on ait commencé.

Il s'interrompit, puis hocha la tête comme s'il approuvait ce que disait quelqu'un d'autre. Emily n'avait entendu personne, et comme le jeune soldat sur le container avec eux avait l'air étonné, il était évident qu'il n'avait pas parlé.

— Pourtant, n'est-ce pas ce que feraient les terroristes ? Tricher pour gagner ? ne put s'empêcher de demander Emily.

Fletch lui avait parlé de ce fameux exercice qui avait eu lieu quelques mois plus tôt, lui racontant à quel point l'escouade avait été humiliée de se faire battre aussi vite et de manière aussi écrasante.

— La ferme, gronda Jacks en se levant.

Il ramena devant lui le fusil calibre 22 qu'il portait dans son dos et posa le doigt sur la détente.

— Ils ont triché, bordel ! Ils nous ont fait passer pour des incompétents ! C'était bien joli de te faire chanter, mais en réalité, on ne faisait que gagner du temps. Avec l'argent que tu as craché et le nôtre, on a créé ce chef-d'œuvre. Quand ton copain arrivera, le véritable spectacle pourra commencer.

— Le véritable spectacle ? demanda Emily.

— Oui. Je sais que tu te tapes Fletch. Alors, je vais te

tuer devant lui et il ne pourra rien faire. On verra s'il ne ressent pas l'échec à ce moment-là.

Emily étouffa un cri d'horreur en même temps que l'autre soldat sur le toit du container.

— Je suis là, connard !

C'était la voix de Fletch, lourde de menaces dans la nuit noire.

Emily tressaillit en essayant de se lever, mais Jacks fut sur elle avant qu'elle puisse se mettre debout. Il baissa le fusil et sortit un pistolet de sa ceinture. Il passa un bras par-dessus son épaule, en travers de sa poitrine, et la plaqua contre lui. Elle tituba et lui agrippa le bras pour se stabiliser.

— Regarde ce que j'ai trouvé, le nargua Jacks.

Frémissant en sentant le canon de l'arme contre sa tempe, Emily n'osa plus bouger. Jacks était assez énervé pour appuyer sur la détente. Il voulait se venger de Fletch ? En la tuant, il obtiendrait ce qu'il désirait.

— Putain, mais qu'est-ce que tu fais, Jacks ?

La voix de Ghost était forte et distincte. Elle provenait de l'autre côté du container.

Rassemblant son courage, Emily jeta un œil en bas et elle aperçut plusieurs silhouettes qui évoluaient autour des containers sur lesquels ils étaient perchés. Malheureusement, Jacks avait l'avantage. Un net avantage. Son choix de position était stratégique, et les autres ne pouvaient rien faire d'autre que d'attendre son prochain coup.

— Ce que je fais ? répéta Jacks. Je vous montre que je ne suis pas le raté que vous pensiez.

— Personne n'a jamais pensé que tu étais un raté ! répondit Coach.

— Mon cul ! Mon chef de peloton l'a cru. Le capitaine et le colonel l'ont cru. Et maintenant, le général aussi. Merci bien ! Vous vous croyez tous invincibles, mais je sais de source sûre que vous merdez, vous aussi. Je sais que vous êtes allés en mission secrète l'autre mois. Combien de personnes ont été tuées ? Hein ? Deux ?

— Je ne sais pas d'où tu tiens tes infos, l'ami, rétorqua Blade, mais les seules victimes étaient des terroristes.

— La ferme ! hurla Jacks, fou de colère. D'après mes sources, vous avez couru comme des *mauviettes* quand les balles se sont mises à pleuvoir !

Emily essaya de changer de position, mais Jacks enfonça le canon du pistolet contre sa tempe.

— Toi, ne tente rien, gronda-t-il. Je jure devant Dieu que je te colle une balle dans le crâne. Personne n'aura le temps de faire un pas que tu seras déjà morte.

Emily allait lui jurer qu'elle n'essaierait pas de s'échapper, mais il avait déjà repris sa tirade :

— Toute ma vie, j'ai admiré les soldats de grade E-7. Je pensais que c'était l'élite de l'armée, que pour arriver à ce rang, il fallait être au top niveau. Mais vous n'êtes qu'une bande de nazes ! Que de la gueule. En fin de compte, la seule chose qui vous intéresse, c'est le feu des projecteurs. Eh bien, maintenant c'est mon tour. *Mon* tour de montrer au monde ce qu'est le vrai courage.

— En kidnappant des femmes et des enfants ? C'est ce que tu appelles le courage ?

Emily ne savait pas qui avait parlé, mais elle sentit Jacks se crisper derrière elle. Elle se demandait bien pourquoi les amis de Fletch éprouvaient le besoin de se moquer de cet homme à l'esprit manifestement instable, mais elle aurait aimé leur demander d'arrêter. D'arrêter tout de suite.

— Je veux que le monde sache que je vous ai battus ! L'ennemi se fiche de la vie des gamins et des femmes… on s'en sert en permanence pour les attentats suicides. On peut très bien se passer des femmes. Elles sont uniquement sur terre pour porter des enfants. Elles ne sont bonnes qu'à baiser, faire la bouffe et le ménage. J'en ai assez de cette armée de poules mouillées. Vous croyez que le monde entier devrait suivre vos règles de mauviettes. Merde alors ! En guerre, il n'y a pas de règles.

— Nous ne sommes pas en guerre contre toi, Jacks, reprit la voix de Fletch.

— Tu parles ! Vous avez tout commencé il y a des mois. Maintenant, je termine le boulot.

— Qu'est-ce que tu fous, Jacks ? demanda alors l'autre homme sur le toit du container, d'une voix basse et nerveuse. Ce n'était pas le plan.

— Bien sûr que si, Brown. Mais tu étais trop con pour t'en rendre compte, lui répondit Jacks avec un rire de dément. Vous étiez *tous* trop cons pour vous en rendre compte.

— Tu fais chier, marmonna Brown en tirant l'échelle sur le côté du container avec l'intention de déguerpir. Je croyais que c'était un jeu. Tu as dit qu'ils étaient partants, mais à l'évidence ce n'est pas vrai. Enlever des femmes et des enfants, ce n'est pas mon truc, et encore moins *tuer* des gens. Une chose est sûre, il est hors de question que je déclare la guerre à d'autres soldats américains. Si tu as une dent contre eux, c'est *ton* problème, pas le mien.

Emily tomba à genoux lorsque Jacks la poussa brutalement pour s'élancer vers l'autre homme. Horrifiée, elle vit qu'il le bousculait si brutalement qu'il recula d'un pas.

Jacks braqua son pistolet sur lui et poussa à nouveau. L'autre fit un pas en arrière, puis un autre, jusqu'à ce qu'il ne puisse plus bouger, au bord du gouffre.

— Va te faire foutre, Brown ! s'écria Jacks avant de pousser l'homme une dernière fois.

Ce fut suffisant pour lui faire perdre l'équilibre.

Emily ferma les yeux, mais elle savait qu'elle n'oublierait jamais la terreur sur le visage du jeune soldat qui moulinait des bras dans le vide pour tenter de se retenir. Elle entendit son hurlement de terreur, puis le fracas épouvantable de son corps qui atterrissait en contrebas.

— Putain, Jacks !

Cette fois, on aurait dit que ça venait de Truck.

Une détonation retentit dans la nuit noire et Emily frémit, se baissant sans réfléchir. Elle entendit un bruit sourd, puis Jacks poussa un grognement de douleur.

Il s'éloigna en hâte du bord et traversa le container dans sa direction. Une fois de plus, il la hissa contre lui, mais elle se débattit pour tenter de lui échapper. Il fourra le canon de son arme contre sa tempe.

— Vous pouvez me bombarder avec toutes les balles à blanc que vous voudrez, ça ne fera aucune différence. Je gagnerai quand même. Je sais que vous ne me tuerez pas. *Je* le sais et *vous* le savez... alors, à quoi bon le nier ? Je peux faire tout ce que je veux et vous ne pourrez pas m'en empêcher. Absolument pas. Je sais comment fonctionne le gouvernement. On vous a fait la leçon sur les armes non létales en vous disant que vous pouviez nous avoir autrement, je me trompe ?

Il répondit aussitôt à sa propre question :

— Non, évidemment. Je le sais. Alors... voilà la question à un million... Qu'est-ce que vous allez faire maintenant ? Je suis ici, hors d'atteinte. Vous ne pouvez pas me prendre en traître, parce que vous ne pouvez pas monter sans que je vous entende dresser l'échelle. Vous avez sans doute des renforts, mais que vont-ils faire de plus ? J'ai une arme chargée pointée sur mon otage, et vous n'avez rien.

— Que veux-tu ?

Curieusement, Fletch ne semblait même pas énervé. Résigné serait le mot juste. Emily ne savait pas qu'en penser. Croyait-il avoir perdu ? Ses amis avaient-ils compris qu'elle allait mourir ?

La sueur perlait sur son front. Non. Elle ne voulait pas mourir. Pas maintenant. Encore moins comme ça.

— Tu sais que tu ne vas pas t'en tirer, reprit la voix de Ghost.

— Je n'ai pas à m'en tirer, railla Jacks. C'est la pauvre petite *Emily* qui doit s'en tirer. Voilà le truc. Je sais que je pars en prison et je m'en carre. Mes deux frères y sont déjà, alors j'aurai peut-être la chance de les retrouver. Mais vous savez quoi ? Si Emily meurt... *je gagne.* Je gagne, parce que tu vas souffrir, Fletch. Je dormirai dans ma cellule le soir en sachant que je t'aurai battu. Que tu pleureras dans tes céréales tous les matins en te demandant ce que tu aurais pu faire différemment.

Les paroles de Jacks étaient portées par le silence de

la nuit. L'absence de réponse sembla le décontenancer. À l'évidence, il s'attendait à des protestations de la part des soldats.

Emily se trémoussa. S'il devait la tuer, elle ne comptait pas lui faciliter la tâche. Elle préférait encore tomber du container et avoir une chance de survivre plutôt que de recevoir une balle en pleine tête.

— Quoi ? Vous ne me croyez pas capable de le faire ? Vous ne croyez pas que je peux lui griller la cervelle ? vociféra Jacks.

Il avait perdu le peu de contrôle qu'il lui restait.

— Putain, je vais le faire ! Ensuite, je jetterai son corps pour vous montrer ce que *vous* lui avez fait. Et qui aura gagné, alors, hein ? Je...

Jusqu'à présent, Emily n'avait pas bronché, mais elle poussa un hurlement de terreur en entendant un coup de feu dans la nuit.

La poigne de Jacks se détendit lorsqu'il tomba et Emily sentit une substance chaude gicler sur son visage.

Pendant un moment, elle crut qu'il avait réussi, qu'il lui avait tiré dessus à bout portant, mais si c'était le cas, elle ne tiendrait plus debout.

— *Emily ?*

La voix de Ghost était fébrile lorsqu'il l'appela.

— Je vais bien. Enfin, je crois.

Sa voix chevrotait, un peu faible, mais elle était vivante et en un seul morceau. Elle s'éloigna d'un pas et baissa sur Jacks un regard craintif. La dernière chose qu'elle voulait, c'était le voir bondir et la saisir à nouveau. Il gisait sur le toit métallique, une flaque de sang derrière la tête. Elle recula et se pencha, les mains sur les cuisses, pour tenter de reprendre sa respiration.

— Em.

C'était à nouveau la voix de Fletch. Il lui parut plus proche. Elle fit volte-face et étouffa un cri. *C'était* Fletch. Comment était-il monté jusqu'ici ? Elle ignorait comment il avait pu surgir derrière elle tout à coup, mais elle s'en fichait. Une fois de plus, elle jeta un œil vers Jacks. Il n'avait pas bougé depuis la dernière fois. Elle ne savait pas s'il était mort, et pour être honnête, elle ne s'en souciait pas vraiment.

Au lieu de la rejoindre, Fletch s'approcha de Jacks et récupéra son arme et son pistolet avant de se tourner vers elle.

— Comment, que...

Emily était incapable de trouver les mots. Bientôt, les bras de Fletch l'enveloppèrent. Tout le reste s'effaça. Elle prit une grande inspiration, humant ce parfum unique qui ne manquait jamais de l'apaiser. Saine et sauve. Elle était saine et sauve. Rien d'autre ne comptait.

Elle sentit qu'on l'éloignait du bord du container et du cadavre de Jacks. Les bras de Fletch étaient fermes autour d'elle, la serrant comme s'il ne devait plus jamais la lâcher. Elle n'avait jamais rien senti d'aussi rassurant de toute sa vie.

Emily se rappela brusquement sa fille et elle s'écarta pour demander avec angoisse :

— Annie ?

— Elle va bien. Je l'ai croisée alors qu'elle jouait au soldat et elle est en sécurité, loin d'ici, lui dit Fletch pour la rassurer d'une voix étranglée.

— Dieu merci. Je ne savais pas si je devais la laisser s'enfuir ou la garder avec moi.

— Je dirais que tu as pris la bonne décision.

Il relâcha son étreinte, juste assez pour permettre à ses pieds de toucher le sol, mais il refusait de la libérer.

Emily hocha la tête et se pelotonna contre Fletch. Ils demeurèrent ainsi un long moment, heureux d'être en vie et de respirer.

— Eh, Fletch ! Tu peux descendre l'échelle ?

Emily n'avait pas envie de bouger, mais elle savait qu'ils ne pouvaient pas rester comme ça éternellement. À contrecœur, elle s'écarta. Elle allait se tourner vers Jacks, par automatisme, lorsque Fletch posa une main sous son menton.

— Ne regarde pas, Em. C'est terminé. Il ne te fera plus aucun mal.

— Il est mort ?

— Je ne sais pas et je m'en fiche.

— Vous aurez des ennuis pour ça ?

— Non.

— Mais...

— Je t'expliquerai plus tard.

— Comment es-tu monté ici ?

— Avec de l'énergie. Ce n'était pas difficile, Em. Je gravirais des montagnes pour te retrouver.

Elle lui serra la main en le suivant de l'autre côté du container, où il abaissa l'échelle. En quelques secondes, Ghost et Hollywood les avaient rejoints.

— Les emmerdes ne vont pas tarder, on décampe, lança Hollywood après avoir vu Jacks. Le colonel avait spécifiquement interdit les balles réelles.

Ghost s'approcha de l'homme inerte et posa les doigts sur sa gorge pour chercher son pouls.

— D'abord, Jacks n'est pas mort. Ensuite, nous n'aurons pas d'emmerdes, dit-il à son coéquipier comme s'il savait quelque chose qu'Hollywood ignorait.

— On nous avait ordonné de ne pas tuer, précisa ce dernier sans relever le début de sa phrase.

— J'ai *dit* que nous n'aurions pas d'emmerdes, répéta Ghost résolument. Viens, aidons Emily à descendre de ce foutu toit pour aller retrouver Annie, d'accord ?

Hollywood lança à son chef d'équipe un regard éloquent, mais il eut la sagesse de hocher la tête et de s'agenouiller à côté de l'échelle pour la stabiliser.

— Viens, Em. Je descends et tu me suis. Je ne te laisserai pas tomber, lui dit Fletch.

— Je le sais. Je te confie ma vie.

— Tu as bien raison. Allons te nettoyer, puis nous retrouverons notre petite militaire.

Emily attendit que Fletch soit descendu de quelques barreaux pour s'engager derrière lui. Elle avait une tonne de questions, mais elle se jurait de ne pas les poser avant d'être seule avec Fletch. Elle était tellement heureuse de l'avoir retrouvé. En ce moment, rien d'autre ne comptait. Plus tard, sans doute, des images lui reviendraient et elle aurait du mal à accepter que l'on ait tiré sur Jacks alors qu'elle n'était qu'à quelques centimètres de lui, mais pour l'heure, il lui suffisait de savoir qu'Annie, Fletch et elle étaient en vie et en un seul morceau.

22

Emily était assise sur le canapé, les pieds sous ses fesses, blottie dans les bras de Fletch. Elle avait pris une longue douche chaude et il était maintenant deux heures du matin. Elle était morte de fatigue, mais curieusement, trop fébrile pour dormir. Ghost les avait suivis chez eux. Il voulait s'entretenir avec son ami avant leur réunion du lendemain matin avec le général.

La suite des événements de la soirée avait duré plus de temps qu'il en avait fallu à la Delta Force pour neutraliser les recrues de Jack. Moins d'une minute après que ses pieds eurent touché la terre ferme, la zone avait été illuminée par deux hélicoptères et envahie par une quarantaine de soldats. La cavalerie était arrivée, mais elle n'avait plus besoin d'être sauvée.

Tous les hommes que les Delta avaient croisés en chemin étaient étendus au sol, inconscients. Aucun n'était blessé. Ils souffriraient seulement de quelques migraines au réveil. À l'évidence, les membres de la Delta

Force avaient été formés pour assommer des hommes sans le moindre combat.

Le soldat qui était tombé du container, l'agent Brown, avait été transporté par hélicoptère jusqu'à l'hôpital le plus proche. Il avait sans doute le dos en miettes, mais Hollywood leur avait annoncé qu'il survivrait.

Il s'avérait également que Ghost avait vu juste. Jacks n'était pas mort. Celui qui lui avait tiré dessus avait manqué de chance, ou au contraire était extrêmement talentueux, car la balle n'avait fait que lui effleurer le crâne, creusant un sillon de sa tempe droite jusque derrière l'oreille, mais il était vivant. Fletch n'était pas content qu'il ait survécu, mais Emily s'en fichait.

Le meilleur moment de la soirée avait été celui où Truck s'était avancé à découvert, une fois que Jacks et Brown eurent été emmenés à l'hôpital, avec la main d'Annie dans la sienne. Le ranger qui l'avait prise en charge l'avait ramenée sur les lieux une fois qu'ils avaient été sécurisés. Emily n'avait jamais été aussi heureuse de voir sa fille de toute sa vie. La fillette avait le sourire jusqu'aux oreilles, ravie d'être au cœur d'une « opé militaire », comme elle avait coutume de le dire.

Une fois que l'histoire de son petit exploit se fut répandue, l'un des soldats arrivés en dernier avait détaché la bande velcro à l'avant de son uniforme et l'avait accrochée sur le t-shirt d'Annie. Pour Emily, sa fille pouvait bien raconter au monde entier qu'elle avait sauvé la vie de sa mère... tant qu'elle était en sécurité, et qu'elle ne présentait aucun traumatisme psychologique, Emily s'en réjouissait.

Après tout ce qui s'était passé, elle ne voulait pas être

séparée d'Annie, mais il était logique que les officiers haut-gradés attendent des réponses. Elle avait accepté, sur conseil de Fletch, de laisser Annie avec l'un des militaires près des véhicules de l'armée. Là, la fillette avait attendu que les adultes terminent, sous surveillance et hors de portée d'oreille.

Emily avait été surprise de découvrir un général hors de lui. Il avait bouclé toutes les personnes impliquées dans l'» incident », comme il l'appelait, tant qu'il n'en saurait pas plus sur le déroulement de la soirée. Elle avait gardé le silence pendant que Ghost avait expliqué à grand renfort de détails le rôle de son équipe dans l'opération de sauvetage. Tout autant que le général, elle désirait savoir ce qui s'était passé entre le moment où elle avait été enlevée et celui où les Delta avaient débarqué quand elle se trouvait au sommet des containers.

— Comme ça, vous me dites que le sergent Jacks...

— Ex-sergent, Monsieur, intervint Ghost. Il avait déjà été limogé.

— Donc vous me dites que l'*ex*-sergent Jacks avait l'intention de tuer Mademoiselle Grant et sa fille ? demanda le général, manifestement agacé par tout ce remue-ménage.

— Oui, Monsieur.

Ghost optait pour des réponses brèves et précises – une bonne idée, selon Emily.

— Et il savait que vous aviez l'ordre de ne pas tuer ?

— Oui, Monsieur.

— Quelqu'un veut bien m'expliquer pourquoi, s'il s'agissait d'une opération non létale, l'ex-sergent a reçu une balle réelle dans le crâne ?

Personne ne prit la parole, ce qui ne fit qu'agacer davantage l'officier.

— Il faut croire que quelqu'un n'était pas au courant, ronchonna le général. J'ai une conférence téléphonique avec le président demain. Je vais devoir lui expliquer ce que c'était que ce foutoir. Vous êtes tous confinés jusqu'à nouvel ordre, s'écria-t-il.

— Monsieur ? demanda timidement Emily.

— Quoi ?

Il avait parlé sèchement, mais avec moins de virulence que lorsqu'il s'adressait à ses hommes.

— Je ne sais pas qui vous allez accuser d'avoir tiré sur Jacks, mais ce n'était pas Ghost ni ses hommes.

Emily en était convaincue à cent pour cent. Devant son regard dubitatif, elle poursuivit :

— Jacks avait le bras en travers de ma poitrine et son pistolet pointé vers ma tête. Il n'arrêtait pas de parler de vengeance. Il disait qu'il allait me tuer pour se venger des gars. Je peux vous jurer que j'ai entendu tout ce qu'ont dit les hommes de Ghost pour le calmer. Ils étaient sur le sol, en bas. Je savais que j'allais mourir et ils ne pouvaient absolument rien y faire.

Le général fronça les sourcils et croisa les bras sur son torse.

— La balle a frôlé le côté de sa tête. Il faudrait être extrêmement bien entraîné pour faire une chose pareille. Un agent des forces spéciales, par exemple.

Emily acquiesça et répondit à mi-voix :

— Je sais. Son sang a jailli et j'ai cru pendant une seconde qu'il avait appuyé sur la détente et que c'était *mon* sang que je sentais.

L'homme le mieux gradé de toute la base de Fort Hood pencha la tête, songeur pendant un moment. Enfin, il demanda à voix basse :

— Pourquoi devrais-je vous croire, Mademoiselle Grant ? Je comprends que Fletch a des sentiments pour vous et que c'est réciproque. Après tout, c'est peut-être *lui*, auquel cas vous le couvrez.

— Sauf votre respect, même si j'aime Fletch et qu'en effet, je pourrais le couvrir si je pensais que cela pourrait fonctionner, comment voulez-vous qu'il ait tiré sur Jacks et débarqué deux secondes plus tard en haut du container ? Et puis, je suis convaincue qu'il n'aurait jamais pris un tel risque, j'étais trop proche de lui.

Le général détourna le regard pour croiser ceux de chacun des membres de la Delta Force. Un par un, sans un mot, il les dévisagea.

Enfin, il expliqua :

— J'ai parlé à l'agent Brown avant qu'on l'emmène à l'hôpital. Il soutient votre théorie, mais il se trouve tout de même que *quelqu'un* a tiré sur l'ex-sergent Jacks. En dépit de ma question à Mademoiselle Grant, je suis bien conscient d'après l'angle de la balle qu'elle n'a pas été tirée de bas en haut. Ce qui signifie que si vous étiez tous à terre, ou comme Fletch en train d'escalader le container, cela ne pouvait pas être l'un de vous. Alors... qui était-ce ?

Une fois de plus, un silence lui répondit. Enfin, le général soupira.

— Vous voulez ma mort. Allez, rentrez chez vous. Tout le monde. Mais je vous retrouve dans mon bureau demain à huit heures précises. Nous reprendrons cette discussion au même point.

Un chœur de « Oui, Monsieur » lui répondit. Chacun exécuta un salut militaire tandis que le général tournait les talons pour s'en aller. À la dernière minute, avant de disparaître derrière l'un des containers, il pivota pour déclarer :

— Vous avez beaucoup de chance, Mademoiselle Grant. Je suis heureux que vous soyez indemne.

— Merci, Monsieur. Moi aussi.

Les Delta n'avaient pas dit un mot. Ils n'avaient échangé aucun regard complice. Ils avaient failli perdre leur poste, et toute la carrière qu'ils avaient travaillé dur pour bâtir, mais on aurait dit que c'était à peine un détail et non la catastrophe que cela aurait dû représenter.

— Viens, Em, rentrons à la maison avec Annie, avait dit Fletch en passant un bras autour de sa taille, l'attirant contre lui.

Cela n'avait pas été aussi simple, mais ils avaient fini par obtenir l'autorisation de partir. À présent, Emily était assise à la maison à côté de Fletch, en sécurité. C'était une sensation divine.

— Alors, que s'est-il vraiment passé ce soir ? demanda Emily à Ghost et à Fletch, étrangement détendue.

— Comment ça ?

— Ne fais pas l'idiot, dit-elle sur le ton de la réprimande. Qui a tiré sur Jacks ?

— Autant demander qui a tiré sur Kennedy...

Emily lança un regard noir à l'homme affalé à côté

d'eux. Il ne semblait pas concerné par cette histoire, comme si c'était une soirée comme une autre pour lui.

Enfin, Ghost perdit son sourire et se pencha en avant. Il parla à voix basse, avec un grand sérieux :

— Tu ne dois le dire à personne, Emily.

— Promis, jura-t-elle immédiatement.

— À personne. Ni à Rayne, ni à Mary, ni à Annie. *Jamais*, insista Ghost.

— J'ai failli mourir ce soir, dit Emily cette fois, au lieu de rassurer Ghost. Je savais que vous n'étiez pas en position de m'aider. Je n'ai pas menti au général. Jacks était fébrile, sous l'effet de l'adrénaline. Je savais qu'il finirait par me tuer. Il allait appuyer sur la détente et je n'aurais jamais vu ma fille grandir. J'aurais raté tous les grands moments de sa vie. Je ne serais pas assise ici en ce moment. Je me fiche qu'on lui ait tiré dessus. Je me fiche qu'il guérisse ou pas. Si l'un de vous a réussi, bravo, super. Je... j'aimerais le savoir, c'est tout.

— Nous avions prévu un plan B, au cas où. Nous ne savions pas si nous en aurions besoin ou non. Il n'y a pas beaucoup de soldats de la Delta Force qui aient conservé toutes leurs aptitudes. C'est dur d'y entrer et encore plus dur d'y rester. C'est un boulot difficile, où l'on fait des choses difficiles. On apprend la loyauté très tôt et ça ne se termine pas lorsqu'un membre quitte l'équipe. Il n'y a pas d'ex-soldats de la Delta. Delta un jour, Delta toujours.

Ghost marqua une pause et regarda Emily droit dans les yeux.

Constatant qu'elle mesurait l'importance de ses propos à leur juste valeur, il reprit :

— J'ai travaillé avec un gars avant d'être nommé à

Fort Hood. Il a quitté le service. Maintenant, il bosse comme agent de la sécurité routière à San Antonio. Dès que nous avons su qui t'avait enlevée, je l'ai appelé. Il était tireur d'élite.

Ces quelques mots résumaient tout. Un ancien tireur d'élite. Dieu soit loué.

— Merci, fit Emily dans un souffle. Quand tu parleras à ton ami, remercie-le pour moi, d'accord ?

— D'accord. C'est bon, Fletch ? demanda Ghost.

Emily avait laissé les hommes seuls tous les deux pour aller mettre Annie au lit. Cela n'avait pas été simple, car la fillette était aussi survoltée que les autres. Elle voulait raconter tout ce qu'elle avait fait, comment Fletch l'avait attrapée et comment elle était retournée en sécurité avec le ranger de l'armée. Ce n'était qu'une grande aventure pour elle et Emily savait qu'elle n'avait pas fini d'en entendre parler, comme après la fusillade à l'école. Mais tout s'était bien terminé, alors cela ne la dérangeait pas vraiment.

Apparemment, Ghost et Fletch avaient mis ce temps à profit pour décider de ce qu'ils allaient dire au général le lendemain.

— Vous allez parler au président ? leur demanda Emily, impressionnée.

Fletch et Ghost éclatèrent de rire.

— Espérons que non.

— Mais ce serait génial.

— Crois-moi, dit Fletch en embrassant Emily sur le nez. Ça n'aurait *rien* de génial.

— Bon, si tu le dis.

— On se voit dans quelques heures, dit Ghost à

Fletch en se levant pour partir.

— Tu peux dire à Rayne que si elle a envie de passer demain... je n'y verrais aucun inconvénient ? demanda Emily, soudain intimidée.

Elle connaissait Rayne, car elles avaient passé un peu de temps ensemble, mais elles n'étaient pas encore très proches. Pourtant, Emily savait que ce serait agréable de discuter avec une autre femme de Delta. Ils formaient vraiment un groupe à part et elle savait qu'elle aurait besoin d'aide pour apprendre à les comprendre.

— C'est noté.

Ghost se pencha et fit une bise à Emily.

— Je suis content que tu ailles bien. Et Annie aussi. À demain, Fletch.

Ce dernier ne prit pas la peine de se lever pour raccompagner son ami à la porte. Il resserra son bras autour des épaules d'Emily et lui demanda :

— Tu vas bien ?

— Ça va.

— Tu vas vraiment bien ou tu dis ça parce que c'est ce que je veux entendre ?

Emily se retourna dans les bras de Fletch et dit avec franchise :

— Ça va. Sérieusement. Tu vas bien. Je vais bien. Annie va bien. Alors, tout est parfait. Promis.

— J'ai failli te perdre ce soir.

Fletch avait enfoui son visage dans ses cheveux et ses paroles étaient étouffées. Emily commençait à comprendre que c'était à elle de demander à Fletch s'il allait bien et non l'inverse.

— Tu ne m'as pas perdue.

— Uniquement parce que Ghost avait appelé TJ.

— Et il l'a fait. Je ne peux pas dire que je suis folle de joie d'être passée à ça d'une balle, mais le résultat me convient à cent pour cent. Fletch, regarde-moi.

— Et moi, je ne peux pas dire que je suis fou de joie que tu sois passée à ça d'une balle. Il aurait pu tirer de l'autre côté de sa tête... loin de ton visage.

Fletch passa une main dans ses cheveux, nerveux en songeant à quel point la balle de l'ancien agent de la Delta Force était passée près de son crâne.

— Fletch, reprit Emily d'une voix douce.

Il finit par lever les yeux.

Emily attendit que Fletch croise son regard.

— Depuis l'instant où je me suis réveillée dans ce container, jusqu'à ce que je t'entende et que je te sente derrière moi, j'ai su que tu nous sauverais, Annie et moi. C'est l'*unique* raison pour laquelle j'ai laissé ma fille de six ans partir toute seule. Je savais que tu serais là. Je te confierais ma vie, mais surtout, je te confierais celle d'*Annie*. Si cette soirée devait se reproduire, j'aimerais qu'elle se déroule exactement de la même façon. Je t'aime, Cormac Fletcher. Je suis tellement heureuse d'avoir trouvé le courage de me renseigner sur cet appartement à louer.

— Moi aussi, ma chérie. Moi aussi.

— Tu auras des ennuis demain ?

— Ça m'étonnerait. Le général suit le règlement à la lettre, il n'a pas le choix, mais le colonel plaidera notre cause et je crois que ce que tu as dit au général ce soir fera son chemin.

— Il ne cherchera pas à savoir qui a tiré sur Jacks ?

— Si, mais il ne le découvrira jamais. TJ est rentré chez lui, et d'après ce que m'a dit Ghost, il est bien trop malin pour avoir laissé des traces de son passage. Le général va devoir se faire à l'idée qu'il ne saura jamais qui a tiré sur ce fils de pute.

Emily bâilla et ferma les yeux en s'installant plus confortablement contre Fletch. Aussitôt, il se tourna sur le côté et l'attira sur lui. Sans ouvrir les paupières, Emily poussa un gémissement de bonheur.

— C'est tellement agréable.

— J'aurais dû te faire couler un bain. Tu auras des bleus demain.

Emily haussa les épaules.

— On s'en fiche. Ce ne sera pas la première fois. Pas grave.

— C'est grave pour moi, répondit Fletch avec détermination.

— Tu pourras toujours te rattraper, marmonna Emily, à moitié assoupie. Je t'aime.

— Moi aussi, je t'aime, Em. Dors bien. Je veille sur toi.

— Tu ne devrais pas fermer la porte à clé ? Programmer l'alarme ?

— Non, Ghost l'a fait en sortant.

— D'accord. Fletch ?

— Oui, mon amour ?

— Entre le fait d'avoir perdu deux ans de vie tant je me suis inquiétée pour Annie pendant la fusillade, quand je ne savais pas encore si elle était dans le gymnase ou non, le chantage et ce soir... je crois que j'ai vécu assez d'aventures *au moins* jusqu'à la fin de l'année.

— Moi aussi, acquiesça Fletch en riant tout bas. Moi

aussi.

— J'ai seulement envie d'aller travailler, de rentrer à la maison et de vivre ma vie paisiblement avec Annie et toi.

— Tu le feras.

— Tant mieux.

Il y eut un silence pendant un moment, puis Emily reprit la parole :

— Fletch ?

— Oui ?

Si Emily était plus réveillée, elle aurait perçu le rire dans sa voix, mais elle était presque endormie et l'humour lui passa au-dessus de la tête.

— J'ai envie de grimper aux rideaux, mais je suis trop fatiguée.

— Aucun problème, Em. Mes rideaux seront toujours là chaque fois que tu auras envie d'y grimper.

— Tant mieux. Je les aime bien, tes rideaux.

Fletch faillit s'étrangler, mais il parvint à se retenir de rire... de justesse.

— Tu m'en vois ravi. Et maintenant, chut, endors-toi. Je dois me lever dans quelques heures.

— D'accord. Bonne nuit.

— Bonne nuit, mon amour.

Épuisée par les épreuves de la journée, Emily ne sentit pas les lèvres de Fletch se poser sur son front, pas plus qu'elle n'entendit ce qu'il lui dit.

— Je ne me lasserai jamais de toi, Emily Grant. Je vous aimerai jusqu'à la fin de mes jours, Annie et toi. Il n'y aura jamais aucune autre femme plus importante que toi dans ma vie.

ÉPILOGUE

Fletch baissa les yeux sur la fillette debout fièrement à côté de lui. Annie se tenait entre Emily et lui, main dans la main. Elle avait écouté solennellement les questions de la juge sans dire un mot alors qu'il y répondait. Ce qu'il faisait dans la vie, s'il sentait pouvoir subvenir aux besoins d'Annie et autres requêtes du tribunal.

La petite fille n'avait pas frémi quand on avait demandé à l'avocat s'il pensait que c'était dans le meilleur intérêt de l'enfant. Même quand Emily avait dit aux juges qu'elle était d'accord à « mille pour cent » pour que Fletch devienne son père légal, Annie n'avait pas bougé un muscle.

Elle avait insisté pour porter une robe à l'occasion de son adoption officielle, ce qui avait profondément étonné Fletch. Mais il n'avait aucun souci à se faire. Elle était sortie de sa chambre ce matin-là avec une robe rose à volants et... une paire de rangers de combat aux pieds. Truck en avait commandé tout spécialement à sa pointure. Ghost l'avait prévenu qu'Annie avait une surprise pour lui, et Fletch n'aurait pas pu être plus fier.

Il était évident que la fillette voulait rendre cette journée spéciale, et conserver sa propre personnalité malgré sa nervosité et son excitation, voilà qui était spécial.

Enfin, ce fut au tour d'Annie.

— Annie, Cormac Fletcher a demandé le droit de devenir ton père. D'être responsable de tes actes, bons ou mauvais, pendant le reste de ta vie. C'est un grand pas et il ne faut pas le prendre à la légère. J'ai demandé à tous les autres ce qu'ils en pensaient, mais je ne te l'ai pas demandé à toi. Veux-tu que l'homme debout à côté de toi devienne ton papa ?

— Permission de venir à la barre ? demanda solennellement Annie.

Abasourdie par sa question, la juge sourit et hocha la tête.

— Qu'est-ce que tu fais, Annie ? demanda Emily alors que sa fille passait devant elle.

Fletch rayonnait de fierté. Annie lui avait demandé un million de fois comment se passerait cette journée. Ils avaient regardé des vidéos en ligne d'autres audiences d'adoption et il avait cru qu'elle se faisait une idée précise de ce qui se passerait. À l'évidence, d'après sa question à la juge, Annie avait également visionné d'autres séances de procès un brin théâtrales.

— Ne t'inquiète pas, maman, je m'en occupe, dit Annie à sa mère pour la rassurer.

Emily s'approcha de Fletch et lui prit la main. Il sentait qu'elle était nerveuse.

— Je n'ai aucune idée de ce qu'elle va dire, murmura-t-elle.

— Ça va être épique, déclara Fletch avant de se tourner vers Coach pour s'assurer qu'il filmait toute la scène.

L'équipe au complet était là, tout comme le colonel, Rayne et Mary. Le cœur de Fletch était gonflé par un tourbillon de sentiments qu'il aurait eu du mal à décrire. Il allait officiellement devenir papa et il était impatient.

Tout le monde regarda Annie contourner la barre et se glisser dans le box. Elle leva la main comme pour jurer sur la bible, un autre indice qu'elle avait regardé d'autres types de procès.

— Votre honneur, je m'appelle Annie Elizabeth Grant. J'ai six ans et demi et je suis au CP. Pendant toute ma vie, dans tous mes souvenirs, il n'y a eu que moi et maman. Elle m'achetait à manger et elle me protégeait. Quand on est arrivées chez Fletch, c'était génial. Ensuite, un méchant monsieur a rendu maman triste et elle m'a donné toute sa nourriture. Je me faisais du souci, mais je ne savais pas quoi faire. Je ne peux pas travailler... vous savez ?

Annie se tourna vers la juge d'un air de dire : « c'est comme ça », avant de hausser les épaules en se retournant vers l'assemblée pour reprendre son discours.

— Fletch m'a donné mes premiers personnages militaires. Tout neufs. Encore dans leur boîte. Ils sont super, mais vous le savez ? Je ne dis pas que je n'aimais pas les jouets que maman me donnait. Ils n'étaient pas neufs, mais ma maman faisait de son mieux. Elle ne m'a jamais fait manger ces légumes verts bizarres en forme de boules. Je pouvais jouer dans la terre et elle ne m'a jamais forcée à porter ces horribles habits de fille.

— Tu portes une jolie robe aujourd'hui, observa la juge en souriant.

Annie parut agacée que son discours soit ainsi interrompu, mais elle répondit tout de même.

— Parce qu'aujourd'hui, c'est une journée spéciale. Je n'aurai pas un nouveau papa tous les jours et je voulais être jolie pour lui. Mais je porte mes chaussures de soldat.

Elle leva une jambe et la posa sur la chaise à côté d'elle pour montrer ses nouvelles bottes de combat à la juge, qui semblait sur le point d'éclater de rire. En la voyant hocher la tête pour marquer son approbation, Annie demanda :

— Je peux continuer maintenant ?

Fletch crut que la juge allait perdre sa contenance, mais elle garda tout son sérieux en faisant signe à Annie de poursuivre :

— Je t'en prie, dit-elle.

— Alors, comme je disais, Fletch m'a offert des cadeaux, mais ce n'est pas pour ça que je l'aimais bien. Je l'aimais parce qu'il faisait sourire maman. Elle travaillait très dur pour s'occuper de moi, mais personne ne s'occupait d'elle. Je n'ai que six ans. Je ne peux pas faire beaucoup de choses. Alors, je suis contente d'avoir Fletch comme papa, mais je suis encore plus contente parce que si je suis sa fille, alors ça veut dire que maman va rester avec lui. Et ensuite ils pourront se marier et maman aussi sera contente.

Annie termina son discours par un grand sourire. Elle

allait descendre, mais elle s'arrêta net et revint sur ses pas, levant à nouveau la main.

— J'ai oublié… J'ai hâte d'être Annie Elizabeth Grant Fletcher… et qu'on m'appelle Fletch comme mon papa. Alors, j'espère très fort.

Elle hocha la tête comme si elle venait de prononcer une sentence, puis elle quitta le box des témoins pour rejoindre Emily et Fletch.

— Eh bien, je crois que c'est une belle conclusion. Cormac Fletcher, je vous accorde la garde intégrale d'Ann Elizabeth Grant, à compter de…

— Fletcher ! s'écria Annie.

La juge se contenta de secouer la tête en reprenant :

— La garde d'Ann Elizabeth Grant *Fletcher*, à compter de ce jour. Toutes mes félicitations.

Fletch se pencha et embrassa Emily, plus heureux qu'il ne l'avait été de toute sa vie. Puis il s'agenouilla et prit Annie dans ses bras. Il entendit les spectateurs applaudir dans la salle du tribunal, mais il n'avait d'yeux que pour sa fille.

— Je t'aime, Annie Fletcher.

— Moi aussi, je t'aime… papa.

— C'était intense, dit Blade à Coach ce soir-là.

Le discours d'Annie avait été hilarant et les deux hommes savaient qu'ils en riraient encore avec Fletch pendant des années.

— Cet enfoiré a beaucoup de chance, acquiesça Coach en levant sa bière pour porter un toast.

Blade entrechoqua sa bouteille avec celle de Coach et ils burent ensemble. Ils avaient passé l'après-midi chez Fletch pour faire la fête avec sa famille. Annie avait quitté la robe à peine deux secondes et demie après leur retour et elle était réapparue en uniforme de combat, avec la casquette camouflage et toute la panoplie. Elle avait lancé d'une voix forte :

— On joue aux soldats !

Pendant le reste de l'après-midi, ces hommes formés pour être de redoutables tueurs avaient joué à cache-cache avec la fillette de six ans.

— On a deux semaines de congés, qu'est-ce que tu comptes faire ? demanda Blade à Coach tandis qu'ils regardaient le match des Dallas Cowboys à la télévision d'un bar.

Coach haussa les épaules.

— J'ai accepté d'aider un pote à son club de para-chutisme.

— Vraiment ? Tu as horreur de ça.

Coach eut un petit rire.

— Je sais, plutôt ironique, n'est-ce pas ? Mais il lui manque un instructeur, le type s'est cassé une jambe ou quelque chose comme ça. Il a besoin de quelqu'un pour le remplacer. Il aurait bien un gars, mais pas deux semaines entières. Je lui ai dit que j'avais quinze jours de congés... et voilà... enrôlé !

— Quelle poisse, dit Blade sur le ton de la plai-santerie.

— Enfin, ça pourrait être pire.

— Ah oui, et comment ?

— Je pourrais être embauché pour apprendre à une fille de six ans à monter à la corde en rappel.

— Idiot, lâcha Blade.

Coach éclata de rire.

— Tu es tombé dans le piège et tu le sais.

— De toute façon, ce n'est pas *Fletch* qui va le faire. Il panique dès qu'elle saute depuis la deuxième marche de l'escalier. C'est une vraie poule mouillée avec elle.

— Tu peux le dire.

Coach inclina la bouteille et vida le reste de sa bière.

— Bon, j'y vais. On se voit plus tard ?

— Oui. Appelle-moi pour me raconter ton truc de parachutisme. Je n'aimerais pas apprendre aux infos que tu t'es écrasé par terre ou quelque chose de ce genre.

— Abruti. Je te tiendrai au courant.

Coach gratifia son ami d'une tape dans le dos avant de sortir du bar.

Ce n'était pas un fana de parachutisme. Non qu'il ne soit pas excellent dans ce domaine, naturellement, il le maîtrisait comme tous les Delta, mais l'idée de sauter d'un avion en parfait état sans que ce soit absolument nécessaire ne lui plaisait pas.

Coach se secoua mentalement. Après tout, ce n'étaient que deux semaines. Quels problèmes pourrait-il bien rencontrer ?

À PROPOS DE L'AUTEUR

Susan Stoker est une auteure de best-sellers aux classements du New York Times, de USA Today et du Wall Street Journal. Elle a notamment écrit les séries Badge of Honor: Texas Heroes, SEAL of Protection et Delta Force Heroes. Mariée à un sous-officier de l'armée américaine à la retraite, Susan a vécu dans tous les États-Unis, du Missouri jusqu'en Californie en passant par le Colorado, et elle habite actuellement sous le vaste ciel du Tennessee. Fervente adepte des fins heureuses, Susan aime écrire des romans où les sentiments laissent place au grand amour.

http://www.StokerAces.com

DU MÊME AUTEUR

Autres livres de Susan Stoker

Delta Force Heroes Series

Tome 1 : Un héros pour Rayne

Tome 2 : Un héros pour Emily

Tome 3 : Un héros pour Harley (à paraître)

En Anglai

Delta Force Heroes Series

Rescuing Rayne

Rescuing Aimee (novella)

Rescuing Emily

Rescuing Harley

Marrying Emily (novella)

Rescuing Kassie

Rescuing Bryn

Rescuing Casey

Rescuing Sadie (novella)

Rescuing Wendy

Rescuing Mary

Rescuing Macie (novella)

Protecting Caroline

Protecting Alabama

Protecting Fiona

Marrying Caroline (novella)

Protecting Summer

Protecting Cheyenne

Protecting Jessyka

Protecting Julie (novella)

Protecting Melody

Protecting the Future

Protecting Kiera (novella)

Protecting Alabama's Kids (novella)

Protecting Dakota

Badge of Honor: Texas Heroes Series

Justice for Mackenzie

Justice for Mickie

Justice for Corrie

Justice for Laine (novella)

Shelter for Elizabeth

Justice for Boone

Shelter for Adeline

Shelter for Sophie

Justice for Erin

Justice for Milena

Shelter for Blythe

Justice for Hope

Shelter for Quinn

Shelter for Koren (July 2019)

Shelter for Penelope (Oct 2019)

www.ingramcontent.com/pod-product-compliance
Lightning Source LLC
Chambersburg PA
CBHW060231100726
47907CB00003B/582